가려

성운을 먹는 자

성운을 먹는 자 30

김재한 퓨전 판타지 소설

초판 1쇄 찍은 날 § 2017년 12월 29일
초판 1쇄 펴낸 날 § 2018년 1월 5일

지은이 § 김재한
펴낸이 § 서경석

편집책임 § 이지연
디자인 § 신현아

펴낸곳 § 도서출판 청어람
등록번호 § 제387-1999-000006호
등록일자 § 1999. 5. 31
어람번호 § 제1-2822호

주소 § 경기도 부천시 원미구 부일로 483번길 40 서경B/D 3F (우) 14640
전화 § 032-656-4452 팩스 § 032-656-4453
http://www.chungeoram.com
E-mail § chungeorambook@daum.net

ISBN 979-11-04-91591-8 04810
ISBN 979-11-04-90287-1 (세트)

FUSION FANTASTIC STORY

김재한 퓨전 판타지 소설

성운을 먹는 자

숙원의 날

3

도서출판 청어람

목차

제197장 가는 길 007

제198장 마지막 인사 II 033

제199장 집결 073

제200장 함정 099

제201장 숙원의 날 175

제202장 암익신조(暗翼神鳥) 243

제197장

가는 길

성운을 먹는 자

1

강연진과 오연서, 두 사람을 태운 빙판이 쏜살처럼 탑 상층부로 향했다.

오연서가 말했다.

"떨어지면 다시 올라오기 힘들겠어요."

두 사람의 경공은 능공허도의 경지에 이르지 못했다. 탑의 상층부가 완전히 어둠에 잠식된 지금, 한번 떨어지면 다시 올라오기 힘들 것이다.

"단번에 승부를 내야지. 그리고 대사형은 그런 점도 배려해 주신 것 같아."

강연진이 호위하듯 따라오는 얼음여우들을 보며 말했다.

형운이 쓰는 빙백무극지경의 권능이 무서운 점은 그것이 빙백기심으로부터 비롯된다는 점이다.

빙령지킴이였던 영수 유설과의 융합으로 탄생한 빙백기심은 단순한 권능의 발원지가 아니다. 그 자체로 형운을 위하는 의지를 갖고 그가 바라는 일을 수행한다. 그렇기에 형운은 빙백무극지경의 권능을 다룰 때만은 마치 양의심공을 연마한 사람처럼 빙백무극지경과 그 외의 것들에 동시에 집중할 수 있는 것이다.

얼음여우들은 강연진과 오연서를 호위하고 주변에 무수한 얼음조각들을 만들어 띄워주었다. 두 사람의 경공이 능공허도의 경지에 오르지는 못했어도 이 정도 발판이 있다면 충분히 전투를 원활하게 수행할 수 있었다.

"눈으로는 확인할 수 없네요."

"기감을 믿는 수밖에."

산처럼 거대하게 솟구친 운무, 그 안쪽으로부터 쏟아져 나오는 어둠 때문에 육안으로 상황을 확인할 수가 없다. 하지만 천공지체인 두 사람은 기의 종류를 극도로 세분화하여 구분하고, 그 요동침만으로도 시각만큼이나 뚜렷하게 주변 상황을 파악할 수 있는 능력이 있었다.

문득 빙판이 상승을 멈추었다.

"그럼 시작한다."

강연진은 직감적으로 이 고도가 양우전이 있는 고도임을 알아차리고 말했다.

오연서가 고개를 끄덕이고 두 사람이 천공기심의 힘을 해방했다.

—천공흡인(天空吸引)!

후우우우우우!

주변의 어둠과 운무가 무시무시한 기세로 두 사람에게로 빨려 들어갔다.

두 사람을 중심으로 반경 10장(약 30미터) 정도가 천공흡인의 범위에 들어간다. 그것이 지금의 두 사람이 천공흡인을 유지하면서 전투를 수행할 수 있는 한계치였다.

그렇게 어둠과 운무의 공백 지대가 발생하자 두 사람을 태운 빙판이 서서히 앞으로 나아가기 시작했다.

형운이 오직 두 사람만이 이 일을 해낼 수 있다고 판단한 이유가 바로 이것이었다. 천공지체의 천공흡인은 다른 무인이라면 접근조차 불가능한 상황을 타파할 수 있는 것이다.

강연진이 물었다.

"내공 비축량은?"

"충분해요. 오는 길에 할 일이 없어서 열심히 축기했으니까 87인분은 있어요. 열흘 밤낮으로 싸울 수 있을걸요."

"다행이군. 나도 75인분은 있어."

천공지체 두 사람은 평소에 지속적으로 자신들의 내공 잉여분을 천공기심에 비축해 두었다.

천공기심의 심상계가 무한한 저축량을 자랑하기에 가능한 일이다. 형운이 그렇듯 두 사람도 체내에서 저축한 기운과 외부에서 저축한 기운을 각기 따로따로 구분해서 저축하는 것도 가능해져 있었다.

두 사람이 말하는 몇 인분이라는 것은, 자신의 내공 한계치를 꽉 채울 정도의 비축량을 말하는 것이다. 즉, 오연서는 스스로를 기준으로 87배, 강연진은 75배에 달하는 진기를 비축해 두고 있다는 뜻이다. 그것도 온전히 자신의 진기를 비축한 양만 그 정도다.

7심 내공을 이룬 두 사람이다. 그들이 이만한 비축량을 갖고 있으니 전술적인 국면에서는 내공이 마를 일이 없으리라.

하지만 그럼에도 불안했다.

"왜 그거밖에 안 돼요?"

오연서가 의아해하며 물었다. 그녀는 강연진이 내공 비축 작업을 게을리하지 않았음을 알고 있었다. 그런데 13인분이나 차이가 난다니?

"그럴 만한 이유가 있었어."

강연진은 설명해 주지 않고 얼버무렸다.

곧 천공흡인으로 걷히는 어둠과 운무 저편에서 그들이 찾고자 했던 존재가 나타났다.

"양우전!"

상대의 모습이 계속해서 변한다. 그들이 아는 양우전의 모습이었다가, 서서히 운화하면서 검게 물들어가는 운무를 인간의 윤곽으로 빚어낸 형상이었다가를 반복한다.

"정신 차려, 이 자식아!"

강연진이 사자후를 내지르자 양우전이 움찔했다. 그리고 강연진을 향해 시선을 옮기는 순간이었다.

구우우우우웅……!

어둠의 파동이 두 사람을 덮쳤다.

"큭……!"

강연진과 오연서는 이것이 심령을 제압하는 공격임을 깨달았다.

하지만 천공지체는 정신을 공격하는 힘에 대해서 강한 대책을 세워놓고 있었다. 또한 형운이 준 진조족의 발찌가 빛을 발하며 그 힘을 무력화시켰다.

강연진이 얼음여우들에게 말했다.

"접근하고 싶다. 도와줘."

그러자 얼음여우들이 자신의 몸을 나눠서 앞쪽으로 얼음조각들을 띄워주었다.

강연진은 주저 없이 그것들을 밟고 양우전에게 쇄도했다.

"잠깐! 뭘 할 거면 말을 좀 하란 말이에요!"

오연서는 투덜거리면서도 강연진이 움직이자마자 반응했다. 오랫동안 호흡을 맞춰봤기에 돌발적인 행동을 해도 맞춰줄 수 있었다.

투아아아앙!

선행한 강연진이 양우전과 격돌했다.

공간이 뒤흔들리는 가운데, 양우전이 강연진과 붙은 채로 운화감극도로 자세를 바꾸었다. 그리고 순식간에 엄청난 힘을 모으더니 방출했지만…….

쾅!

시간 차로 뒤따라온 오연서의 일검이 양우전을 후려갈겼다.

아슬아슬하게 검격을 막은 양우전은 곧바로 운화해서 두 사람의 뒤를 잡았다.

아니, 잡으려고 했다.

"백운지신과 싸우는 상황은 이미 상정했다."

운화했다가 육화한 지점은 양우전이 의도한 지점과 달랐다. 2장을 이동하려고 했는데 채 1장도 떨어지지 않은 지점에 나타난 것이다.

투칵!

기다렸다는 듯 오연서가 검을 흩뿌렸다. 자세가 흐트러져 막을 수 없는 공격을 무심반사경으로 막아냈지만 강연진의 일권이 허점을 비집고 꽂혔다.

퍼억!

양우전은 이번에는 운화 감극도로 자세를 바꾸면서 반격하려고 했다. 하지만 그조차도 뜻대로 되지 않는다.

"상정했다고 했지. 무슨 뜻인지 모르겠냐?"

운화 감극도의 묘(妙)는 중간 과정을 뛰어넘어 원하는 지점에서 원하는 자세를 구현하는 것.

하지만 백운지신의 기운을 대상으로 펼치는 천공흡인이 그 의도가 구현되는 것을 방해한다!

천공흡인이 운화를 방해하고, 운화할 때마다 기운의 일부를 빼앗아 버리는 것이다!

"운화는 수도 없이 상대해 봤다는 뜻이야!"

형운은 천공지체 연구가 백운지신 연구를 이기기를 바랐다. 그렇기에 천공지체 연구에 협력했고, 그 협력에는 백운지신의 능력을 구현해서 천공지체 연구진이 대응법을 만들어내도록 하는 것도 포함되어 있었다.

즉, 강연진과 오연서는 이미 백운지신과 싸우는 수십 번의 유사 경험을 가졌다. 그것도 양우전보다 더 강력한 존재, 형운을 상대로!

그에 비해 양우전은 천공지체와 직접적으로 싸워본 적이 없다. 그 차이는 너무나도 컸다.

투학!

뜻밖의 사태에 자세가 무너진 양우전의 몸통에 용서 없는 일권이 꽂힌다.

"커어……!"

양우전의 입에서 비명이 터져 나왔다.

'지금이다!'

동시에 강연진이 외쳤다.

"신수 진조의 가호를 바라나이다! 삿된 힘을 물리쳐 주시옵소서!"

형운에게 받은 기물의 힘은 발동하기까지 약간의 시간이 필요했다. 그리고 되도록 상대와 접촉한 상태에서 써야 효과가 좋았다.

그렇기에 강연진과 오연서는 양우전과 싸우면서 기회를 만든 것이다. 강연진이 외치고 나서 한 박자 늦게 깃털 모양의 쇳조각이 달린 가느다란 사슬 팔찌가 빛을 발했다.

파아아아아아!

그 어떤 저주와 지배의 힘이라도 물리칠 수 있는 힘이 양우전을 휘감았다.

"아아아아아악!"

양우전의 입에서 비명이 터져 나왔다. 동시에 그의 몸에서 시퍼런 뇌전이 뿜어져 나왔다.

꽈르르르릉!

그 뇌전이 양우전의 몸을 물들인 어둠을 불태우기 시작했다.

그것을 보며 오연서가 말했다.

"혼자 왔으면 어떻게 됐을까요?"

"……."

강연진이 불만스러운 듯 입을 꾹 다물었다.

양우전과 공방을 벌일 때, 두 사람은 역할을 분담했다. 강연진은 백운지신의 능력을 봉쇄하는 천공흡인을 펼치고 오연서는 여기까지 오는 동안 그랬듯 주변의 기운을 빨아들이는 천공흡인을 펼쳤다.

두 사람 다 이 두 가지를 동시에 펼치는 것은 무리였다.

"…고맙다."

"네? 뭐라고요?"

"다 들었으면서 못 들은 척하지 마라."

"또 듣고 싶거든요? 다시 말해보세요. 진심을 담아서!"

"시끄러워!"

두 사람이 티격태격할 때였다.

꽈아아아앙!

양우전이 폭발했다.

"어?"

강연진이 눈을 부릅떴다.

뇌광이 흩날리는 가운데 양우전의 모습이 사라졌다. 운화한 상태로 산산조각 나버린 것이다.

"이미 늦은 거였나요……."

망연자실한 강연진의 옆에서 오연서가 중얼거렸다.

형운은 기물을 넘겨주면서 말했다. 이미 늦었을지도 모른다고.

그리고 아무래도 그 말대로였던 모양이었다.

"최선을 다했잖아요. 어쩔 수 없는 일이었어요."

오연서가 강연진을 위로했다. 강연진은 뭐라고 형용할 수 없는 감정을 느끼며 표정을 일그러뜨리고 있었다.

우우우우우……!

그런데 그때였다.

주변의 운무가 한 지점으로 모여들기 시작했다.

"천공흡인을 뚫고?"

오연서가 깜짝 놀랐다.

지금도 그녀는 어둠과 운무를 대상으로 천공흡인을 펼치고 있었다. 그런데 저 운무는 천공흡인의 흡인력을 무시한 채 한 지점으로 집결하는 것이다.

그리고 그들의 눈앞에서 운무가 뭉쳐 양우전의 모습을 이루었다.

"크윽……!"

"양우전!"

강연진이 놀라서 그에게 다가갔다. 하지만 양우전이 그가 뻗은 손을 쳐내며 외쳤다.

"나, 나를……!"

그가 숨이 막히는 듯 괴로워하며 말했다.

"나를 죽여, 강연진!"

"뭐?"

"빨리! 지금이 아니면 안 돼……! 노, 놈이 다시 올라올 거야!"

"놈이라니, 무슨 말이야? 네 정신을 지배하던 힘은 없애 버렸어! 진조족의 가호로 없애 버렸다고!"

강연진이 양우전의 어깨를 붙잡고 흔들었다. 아무리 봐도 양우전은 제정신이 아닌 것 같았기 때문이었다.

문득 두 사람의 눈이 마주쳤다.

둘 다 서로의 눈에서 형용할 수 없는 감정을 발견하고 놀랐다. 잠시 멍청하니 강연진을 바라보던 양우전이 쓰게 웃으며 말했다.

"미안하다."

"뭐?"

강연진은 순간 자신이 잘못 들었나 싶었다. 지금 양우전이 뭐라고 한 것인가? 자신에게 미안하다고 한 게 맞나?

"기분 더럽게 이런 일이나 하게 해서. 네 녀석하고는 다시 제대로 싸워보고 싶었는데… 이젠 그럴 수가 없어."

"무슨 개소리야! 너 이제 괜찮다니까!"

"멍청한 척하지 마, 새꺄. 알잖아."

"……."

그 말에 강연진은 숨이 턱 막혔다.

"놈은 내 안에 있고, 문은 아직 열려 있어. 물리쳐 봤자 일시적이야."

심마(心魔)는 양우전의 마음 깊숙한 곳까지 뿌리내렸다. 외부의 힘이 일시적으로 정신을 지배하는 것이 아니다. 내면의 또 다른 자신이 된 것이다.

그런 존재가 백운지신의 통로를 이용해서 외부의 힘을 끌어들이고 있다. 폭주하는 백운단의 기운 한복판에 열린 축지문 너머, 흑영신교 성지의 힘을.

이미 돌이킬 수 없는 상황이다. 바로잡기에는 너무 멀리 와버렸다.

"너……."

문득 강연진은 양우전의 몸이 덜덜 떨리고 있다는 사실을 깨달았다.

억지로 강한 척 웃는 양우전의 눈에는 공포가 깃들어 있었다. 절망과 패배감에 사로잡혔지만 강연진 앞에서 추한 모습을 보이고 싶지 않다는 자존심 하나로 버티고 있는 것이다.

양우전은 눈을 질끈 감으며 말했다.

"놈이 다시 올라오면… 그때는 못 이겨. 지금밖에 없어. 빨리 끝내!"

양우전이 말하는 것이 정확히 누구인지는 모르겠다. 다만 상황을 통해서 그를 내면에서 지배하는 심마 같은 존재가 있음을 알 수 있었다.

분명한 것은 양우전이 그것을 극도로 두려워하고 있다는 점이다. 지금 이 순간에 죽음을 받아들이는 것밖에는 답이 없다고 생각할 정도로.

고뇌하는 강연진의 멱살을 양우전이 잡았다.

"멍청한 자식아. 난 이미 늦었어. 어차피 죽는다면… 나로 죽고 싶다."

"……."

"뭘 망설여! 미워하는 놈을 죽일 기회라고! 네가 안 하면 아래 있는 사람들 다 죽을 수도 있어! 어차피 죽을 놈 앞에 두고 갈팡질팡하다가 죄 없는 사람들을 다 죽일 셈이냐! 대사형이 그러라고 시키더냐!"

그 말에 강연진이 폭발했다. 멱살을 쥔 양우전의 손을 뿌리치고는 반대로 그의 멱살을 잡았다.

"제기랄! 잔뜩 겁먹은 놈이 잘난 척이냐! 차라리 무섭다고 하라고! 도와달라고 해보란 말이다!"

"등신아, 너 같으면 그러겠냐?"

"큭……!"

비웃는 양우전의 말에 강연진이 이를 갈았다. 양우전은 조롱하는 미소를 지으려고 했지만 그 표정은 애처롭게 일그러져 있어서 마치 울음을 터뜨릴 것처럼 보였다.

그때였다. 갑자기 양우전의 표정이 창백하게 굳었다.

다시금 그를 중심으로 어둠이 피어나기 시작했다.

"죽여! 빨리!"

"……."

"이 얼간이 같은 자식! 예나 지금이나 끝까지……!"

양우전이 열불이 터져서 외치는 순간이었다.

시야가 암전하더니 눈앞에 있는 상대가 바뀌었다.

"와, 좀 놀랐어. 역시 대협객 선풍권룡께서 총애하시는 놈은 다르다니까. 설마 원수처럼 미워하던 놈을 구하겠다고 목숨 걸고 달려올 줄이야."

양우전의 모습을 한 심마가 싱글거리며 웃고 있었다.

그의 모습을 보는 순간 양우전은 숨이 막혔다. 강연진에 의해서 의식이 현실로 끌어 올려지기 전까지 철저하게 심신을 농락당하고 구타당하던 공포가 그를 사로잡고 있었다.

"하지만 결단이 느려서 다 허사가 됐군. 자, 우리 일을 계속해 볼까? 걱정하지 마. 놈도 똑같은 꼴을 당하게 만들어줄 테니까. 네가 꿈꾸던 순간을 내가 이뤄주지."

양우전이 재능이라 믿었던 힘의 근원, 심마.

이제부터는 그 심마가 양우전의 몸을 써서 강연진을 상대할 것이다. 천부의 자질이라고밖에 부를 수 없는, 이론을 초월한 감각으로 무장한 그 앞에서 과연 강연진이 버텨낼 수 있을까?

'내가 버텨야 해.'

양우전이 이를 악물었다.

'나도 못 이기는 놈을 그 등신 새끼가 이길 수 있을 리가 없어. 못난 주제에 나 구하겠다고 온 놈을, 내가 아무것도 못 하고 죽게 할 수는 없지. 저놈은 내 마음에 기생한 놈이다. 내면에 신경 쓰는 만큼 바깥에 소홀해질 수밖에 없을 거다.'

공포와 절망으로 너덜너덜해진 정신을 자존심이 일으켜 세웠다. 죽어버렸던 투지가 다시 살아나기 시작했다.

동시에 양우전은 깨달았다.

'이건?'

가느다란 실 같은 힘이 그의 의식을 바깥과 연결해 주고 있었다. 그는 여전히 심마가 만들어낸 심상 공간에 갇혀 있었지만, 의식은 외부를 인지하고 약간이나마 관여할 수도 있는 것 같았다.

'아까의 영향인가?'

모르겠다. 분명한 것은 심마의 지배력에 균열이 발생했다는 것이다.

양우전은 심마의 움직임을 경계하면서 조금씩 외부 상황을 살펴보았다. 그리고 놀랐다.

'강연진, 이놈, 이렇게까지……!'

강연진이 심마가 지배하는 자신을 상대로 격전을 벌이고 있었다.

혼자가 아니라 오연서와 합공하기에 가능한 일이다. 하지만 그럼에도 놀라웠다. 무엇보다 지금의 그는 폭주한 백운단의 기운 때문에 훨씬 강해져 있는데도, 두 사람은 백운지신의 모든 능력을 너무나도 익숙하게 상대하고 있었다.

'대사형?'

그리고 양우전의 의식이 또 한 사람, 형운을 발견했다.

2

주변은 달조차 없는 밤처럼 캄캄했다. 한 치 앞도 볼 수 없는 상황이라 운 장로에게는 형운의 뒷모습이 밤바다의 등대나 다름없었다.

펑!

어둠 속에서 불쑥 튀어나온 마령귀가 형운의 격공의 기에 박살 났다.

'내 기감은 정말 아무짝에도 쓸모가 없군.'

짧은 시간 동안 수도 없이 같은 상황이 반복되었다. 운 장로는 헛웃음을 흘렸다.

기공에만 치중한 골방 무공이라고는 하지만 평생을 수련해 왔고, 5심 내공을 지녔기에 기감은 예민하다고 자부했다. 하지만 이 어둠 속에서 그의 기감은 아무런 쓸모도 없었다. 형운은 대체 어떻게 이 속에서도 모든 것을 정확하게 포착하는지 궁금할 따름이었다.

쿠르르릉……!

문득 가까운 곳에서 굉음이 울려 퍼졌다. 형운이 잠시 위를 올려다보았고, 그리고 다시 고개를 정면으로 향했다.

쿠구궁!

그리고 좀 떨어진 곳에서 뭔가 육중한 것들이 떨어지는 소리가 났다. 운 장로는 탑의 저층부에서 발생한 붕괴의 여파를 형운이 허공섭물로 처리했음을 알았다.

"이제 안으로 들어갑니다."

"술법으로 안 도와줘도 되겠나?"

운 장로는 별의 수호자 장로들이 추구하는 다재다능함의 극한에 이른 인물이었다. 술법도 상당한 수준으로 펼칠 수 있었다. 연단술의 극의를 위해서는 무공과 기환술 양쪽에 대한 심도 깊은 이해와 활용이 필수였기 때문이다.

형운이 고개를 저었다.

"괜찮습니다. 제가 하죠. 힘을 아껴두십시오. 시설을 통제하는 것은 제가 할 수 없는 일이니까요."

"알겠네."

"지하까지는… 가까운 곳까지는 단번에 내려가겠습니다."

"최하층은 심상경의 절예로 뚫을 수 없을 걸세. 시설 보호를 위해 강력한 결계가 구축되어 있어."

"그럼 그 전까지만 단번에 가겠습니다. 길 안내는 부탁드리죠."

형운은 얼음검을 만들어내어 심검을 펼쳤다. 그러자 지하 6개 층의 바닥에 깨끗한 구멍이 뚫렸다.

운 장로를 허공섭물로 붙잡고 밑으로 내려온 형운이 말했다.

"이미 잠식되었을지도 모르겠군요."

백운지신의 기운은 아직 지상까지 내려오지 않았다. 하지만 흑영신교의 어둠은 이미 지하까지 잠식해 들어간 상태였다. 지하에 존재하는 조명은 전부 어둠에 삼켜졌고 곳곳에서 마령귀의 기척이 느껴졌다.

'바깥 상황도 문제야. 만약 혼원의 마수가 하나 더 나오기라도 하면…….'

결계도 구축해 놨고, 전열도 정비해 놨으니 상대하는 데는 문제없을 것이다. 운벽성 지부는 막대한 투자가 이뤄진 만큼 무인들과 술사들의 수준도 높았고, 가려와 수성 호위대도 있었으니까.

하지만 역시 양우전이라는 변수가 마음에 걸린다.

"서두르세."

"예."

놀랍게도 운 장로는 탑 지하의 구조를 전부 외우고 있었다. 어둠 속인데도 형운이 복도의 모양만 알려주면 머릿속에 존재하는 구조도와 맞춰서 정확한 길을 찾아냈다.

마령귀와 마주치는 족족 순식간에 해치워 버리고, 긴급 폐쇄된 구역을 벽째로 부숴서 돌파하면서 형운과 운 장로는 빠르게 최하층으로 내려왔다.

"다행히 결계가 아직 기능하고 있었군."

탑이 붕괴하면서 결계가 약해졌는지 최하층도 조금씩 어둠에 잠식당하고 있었다. 하지만 아직 바닥에 옅은 어둠이 내리깔리는 정도였다.

계속 어둠 속을 걷다가 시야가 트이자 운 장로의 발걸음이 빨라졌다. 그는 긴급 제어 시설로 통하는 문에 손을 대고 인증 술법을 발동시켰다. 그런 식으로 다섯 개의 문을 통과한 후에야 긴급 제어 시설로 들어갈 수 있었다.

긴급 제어 시설은 작은 방 하나였다. 벽면에는 수백 장의 부적이 이어 붙여져서 연속성을 갖는 기묘한 글자와 도형을 그려내고 있었고, 그 한복판에 시설을 통제하는 기물들이 희미한 빛을 발했다.

"안쪽이 잠식되는 걸 막아주게."

"예."

형운은 어둠의 기운을 대상으로 천공흡인을 발동시켰다.

그러자 운 장로가 품에서 붉은색 젓가락처럼 보이는 여섯 개의 기물을 꺼내 들고 문 앞에다 꽂았다. 그가 술법을 펼치자 임시적으로 결계가 구성되면서 어둠을 차단하기 시작했다.

"이제 됐네. 시설의 결계를 발동시키고……."

그가 빠르게 통제용 기물을 조작했다. 형운으로서는 뭘 하는

지 알아볼 수 없었지만, 한 가지는 감탄할 만했다.

'애당초 기의 운용에 통달하지 못하면 빠르게 조작할 수가 없게 되어 있군.'

진기와 영력, 양쪽을 다루는 감각이 있어야 제대로 조작할 수 있는 시설이었다. 그런 능력이 없는 사람도 조작할 수야 있겠지만 기물의 보조를 받는 만큼 속도와 정확도가 훨씬 떨어질 것이다. 아마도 지금 운 장로가 조작하는 것보다 수십 배 정도는.

'왜 장로님이 직접 오신다고 했는지 알겠어.'

운 장로는 정신없이 기물을 조작해서 긴급 제어 기능을 활성화했다.

쿠과아아앙……!

그때 위쪽에서 굉음이 울려 퍼지면서 이 깊숙한 지하까지 진동이 전달되어 왔다.

운 장로가 표정을 굳히며 말했다.

"원 장로가 말한 대로 이곳에는 세 가지 대술법이 비장되어 있다네. 1단계, 2단계, 3단계로 나뉘지. 1단계는 앞으로 반각(7~8분) 안에 발동할 걸세. 이걸로 끝나면 좋겠지만… 흑영신교 놈들의 수작이니 그렇게 쉽게 끝나지는 않겠지. 결국 2단계, 3단계도 필요해질 거야."

"무슨 술법들입니까?"

"1단계는 연소."

백운단의 기운과 격렬한 반응을 일으켜 연소시키는 술법이다.

"2단계는 동결."

그렇게 연소시킨 기운을 동결시키는 기운을 동결시킨다. 동결이라는 표현을 썼지만 한기로 얼린다는 뜻은 아니다. 술법의 힘으로 물질의 움직임을 극도로 둔화시키는 것이다.

"3단계는 2단계와 연동되는 공간 봉인일세. 탑은 물론이고 주변까지 전부 붕괴해서 한 지점으로 끌려들어 가 봉인을 구성하겠지. 일대에 결계가 펼쳐져 있으니 그 안의 모든 것이라고 보면 될 거야. 2단계가 발동하기까지 1단계 발동 후 반각, 그리고 3단계가 발동하기까지는 다시 반각……."

설명을 듣던 형운의 표정이 굳었다.

'두 놈이 더 나왔다.'

상공에서 강력한 존재감을 자랑하는 놈들이 둘이나 튀어나왔다.

하나는 혼원의 마수, 그리고 또 하나는… 예전에 한번 상대해 본 강적과 비슷한 기운을 풍겼다.

'빙령의 조각! 이놈들, 아직도 남겨두고 있었나?'

빙령의 조각으로 요괴화한 마인이었다. 흑영신교는 그토록 당하면서도 끝끝내 빙령의 조각을 감춰두고 있었던 것이다. 바로 오늘 이 순간을 위해서!

"장로님."

"뭔가 오고 있나 보군."

"예."

"나가서 막아주게. 3단계가 발동하기 전까지 이 시설이 파괴되어서는 안 되네."

"위험합니다. 발동하도록 조작만 해두고 탈출하시지요."

"유감스럽게도 그런 편리한 구조로 되어 있질 않네. 굳이 내가 올 수밖에 없었던 이유도 그것이지. 참고로 이 술법은 마존께서 우리에게 남겨두신 유산이라네."

형운의 놀란 표정을 본 운 장로가 빙긋 웃었다.

"술법 그 자체를 기물에 봉인해서 넘겨주셨기 때문에, 그 구조에 손을 댈 수가 없었지."

"설마… 이래서 원 장로님을 막으신 겁니까?"

왜 원 장로가 그토록 비장한 각오를 내비쳤는지, 그리고 운 장로가 대신 가겠다는 말에 그렇게 격렬하게 반발했는지 이제야 이해가 되었다.

"자네는 참 눈치가 빨라. 하지만 이럴 때는 다 알면서도 모르는 척해주는 배려심을 발휘해 줘도 좋다네."

운 장로는 푸근하게 웃으며 말했다.

"청탁 하나 받아주겠나? 자네가 싫어하는 더러운 거래라네."

"무슨 말씀을……."

"전부 내 잘못으로 해두지."

"…예?"

"자네가 보고 들은 것에 대해서 거짓말을 해달라는 말일세. 자네가 지지해 줬으면 하는 이야기는 이걸세. 원세윤 장로는 아무런 실수도 하지 않았다. 시설이 폭주한 것은 흑영신교가 기습을 가해왔기 때문이다. 운중산 장로는 이 사태를 덮기 위해서 천공지체 강연진과 오연서에게 어떻게든 백운지신 양우전을 구출하라는 무리한 임무를 명령했다. 현장 책임자인 원세윤 장로는 극구 반대했으나 운중산 장로는 폭력으로 그녀를 혼절시켜 가면서까지 일을 강행했다……. 이 정도면 대충 내가 다 짊어지고 갈 수 있지 않겠나?"

"……."

형운은 혼란스러웠다.

그가 바라는 것이 무엇인지는 알겠다. 하지만 사실상 별의 수호자의 최고 권력자인 그가 왜 이런 선택을 한단 말인가?

"나는 오래전부터 권력을 갈구했네."

재능 넘치는 젊은 시절부터 운중산은 권력에 목말라 있었다.

그것은 스스로의 재능이 존귀함을 알았기 때문이었다. 존귀한 재능을 펼치기 위해서는 권한이 필요했다. 그리고 그 권한을 얻는 과정에는 반드시 권력이 개입되었다.

"이루고 싶은 일이 많았지. 그래서 권력을 탐했고, 많은 것들을 손에 쥐었어. 그런데 이게 참 우습더군. 가지면 가질수록 더 부족함이 느껴졌으니."

권력을 가지면 가질수록 눈높이가 달라졌다. 높아진 눈높이는 더 큰 목표를 요구했고, 그 목표를 이루기 위해서는 더 큰 권력이 필요했다.

"그런데 말일세, 권력을 갖고 보니 권력으로도 도저히 어쩔 수 없는 게 있더군."

"무엇입니까?"

"시간일세."

"……."

"왜 고금의 수많은 권력자들이 그렇게 마지막에는 영생불사에 매달렸는지 이해가 가더란 말이야. 하지만 그치들은 뭘 몰라서 허무맹랑한 가능성에 달려들 수라도 있지, 난 그럴 수도 없어서 답답해하면서도 포기하는 법을 배우게 되더군."

운 장로가 허허 웃었다.

"난 꽤 오래 살았지. 이만큼 오래 살았으면서도 스스로도 놀랄 정도로 건강하기도 하고. 하지만 그래도 늘 죽음이 가까이 있는 기분을 떨칠 수 없었다네."

오랜 세월 동안 보며 살았던 이들이 하나둘씩 떠나가고, 정신 차리고 보면 추억의 대상들도 어디론가 없어져 버린 후다. 그런 잔인한 변화를 인지하게 되면 자신 또한 언젠가는 그 상실의 일부가 될 것임을 받아들이지 않을 수 없다. 분명 그것이 나이를 먹는다는 것이리라.

"젊을 때는 내일을 꿈꾸며 살았지. 내일, 내일, 그리고 내일……."

그때는 언제나 자신이 있는 내일을 준비하고 있었다. 자신의 손으로 무엇을 해야 할지, 무엇을 할지, 무엇을 해내고 싶은지를 생각하는 것이 당연했다.

"하지만 어느 순간부터 나는 내가 아니라 다른 누군가의 내일을 준비하기 시작했네."

어느 날 갑자기 자신이 죽어 사라지더라도 자신이 추진하던 일들이 온전히 진행될 수 있도록 안배했다. 자신의 빈자리를 채워 계속해서 자신의 이상을 추구해 줄 후계자를 기르는 데 심혈을 기울였다.

젊은 시절의 꿈은 모두 스스로가 주체가 되어 자기 자신을 만족시키는 일들이었다. 하지만 세월이 흐르면서 이상은 혼자 품고 있기에는 너무나 크게 자라 버렸다. 자신의 모든 것을 다해

지켜내야만 하는 신념이 되었다.

"이제 내 시대가 끝났네."

운 장로는 아련한 눈으로 말했다.

"이 눈으로 보고 싶은 게 많았지. 못 보고 가는 게 아쉬워. 하지만 물려줘야 할 시간일세. 난 참 많은 걸 가졌지만 시간만큼은 갖지 못했어. 그래서 세윤이를 후계자로 만들었네. 이제는 그 아이에게 투자한 만큼 받아내야 할 시간이야. 원래 빚쟁이만큼 지독한 놈이 없는 법. 설령 그 아이가 원치 않는다고 하더라도 내 평생의 짐을 떠맡겨 버릴 걸세."

10년 후를 살아서 볼 수 있을지 알 수 없는 고령이다. 운 장로는 그런 목숨을 보전하기보다는 심혈을 기울여 키운 후계자, 원세윤의 미래를 지켜주는 쪽을 택했다. 자신의 목숨보다 평생 동안 추구해 온 이상이 더 소중했으니까.

"오는 동안 했던 말 기억하나? 때때로 내가 10년만 더 젊었다면… 하는 생각을 한다고 했던 것."

"예."

"사람 마음이 참 간사하군. 지금은 10년 젊지 않아서 다행이라고 생각하네. 그랬더라면 생각이 달랐을지도 모르겠거든. 세윤이가 희생하게 만들고 살아남아서 죽을 때까지 변명하며 살았을지도 모르지. 살아갈 세월보다 살아온 세월이 소중한 늙은이라서 다행이야."

"장로님……."

"세윤이에게 전해주게. 똑똑한 바보로 돌아가지 말라고. 내게 빚을 졌으니 평생을 다해서 갚으라고 말일세. 반드시."

"꼭 전하겠습니다."

"풍성에게는 미안하다고만 전해주게. 그러면 될 걸세. 그리고……."

운 장로는 잠시 머뭇거리다가, 그런 자신이 우습다는 듯 실소했다.

"이정운에게 전해주게. 죽을 때까지 은퇴 따윈 생각도 하지 말라고. 나는 끝끝내 해내지 못했지만, 세윤이가 나를 대신해서 당신을 이겨줄 테니 그날까지는 버티고 있으라고 말이야."

평생 동안 열등감을 품었던 숙적에게 전할 유언을 말한 운 장로는 후련한 표정으로 말했다.

"그럼 가보게. 정신 나간 마교 놈들에게 뼈저린 교훈을 새겨주게나. 우리를 건드린 대가가 무엇인지를."

뒤돌아선 운 장로를 잠시 바라보던 형운의 가슴속에서 수많은 말들이 떠올랐다. 하지만 그 말들 중 어느 하나도 결국 밖으로 나오지 못하고 사라졌다.

"…예."

형운은 눈을 질끈 감으며 예를 표하고는 몸을 돌렸다.

"믿겠네, 수성."

운 장로는 멀어져 가는 형운의 발소리를 들으며 미소 지었다.

"내가 대비한 언젠가를, 자네가 현실로 만들어줄 것을."

제198장
마지막 인사 II

1

염신혈수(炎身血手)와 혈륜검마(血輪劍魔)는 몇 안 남은 흑영신교 이십사흑영수의 생존자였다.

종언의 날까지 살아남은 그들은 신성한 의무를 수행하기 위해 흑영신교가 비축해 온 힘을 아낌없이 투여받았다. 그 힘의 대가로 그들은 내일의 태양을 볼 수 없는, 하루살이처럼 덧없는 목숨이 되지만 상관없다.

더 이상 내일은 없을 테니까.

연옥을 구원하기 위한 성전(聖戰)에서 희생하는 것은 더없는 영광이었다.

〈선풍권룡이여, 종언이 오고 있다.〉

몸에서 불길을 피워올리는 혼원의 마수, 염신혈수가 말했다.

"이제 추악한 음양(陰陽)의 균형이 깨진다. 위대한 어둠이 도래하는 것을 보라."

빙령의 조각을 몸에 박아 넣고 요괴화하여 막강한 힘을 손에 넣은 혈륜검마가 말했다.

"역시 미친놈들의 생각은 알기가 힘들군."

형운은 탑의 최하층 바로 위층에서 그들과 맞닥뜨렸다. 운 장로가 2단계, 3단계 술법을 발동할 때까지 그들을 막아내야만 한다. 최하층의 시설이 손상되지 않도록 하려면 되도록 이들을 위층으로 밀어내면서 싸워야 할 것이다.

운 장로에 대한 걱정은 머릿속에서 지웠다. 만약을 대비해서 얼음여우 셋을 남겨두고 왔으니 마령귀 정도는 막아낼 수 있으리라.

파앗!

섬광이 번쩍였다.

벼락처럼 달려든 혈륜검마의 검이 형운의 수도와 부딪친 것이다.

"적을 앞에 두고 사색하는 취미가 계셨나?"

"그렇게까지 내 관심을 갈구하는 줄 몰랐는걸."

꽝!

형운의 비아냥과 동시에 혈륜검마가 튕겨 나갔다.

후우우우우우!

그리고 복도가 새하얗게 얼어붙기 시작했다. 느긋하게 한 걸음 내디디는 형운의 주변에서 일어난 한기가 순식간에 주변을 잠식하면서 인간은 숨 쉬는 것만으로도 죽어갈 극한의 환경이 구축되어 갔다.

"흥! 언제까지 그 힘으로 다 해결될 거라고 생각하지 마라!"

자세를 바로잡은 혈륜검마를 중심으로 하얀 냉기가 퍼져 나갔다.

빙공은 아니다. 몸에 심어져 기심으로 화한 빙령의 조각으로부터 힘을 끌어내고 있는 것이다.

운강에서 흑서령이 최초로 빙령의 조각을 기심화하는 데 성공한 것이 벌써 7년도 더 전의 일이다. 그동안 흑영신교는 지속적으로 빙령의 조각을 연구했고, 그때보다 훨씬 안정적이고 강력한 힘을 끌어낼 수 있게 되었다.

혈륜검마는 빙령의 조각을 기심화하여 8심 내공을 얻는 동시에 요괴화했다. 무공과 요괴의 힘이 어우러진 그 몸에 흑영신의 가호가 쏟아져 내린다. 단기 결전에 한정되지만 대요괴에 필적하는 괴물이 탄생한 것이다.

—유설무극검(流雪無極劍)!

형운이 얼음검을 소환하여 심검을 전개했다.

'대단해! 하지만 마르고 닳도록 써먹은 수법이지!'

혈륜검마는 요괴의 힘, 그리고 교주가 내린 신기로부터 비롯된 흑영신의 가호로 기화를 막아내었다.

콰아아아아아!

뒤따라 폭발하는 한기는 빙령의 조각의 힘으로 받아내었다.

지금의 그는 형운을 상대하기 위해서 최적화된 형태다.

고위 요괴의 힘은 그 자체로 심상경의 절예에 대한 효과적인 방어 수단이다. 빙령의 조각으로부터 비롯되는 빙설의 능력은 공격하기 위함이 아니라 형운의 빙백무극지경의 권능을 방어하기 위해 쓰인다.

그리고 공격력의 부족함은 염신혈수가 메꿔줄 것이다.

캄캄한 복도의 바닥은 확장된 혼원의 마수의 몸이 잠식하고 있었다. 형운의 발밑에서 시커먼 형체가 솟구쳤다.

화아아아아악!

그리고 그 속에서 폭염이 터져 나왔다.

형운이 방어하며 물러나는 순간 혈륜검마의 몸을 둘러싸고 핏빛 광륜이 발생했다.

"하아아아!"

맹렬하게 회전하는 광륜이 연거푸 쏘아져 나갔다. 하지만 그 중 일부만이 형운을 노리고 나머지는 천장을 강타해서 폭발했다.

꽈과과과광!

충격을 이기지 못한 천장이 붕괴하며 형운을 덮쳤다.

붕괴는 형운의 머리 위에 국한되지 않고 혈륜검마와 염신혈수가 있는 곳까지 미쳤다. 하지만 혼원의 마수인 염신혈수가 몸 일부를 거대한 송곳처럼 만들어서 위쪽을 찔러 길을 열었다.

'빨리! 놈이 빠져나오기 전에!'

어제까지와는 비교도 안 되는 힘을 얻었으면서도 혈륜검마는 조금도 오만해지지 않았다.

저 멀리, 아득히 높은 곳으로부터 위대한 어둠의 지혜가 쏟아져 내려온다.

영적 능력이 강해진 지금, 흑영신의 권능이 그들에게 임한다. 모르던 것을 알게 되고, 할 수 없던 기술을 구사하게 되고, 없던 힘도 발휘한다.

그 영감이 그가 오만에 빠지는 것을 막아주었다.

콰쾅! 콰과과과광……!

그는 형운이 빠져나오기 전에 그 위층도 붕괴시켰다. 이대로 지하층을 모조리 붕괴시키면서 지상으로 빠져나갈 생각이었다.

'헉!'

순간 혈륜검마는 심장이 멎는 줄 알았다.

형운이 불쑥 그의 앞에 나타나서 주먹을 내질렀기 때문이다.

파아아악!

염신혈수가 몸 일부를 던져 막지 않았다면 완전히 기습당할 뻔했다.

"크……!"

혼원의 마수의 예지력은 영적인 영역에서 발휘되는 능력이 아니라 통찰력을 극대화시킨 결과이기에 형운을 상대로도 통용된다.

—운화로 빠져나온 거다. 시야가 막혔어도 문제없나 보군.

—역시 골치 아픈 능력이다.

염신혈수와 혈륜검마의 심령은 연결되어 있었다. 그렇기에 둘의 연계는 한 몸인 것처럼 완벽했다.

어둠 속에서 형운이 그들을 노려보며 말했다.

"지반을 붕괴시킬 셈이었군."

붕괴를 통한 매장은 심상경의 고수를 상대로는 별 의미가 없다.

혈륜검마와 염신혈수는 지하층을 전부 붕괴시켜서 지반 그 자체를 무너뜨릴 생각이었다. 그러면 탑 전체가 붕괴할 것이고, 형운으로서는 대처하지 않을 수 없는 사태일 테니까.

'설마…….'

형운은 어처구니없는 사실을 깨닫고 헛웃음을 흘렸다.

혈륜검마와 염신혈수의 조합은 막강하다. 혈륜검마만 해도 팔대호법급 전투 능력인데 염신혈수와 상호 보완을 이루니 놀라운 상승효과가 발생한다.

그런데 이들이 앞서 쓰러진 혼원의 마수, 혈우귀와 동시에 투입되지 않고 축차 투입된 이유를 추측해 보니 어처구니없는 답이 나왔다.

'이놈들, 시간을 끌겠다고 나온 건가?

이만한 전력을 고작 시간 벌이용으로 투입한 것이다.

말도 안 되는 일 같지만 형운을 잘 아는 흑영신교라면 그럴 수 있었다. 아마 신녀의 예지를 바탕으로 원하는 상황을 그려냈으리라.

'노림수를 모르겠군. 우전이를 통해서 더 노리는 게 있는 건가? 아니… 이제 됐다.'

형운은 복잡한 생각을 털어냈다.

적들이 아래층을 붕괴시켜 준 것은 차라리 잘됐다. 이들이 긴급 제어 시설을 노릴 일은 없다는 뜻이니까.

이제부터는 최대한 빠르게 이들을 격파하는 데만 집중할 것이다.

"준비를 많이 해 온 것 같은데, 어디 얼마나 잘해 왔나 봐주지."

형운의 주변에 무수한 얼음검이 떠오르기 시작했다.

2

콰아아아앙!

폭음이 쩌렁쩌렁 울렸다.

"크윽……!"

충격으로 튕겨 나간 강연진은 아슬아슬하게 허공에서 멈춰 섰다.

오연서가 허공섭물로 붙잡아준 덕분이었다.

—이 악물어요!

전음과 동시에 강연진의 몸이 본인의 의사와는 상관없이 옆으로 내던져졌다.

파아아아아!

아슬아슬하게 푸른 섬광이 그 자리를 관통했다.

퍼퍼퍼펑!

붕괴한 탑 위에 착지하는 강연진의 주변에서 연거푸 폭음이 울려 퍼졌다.

양우전이 발한 격공의 기였다. 현시점에서는 강연진이 간파할 수 없는 공격이었지만 그렇다고 대응이 불가능한 것은 아니었다. 싸우는 내내 전신을 호신장막으로 감싸면 방어가 가능하다.

진기 소모가 말도 안 되게 막대한 방법이다. 하지만 천공지체에게는 지극히 현실적인 전술이었다.

상대와 실력 차가 커서 진기 소모량의 비율이 1 대 10이라도 상관없다. 그래도 버틸 수 있을 만큼 내공 비축량이 어마어마하니까!

—젠장! 그놈들은 뭐였지?

한창 양우전과 격전을 벌이고 있는데 갑자기 어둠 속에서 두 괴물이 등장했다. 오싹할 정도로 거대한 기운을 품은 요괴와 혼원의 마수였다.

그들은 양우전과의 싸움에 끼어들지 않았다. 그저 강연진과 오연서에게 크게 한 방씩 날리고는 탑 밑으로 몸을 날렸을 따름이다.

—지금 그거 신경 쓸 여유 없어요! 아, 진짜! 나 없이 혼자 왔으면 어떻게 되셨을까?

—고맙다! 아주 고마워서 미치겠어! 이제 됐냐? 좀 닥치고 집중하자!

이를 가는 강연진 앞에 뭔가가 불쑥 나타났다. 강연진이 반사적으로 쳐내고 보니 부서진 탑의 파편이었다.

'물질의 운화! 속임수였나?'

그리고 거의 동시에 뒤쪽에 나타난 양우전이 기공파를 쏘았다.

콰아아아앙!

강연진의 천공흡인 때문에 일정 거리 안쪽으로는 운화했다가는 허점만 드러내는 꼴이다. 그렇기에 양우전은 5장 정도 떨어진 지점에 운화해서는 기공파로 허점을 찔렀다.

하지만 강연진은 아슬아슬하게 호신장막을 강화하면서 버텨내었다.

"정말 내공을 펑펑 써대는군. 내공 비축량이 얼마나 되는 거야? 설마 무한한 건가?"

그 앞에 내려선 양우전이 어이없다는 듯 물었다. 그 모습을 보면 도저히 제정신이 아니라고는 보이지 않는다.

'원체 성격이 더러운 놈이다 보니 별 차이도 안 느껴져, 젠장.'

정말 정신이 지배당하고 있는 게 맞기는 한지 의심스러울 정도다.

지금의 양우전은 처음에 제압했을 때와는 현격히 다른 실력을 보여주고 있었다. 싸움이 재개된 후로 강연진과 오연서는 시종일관 열세에 몰렸다.

"천공지체, 생각했던 것보다 훨씬 골치 아프군. 이런 상황이 아니었다면 어려운 싸움이었겠는걸."

양우전이 혀를 찼다.

백운단의 폭주는 그에게 막강한 힘을 공급해 주고 있었다. 출력도, 여력도 평소와는 비교도 안 된다.

그런데도 강연진과 오연서를 상대로 결정적인 우위를 거머쥘 수가 없었다.

"여유가 넘치시는군."

강연진이 으르렁거렸다. 양우전은 피식 웃더니 허공에 수십 발의 기공탄을 만들어 띄웠다.

꽈아아아앙!

그리고 그것들을 동시에 기의 운화로 강연진과 오연서에게 명중시켰다.

강연진과 오연서 둘 다 호신장막을 상시 펼쳐두고 있었기에 그 공격을 받아낼 수 있었다.

하지만 양우전도 애당초 타격을 줄 생각으로 날린 공격이 아니었다.

팍!

섬광을 뚫고 뒤쪽에서 날아든 양우전의 주먹을 강연진이 아슬아슬하게 막아냈다.

하지만 양우전 쪽이 위치, 자세 모두 유리했다. 강연진이 체중 이동을 마치기 전에 양우전이 격렬한 공세를 퍼부었다.

퍽!

가슴팍을 얻어맞은 강연진이 비틀거리며 물러났다. 그리고 이어지는 양우전의 공세에 정신없이 밀려나기 시작했다.

'거리를 완벽하게 파악했어! 제기랄!'

강연진은 양우전이 천공흡인의 유효 거리를 파악했음을 알아차리고 전율했다.

운화가 방해받지 않는 거리를 정확히 파악하고 그 지점으로 운화한 다음 접근한다. 그것만으로도 운화의 효과가 다시금 살아나고 있었다.

'그 자식이 왜 약한 소리를 했는지 알겠군. 강하다……!'

소름 끼치는 실력이다. 일대일이었다면 도저히 당해낼 자신이 없었다.

퍼엉!

결국 양우전의 일권이 강연진의 방어를 뚫고 작렬했다.

강연진은 순간적으로 몸을 뒤로 날려서 충격을 최소화하기는 했지만 완전히 자세가 무너지고 말았다.

쉬이이이이익!

하지만 양우전은 결정타를 날리지 못했다. 오연서가 날린 검기가 날아들었기 때문이다.

"쯧!"

그는 검기를 흘려서 받아내면서 뒤로 물러났다.

그런데 그때였다.

쿠구구궁……!

공간이 진동하면서 소름 끼칠 정도로 강력한 기운이 엄습해 왔다.

'술법인가?'

양우전은 그것이 규모가 큰 술법이 발동한 조짐임을 알아차렸다.

화륵……!

갑자기 주변을 채운 운무 사이사이에서 불꽃이 피어올랐다.

'설마?'

양우전의 표정이 굳었다.

화아아아악!

불꽃이 엄청난 기세로 번져가기 시작했다. 양우전에게 마르지 않는 여력을 제공하던 백운단의 기운이 격렬하게 연소하는 것이다.

"이런 식의 대비책을 준비해 놨었나. 역시 철두철미하군."

긴급 제어 시설에 대한 것은 양우전에게는 허락되지 않은 정보였다. 그렇기에 백운단의 폭주에 대응하는 술법에 놀랄 수밖에 없었다.

그런 그에게 강연진과 오연서가 뛰어들었다. 양쪽으로 나뉘어서 합공해 온다.

파파파파파!

그리고 두 사람은 경악했다.

지금까지 지겹도록 호흡을 맞춰본 두 사람의 연계 수준은 높았다. 게다가 접근전을 벌이면 천공흡인에 의해서 운화가 봉쇄된다.

그런데도 양우전이 완벽한 방어로 두 사람을 막아내는 것이 아닌가?

"천공지체의 능력은 확실히 대단해."

양우전이 냉소했다.

"하지만 무공은 꽤 격차가 큰 것 같지 않나?"

그 말대로였다. 양우전은 기적적인 감각으로 격투와 기공을 조합, 두 사람의 합공을 감당해 내고 있었다.

—광풍혼(光風魂) 연쇄(連鎖)!

그리고 어느 순간, 양우전의 광풍혼이 확장하면서 오연서를 휘감았다.

'아, 이런!'

광풍혼에 휘감긴 오연서의 몸이 흔들렸다. 그녀는 곧바로 검기를 발해서 광풍혼을 끊었지만 그 틈을 타서 양우전의 공격이 정통으로 들어갔다.

콰!

"오연서!"

강연진은 나가떨어지는 그녀를 보며 외쳤다.

그리고 그것은 치명적인 틈을 만들었다.

팟!

눈앞에서 터진 섬광이 일시적으로 강연진의 시야를 마비시켰다.

―광풍수라격(光風修羅擊)!

그리고 잠시 발생한 허점으로 비정한 일격이 날아들었다.

양우전의 왼팔이 강연진의 오른팔을 뱀처럼 휘감았다.

콰직!

강연진이 경기공을 집중하기도 전에 오른팔이 부러졌다. 그리고 양우전의 관수가 그의 심장을 노렸다. 승리를 확신한 양우전의 입가에 잔혹한 미소가 떠올랐다.

그러나…….

―뇌극공(雷隙功)!

관수가 강연진의 가슴팍에 닿기 직전, 시퍼런 뇌전이 양우전을 휘감았다.

파지지지직!

"크아아아악!"

양우전이 비명을 질렀다.

3

형운이 제공한 뇌령수화의 비약을 통해 완성된 뇌극공(雷隙

功), 그리고 빙백설야공을 바탕으로 한 백설혼(白雪魂)은 귀혁이 무학원에 공개하지 않은 무공이다.

당초 예상했던 것보다 빼어난 완성도로 만들어진 이 두 무공을 귀혁은 무맥(武脈)의 비전(秘傳)으로 삼기로 했다. 그래서 이 두 무공을 연마한 자는 희소했다.

익힌 것은 서하령과 가려를 제외하면 귀혁의 제자들, 그중에서도 자격을 갖췄다고 인정받은 몇 명뿐이다. 그리고…….

오랫동안 스승의 곁을 떠나 있던 양우전은 그 전수자에 속해 있지 않았다.

'뇌, 뇌기(雷氣)? 이놈이 어떻게?'

천공지체에 대해서는 상당히 많은 정보가 모여 있었다. 백운지신 대응책에는 놀랐지만, 그들의 능력 자체는 상정한 범주를 넘지 않았다.

천공지체는 천공흡인을 통해 온갖 기운을 천공기심에 저장할 수 있다. 하지만 그 기운을 꺼내서 쓸 때는 체내의 기맥을 거쳐야만 한다.

즉, 뇌기나 마기 같은 극단적으로 이질적인 기운을 즉시, 그리고 그 성질 그대로 쓸 수 없다는 뜻이다. 정혼기심의 힘으로 정화한 후에 자신의 진기로 쓰는 것만 가능한 것이다.

형운의 경우는 이 한계를 뛰어넘지만 그것은 그에게 빙백기심이 있고 빙백무극지경의 권능을 지녔기 때문이다. 강연진과 오연서에게는 불가능한 일이다.

그렇게 확신하고 있었기에 뒤통수를 맞고 말았다.

"개자식……!"

강연진이 악귀처럼 일그러진 얼굴로 양우전을 노려보았다.

그 역시 뇌기에 타격을 입었다. 하지만 뇌극공을 익히고 있기에 양우전보다 훨씬 경미한 타격이었다.

이를 악문 강연진의 몸에서 조금 전보다 훨씬 강한 뇌기가 터졌다.

꽈아앙!

뇌기가 폭발하면서 강연진과 양우전이 서로 반대편으로 튕겨나갔다.

'크악……!'

정신이 아득해질 정도의 격통이 강연진을 엄습해 왔다. 부러진 팔이 양우전의 팔과 얽혀 있다가 세차게 빠져나왔기 때문이었다.

하지만 여기서 혼절할 수는 없었다.

—감극도(感隙道) 무심반사경(無心反射勁)…….

강연진은 신경이 타는 것 같은 고통을 이기기 위해 비장의 수단을 꺼냈다.

—인형술(人形術).

부상으로 인한 고통이 전투 효율을 생존이 위험한 상황까지 떨어뜨렸을 때를 위한 감극도의 비기.

통각을 고통으로 인식하는 감각을 강제로 닫아버리고 모든 감각을 절대 감각을 통한 '상태'로만 인식한다. 그리고 마치 실로 연결된 인형을 조종하듯이 자신의 몸을 제어한다.

훈련은 많이 해봤지만 실전에서 써보는 것은 이번이 처음이다. 강연진은 자신이 삶과 죽음의 갈림길에 서 있음을 인식했다.

"크윽, 이 자식……!"

양우전이 그를 노려보았다.

그가 뇌기로 인해 받은 타격은 강연진보다 더 크다. 강연진은 양우전 역시 인형술을 쓰고 있음을 깨달았다.

'한 팔을 못 쓰는 상태로 격투전을 벌였다가는 승산이 없다. 거리를 뒀을 때 끝내야 해.'

강연진은 곧바로 결단을 내렸다.

꽈르릉! 꽈과과광!

뇌극공을 최대 출력으로 전개해서 뇌기로 이루어진 유성혼을 난사했다.

그것을 막아내면서 양우전이 이를 갈았다. 뇌기는 상대하기 까다로운 기운이다. 방어에 소모하는 기운이 그만큼 커질 수밖에 없다.

술법에 의해 폭주한 백운단의 기운이 맹렬히 연소되고 있는 지금, 양우전으로서는 큰 진기 소모가 부담스러웠다.

'강연진 이놈, 도대체 어디서 이런 힘이 나는 거지?'

아무리 뇌극공을 연마해서 뇌기를 다룰 수 있게 되었다고 해도 이해할 수 없는 상황이다.

빙백설야공처럼 심법 그 자체를 특정 성향에 특화된 형태로 바꾸지 않는 한 자신의 내공을 특정 성향으로 변환하는 효율에는 한계가 있다. 뇌극공의 완성도가 아무리 뛰어나도 그 한계를 넘는 것은 불가능하다.

그런데 최대 출력으로 난사하는 기공파 전부가 뇌기로 이루어져 있다니?

'하루 종일이라도 쏴주마. 네놈이 쓰러질 때까지!'

양우전이 품은 의문의 답은 바로 강연진이 오연서보다 내공 비축량이 크게 뒤떨어지는 이유이기도 했다.

강연진은 내공을 비축하는 작업을 할 때마다 시간을 쪼개서 뇌극공으로 생성한 기운도 따로 비축해 두었던 것이다. 그 비축량이 그의 내공 10인분에 가까웠기에 뇌전의 힘이 막대하게 남아 있었다.

거리를 두고 기공파 폭격이 시작된 시점에서 양우전은 불리한 싸움을 시작한 셈이다.

'이대로 끝까지 밀어붙이기만 하면……!'

강연진이 그렇게 생각하는 순간이었다.

—운화(雲化) 유성혼(流星魂)!

폭발하는 뇌공 속에 홀연히 이질적인 기운이 나타났다.

'아! 당했……!'

콰아아아아앙!

강연진이 폭발에 휩쓸려 날아갔다.

양우전은 호신장막으로 막대한 진기를 소모하는 와중에도 기공파를 형성, 기의 운화로 공간을 뛰어넘어서 강연진을 치는 데 성공한 것이다.

'제기, 랄……!'

강연진은 마치 실에 조종당하는 인형처럼 부자연스럽게 몸을 일으켰다.

몸은 만신창이였다. 그런데도 통증은 전혀 없어서, 냉정하게 허공섭물로 몸을 일으켜 세울 수 있다는 점이 섬뜩했다.

"진짜 끈질기군. 빌어먹을. 제대로 한 방 먹었다."

양우전이 살기등등한 모습으로 걸어왔다.

둘 다 중상이다. 뇌기로 인해서 감각에 타격을 입은 양우전은 운화도 못 하는 상태였다.

하지만 강연진의 상태가 훨씬 심각하다. 인형술이 아니었다면 아예 움직일 수도 없을 정도였으니까.

—오연서, 미안하다.

강연진은 최후를 직감하고 오연서에게 전음을 보냈다.

자신의 무력함이 한스러웠다. 만약 자신이 양우전이 죽여달라고 했을 때 망설이지 않았더라면… 그랬더라면 이런 일도 없었을 텐데.

—제발 정신 차려. 조금이라도 힘이 남았다면… 빠져나가. 난 이미 글렀으니 혹시라도 구하러 오겠다는 생각 따윈 말고.

강연진은 최후의 힘을 양우전을 치는 데 쓰는 것이 아니라 의기상인으로 오연서를 자극해서 의식을 일깨우는 데 썼다.

"원래의 양우전이었다면 너한테 패했겠군. 끈질긴 거야 쏙 빼닮긴 했지만 네놈이 숨겼던 비장의 패를 극복할 방법을 찾지 못했을 테니."

"뭐?"

강연진이 놀라 눈을 크게 뜨자 양우전이 흉하게 일그러진 미소를 지었다.

"나는 양우전의 소망이다. 양우전이 갈구하던 재능으로, 양우전이 바라는 것을 성취하는 존재지. 놈이 가장 바라는 것은 너를 이겨 설욕하는 것이었다. 이제 그 소원을 이뤄줄 시간이야."

"…아니야."

"뭐?"

"그 자식은 그런 걸 바라지 않았어."

"내가 양우전이고, 양우전이 나다. 설마 내 마음을 나보다 더 잘 안다고 주장하시려고?"

"양우전은 구제불능의 개자식이지만… 한 가지만은 인정할 수밖에 없었어."

강연진이 쓰디쓴 웃음을 지었다.

"그놈의 자존심은 천하제일이야. 남이 선심 쓰듯 자기 소원을 이뤄줬다고 해서 만족할 리가 없지. 설령 죽을 때까지 이루지 못한다고 하더라도, 스스로 노력해서 쟁취하려고 할 거야. 그러지 않으면 절대 만족하지 못할 놈이거든."

"……."

그 말에 양우전이 움찔했다. 그가 굳은 표정으로 강연진을 노려보았다.

"…어리석은 소리군. 내가 양우전이고, 양우전이 나다. 내가 이루는 것이 양우전이 이루는 것이야."

"그런 헛소리에 양우전이 속아주더냐?"

"닥쳐!"

양우전이 격노하며 강연진의 목을 틀어쥐었다. 숨이 막힌 강연진의 목에서 위험한 소리가 나기 시작했다.

투두두둑……!

"마지막으로 이기는 것이 진정한 승자인 법이지. 강연진, 네 놈에게 당한 패배는 이 순간을 위한 양분이었다."

"……!"

강연진이 발버둥 쳤다. 인형술 때문에 고통스럽지 않다는 사실이 기괴한 공포를 느끼게 만들었다.

파악!

그때였다. 허공에 섬광이 번뜩이더니 양우전의 등판에서 선혈이 튀었다.

'누가?'

강연진이 놀라는 순간이었다.

배후의 운무를 뚫고 오연서가 달려 나왔다. 눈동자에서 홍옥처럼 붉은 빛을 발하고, 머리칼 또한 새빨갛게 물든 모습으로.

영수의 피를 일깨운 상태였다.

"이야아아아아아!"

오연서가 비명인지 기합인지 모를 소리를 내지르며 검을 마구 휘둘렀다. 검에 맺힌 섬광이 사정없이 공간을 난도질했다.

"이 개 같은 년!"

기습으로 한칼을 맞은 양우전이 격노했다. 무심반사경으로 마구잡이 공세를 받아낸 그가 격공의 기로 오연서를 강타, 움직임을 멎게 하고는 일장을 날렸다.

퍼엉!

튕겨 나가는 오연서를 보며 강연진은 한 가지 사실을 알아차렸다.

'바보 같은 여자가! 저런 상태로 왜 온 거야! 빠져나가라고 했더니!'

오연서가 이성을 잃어서 움직임이 마구잡이였던 것이 아니었다.

당장 쓰러져도 이상하지 않은 중상이라 그럴 수밖에 없었던 것이다. 영수의 피를 일깨우지 않았다면 여기까지 오지도 못했으리라.

"네년한테도 갚아줘야 할 빚이 있었지! 죽어!"

"죽는 건 너야!"

순간, 강연진이 벼락처럼 달려들어서 양우전의 배를 머리로 들이받았다.

"컥……!"

허점을 찔린 양우전이 비틀거리는 순간, 뇌기가 폭발했다.

파지지지직!

"크아아악……!"

강연진이 쓰러진 그를 붙잡고 연달아 뇌기를 터뜨렸다.

양우전보다는 타격을 덜 받는다지만 그는 이미 사경을 헤맬 정도의 부상을 입은 상태다. 양우전이 죽기 전에 먼저 숨이 끊어져도 이상하지 않으리라.

'양우전! 너만은 내가 같이 데려간다……!'

인형술의 힘이 다하는 듯 정신이 흐려지기 시작했을 때였다.

푹!

옆에서 날아든 검이 양우전의 목을 깊숙이 찔러 버렸다.

"……."

순간적으로 강연진은 숨이 끊어진 양우전을 보며 멍청하니 있었다.

잠시 후, 그런 그의 머리 위로 오연서의 그림자가 드리워졌다. 그녀가 숨을 몰아쉬며 말했다.

"덕분에 오늘 참 험한 말 많이 쓰게 되네요. 이 미친놈아."

"오연… 서……."

부상 때문인지 목소리가 제대로 나오지 않았다.

비틀거리며 걸어온 오연서가 강연진을 붙잡아서 부축했다. 그리고 그가 뭐라고 말하기 전에 쏘아붙였다.

"왜 왔냐느니 하는 헛소리 지껄이면 진짜 패버릴 거예요."

"……."

"내가 미쳤지. 어쩌자고 이런 미친놈하고 얽혀서……."

오연서가 비틀거리며 걷기 시작했다. 그녀에게는 인형술처럼 부상을 무시하고 몸을 조종할 수 있는 기술이 없다. 통각은 어느 정도 조절할 수 있었지만, 몸을 움직이기 위해서는 고통을 감수할 수밖에 없었다.

그나마 다행인 것은 그녀가 천공지체라는 점이다. 기맥이 엉망진창이었지만, 천공기심에서 비축분을 꺼내 쓰니 어떻게든 진기 운용이 가능했다.

"헉, 헉, 허억……."

그녀는 힘겹게 탑의 끄트머리로 걸어갔다.

화아아아악……!

주변 풍경은 마치 지옥의 한복판 같았다. 폭주하는 백운단이 불타오르면서 발생시키는 열기는 숨 쉬는 것조차 어렵게 만들었다.

두 사람이 천공지체가 아니었으면 질식해서 죽었으리라. 두 사람은 만독불침(萬毒不侵)이었으며, 정혼기심을 지녔기에 진기

성질이 도가 무공의 그것에 가까워 정화력을 발휘한다.

이 두 가지 요소가 있기에 이 상황에서도 목숨을 부지할 수 있었던 것이다. 괜히 형운이 두 사람에게 이 일을 맡긴 것이 아니었다.

—어쩌려고?

목소리가 나오지 않는 강연진이 전음으로 물었다.

"어쩌긴요. 뛰어내려야죠."

"……."

"자살하려는 거 아니니까 그런 표정 집어치워요. 몸 상태가 엉망이기는 해도 경공으로 활공하는 정도는 가능할 거예요."

오연서가 홍옥 같은 빛을 발하는 눈을 부라렸다.

그 모습은 강연진에게도 익숙하지 않았다. 오연서는 어지간해서는 영수의 피를 일깨우지 않았기 때문이다.

곧 두 사람은 탑의 가장자리에 도달했다. 하지만 곧바로 뛰어내릴 수는 없었다. 주변이 온통 불타오르고 있었기 때문이다.

—기공으로 한 점에 힘을 집중시킬 테니, 네가 때려서 폭발시켜.

"알겠어요."

천공지체 연구에서 항상 손발을 맞춰온 두 사람이다. 힘을 합쳤을 때 상승효과를 일으킬 방법도 무궁무진하게 갖고 있었다.

강연진이 힘겹게 기공을 전개할 때였다.

쿠구구궁……!

공간이 진동하면서, 다시 한번 소름 끼칠 정도로 강력한 기운이 퍼져 나갔다.

'설마?'

강연진과 오연서가 놀라서 주변을 둘러보았다.

무수한 백색 파문이 일고 있었다. 그 파문이 이는 자리마다 모든 것이 새하얗게 물든 채로 정지해 간다.

긴급 제어 시설의 2단계 술법이 발동한 것이다.

—서두르자!

강연진이 필사적으로 정신을 집중했다. 하지만 인형술도 풀리기 직전이라 쉽지 않았다.

"이야아아아아!"

강연진이 기공으로 빚어낸 기운이 형체를 갖추는 순간, 오연서가 있는 힘을 다해 검기를 흩뿌렸다.

콰과광!

폭발이 일면서 불꽃이 흩어졌다.

하지만 두 사람은 뛰어내리지 못했다.

"아……."

오연서의 얼굴이 절망에 물들었다.

그 너머는 이미 하얀 벽으로 화해 있었던 것이다.

2단계 술법은 이미 그들이 빠져나갈 길을 막아놓고 있었다.

"…수성님이 그랬었죠. 주변이 조짐이 이상하다 싶으면 빠져나오라고."

하지만 두 사람은 그럴 수가 없었다. 1단계 술법이 발동한 후에도 양우전과 사투를 벌여야 했으니까.

두 사람은 망연히 서서 주변 공간이 하얗게 동결되어 가는 것을 지켜보았다.

점차 백색 파문이 가까워져 오는 것을 보며 강연진이 말했다.

"미안… 해……."

목소리를 쥐어짜 내기도 힘들었지만, 그래도 목소리로 말해야만 할 것 같았다.

"아니요."

오연서가 고개를 저었다.

"스스로 선택한 일이었는걸요. 당신도 알다시피 제가 좀 착하잖아요. 당신 같은 밉살맞은 미친놈도 뻔히 사지로 걸어 들어가는 꼴은 못 볼 정도로."

"……."

강연진은 쓴웃음을 지었다. 그러자 오연서가 새침한 눈으로 그를 바라보았다.

"뭐예요? 아니라는 거예요?"

"아니……. 맞, 아……."

"와, 이상하네요."

"뭐, 가……?"

"당신이 너무 고분고분하니까 현실감이 없어요."

"……."

"사부님이 그러셨어요. 무인의 선택은 언제나 칼날처럼 단호할 수밖에 없다고. 그러니까 그 선택의 무게를 알라고요. 그 말씀의 뜻을 이제야 알 것 같네요."

그렇게 말하던 오연서가 움찔했다. 강연진과 서로 바라본 그녀가 믿을 수 없다는 듯 뒤를 돌아보았다.

그곳에는 양우전이 서 있었다.

"…설마 불사신인가요?"

두 번이나 죽는 것을 봤다. 첫 번째야 시간 차가 있었을 뿐, 운화했다가 육화했다고 할 수 있겠지만 두 번째는 확실하게 숨통을 끊었다. 그런데도 다시 멀쩡한 모습으로 되살아나다니?

오연서가 강연진을 내려놓고 검을 들었다. 어차피 죽을 운명이고, 몸 가누기도 힘들었지만 그래도 저항하지 않고 죽어주기는 싫었다.

"강연진, 오연서."

그런 그녀를 보며 양우전이 쓴웃음을 지었다.

"미안했다."

"무슨 뜻이죠?"

"그리고 고맙다."

양우전이 손을 들어 올렸다. 오연서가 움찔하는 순간, 그의 팔이 통째로 연기로 화해 흩어졌다.

꽈아아아앙!

그리고 뒤쪽에서 폭발이 일어나면서 새하얀 벽에 커다란 바람구멍이 뚫렸다.

두 사람은 놀라서 그 구멍을 바라보다가 양우전을 바라보았다.

"당신……."

양우전은 팔이 사라진 부위부터 서서히 연기로 흩어져 가고 있었다.

"곧 다시 닫힐지도 몰라. 가라."

"…고맙다고는 하지 않을게요."

오연서는 양우전이 어쩔 것인지는 묻지 않았다. 천공지체의 기감이 알려주고 있었기 때문이다.

양우전은 이미 죽었다는 것을.

저것은 주변의 기운이 뭉쳐 만들어진 양우전의 잔재 같은 것이다. 그렇기에 두 사람을 위한 탈출구를 만들어주는 것만으로도 존재를 유지할 힘이 다해 버렸다.

오연서는 강연진을 들쳐 업고는 구멍으로 뛰어내렸다.

마지막 순간, 뒤를 돌아보는 강연진과 양우전의 눈이 마주쳤다.

강연진은 형언할 수 없는 감정을 느끼며 그를 바라보았고, 양우전 역시 마찬가지였다.

하지만 그것은 찰나였다. 곧 두 사람은 서로를 볼 수 없게 되었다.

순식간에 멀어져 가는 풍경을 보면서 강연진은 눈물이 왈칵 쏟아질 것 같은 기분을 느꼈다.

좋아할 구석이라고는 하나도 없던 놈이었다. 어린 시절부터 지금까지 언제나 밉기만 했다. 비무회에서 승리함으로써 통쾌한 복수를 했는데도 미움은 사라지지 않았다.

그런 놈이 죽었으니 속이 후련해야만 할 것 같다.

그런데 왜 이리도 가슴이 먹먹하고 눈물이 나려고 하는 것일까.

알 수가 없었다.

강연진은 어쩌면 영원히 그 이유를 알 수 없을지도 모르겠다고 생각했다.

4

형운은 혈륜검마와 염신혈수를 철저하게 찍어 누르고 있었다.

둘의 연계가 불러일으키는 상승효과가 지대한데도 전혀 상대가 되지 못한다. 두들겨 맞으면서 버티는 게 고작이었다.

〈괴물 같은 놈……!〉

불꽃을 다루는 혼원의 마수, 염신혈수가 절규했다.

전투가 시작된 이래 그는 단 한 번도 제대로 불꽃을 활용하지 못했다. 형운이 일으킨 해일 같은 한기폭풍 속에서 그의 불꽃은 촛불이나 다름없었다.

콰과과광!

지면이 터져 나가면서 혈륜검마와 염신혈수가 지상으로 튕겨 나왔다.

형운이 심검으로 지상까지 대각선으로 이어지는 통로를 뚫은 다음 둘을 난타하면서 밀어붙인 결과였다.

"크흑……!"

가까스로 균형을 바로잡고 착지한 혈륜검마가 휘청거리며 주저앉았다.

하지만 숨을 고를 시간 따위는 없었다. 형운이 운화해서 그 앞에 나타났기 때문이다.

"카아악!"

혈륜검마가 발작적으로 검을 휘둘렀다.

하지만 검이 제대로 가속하기도 전에 형운의 손에 잡힌다.

파각!

그리고 검신을 타고 침투한 지독한 한기가 그의 팔을 얼려 터뜨렸다.

혈륜검마에게는 빙령의 조각으로부터 비롯되는 한기 제어 능력이 있다. 하지만 형운의 빙백무극지경의 권능과 격의 차이가 너무 컸기에 직접 접촉한 상태에서 공격당하자 속수무책이었다.

"훔친 물건은 내가 주인에게 돌려주도록 하지."

싸늘한 말과 함께 형운의 관수가 혈륜검마의 가슴팍을 꿰뚫었다.

콰직!

고위 요괴의 재생 능력조차도 소용없다. 접촉 상태에서 침투한 한기에 온몸이 새하얗게 얼어붙었다.

"크아, 악……!"

형운은 정확히 빙령의 조각이 있는 지점을 꿰뚫어서 끄집어냈다.

콰아아아아아!

동시에 쏘아낸 기공파가 혈륜검마를 절명시키고 염신혈수까지 덮쳤다.

"시간 없으니 이만 끝내자."

형운은 위쪽에서 긴급 제어 시설의 2단계 술법이 발동하는 것을 감지하고는 말했다.

3단계 술법이 발동하면 결계술사들이 구축한 결계 안쪽의 모든 것이 공간봉인에 끌려들어 갈 것이다. 그 전에 탈출해야 했다.

〈크흐흐, 정말… 어처구니없을 정도로 강하군……!〉

염신혈수가 허탈해하며 웃었다.

그와 혈륜검마와의 조합이라면 형운의 발목을 잡을 수 있을 것이라고 여겼다. 그런데 실제로 붙어보니 시간 벌이조차 제대로 할 수 없었다.

"너희들은 발상이 글러먹었어."

형운이 냉소했다.

그는 성능과 권능에 의존하는 괴물의 천적이다. 염신혈수와 혈륜검마는 강력한 조합이었지만, 결국 그 한계를 벗어나지 못했다.

—광풍폭쇄(光風爆碎)!

혈우귀를 소멸시켰을 때와 똑같은 수법으로 염신혈수를 소멸시킨 형운이 위를 올려다보았다. 그리고 안도의 한숨을 내쉬었다.

오연서가 강연진을 업은 채로 활공하고 있는 모습을 발견했기 때문이다.

2단계 술법이 발동한 후라 빨리 안쪽으로 뚫고 들어가서 구출해야겠다고 생각했는데, 자력으로 탈출을 한 모양이었다. 그래도 활공하는 모습이 영 위태로워 보이니 곧바로 구조해야겠다고 생각할 때였다.

'양우전?'

홀연히 양우전의 모습이 나타났다.

하지만 그 모습이 실체가 아닌 것은 쉽게 알아볼 수 있었다. 흐릿한 형체가 금방이라도 흩어질 것처럼 아른거리고 있었기 때문이다.

"대사형."

양우전이 입술을 깨물었다. 뭔가 말하고 싶은 것이 있는데 쉽게 입이 떨어지지 않는 것 같았다.

가만히 기다리던 형운이 먼저 말했다.

"우전아, 네 잘못이 아니다."

양우전이 깜짝 놀라서 형운을 바라보았다. 형운이 안타까워하며 말했다.

"네가 잘못해서 이렇게 된 게 아니야. 그러니까 죄책감 느끼지 마라."

"……."

양우전은 멍하니 형운을 바라보았다. 그러다가 당장에라도 울 것처럼 일그러진 미소를 지으며 말했다.

"대사형은 참… 한결같이 물러 터졌군요."

"나 한 사람쯤은 그래도 좋지 않겠냐."

"…그렇군요. 그런 것 같습니다."

양우전이 하늘을 올려다보았다. 당장에라도 흐를 것 같은 눈물을 감추기 위해서였다.

곧 눈물을 훔친 그가 말했다.

"원 장로님께 전해주십시오. 기대에 부응하지 못해서 죄송하다고요. 그리고… 지금까지 정말 감사했다고요. 제게 해주신 일 전부 다."

"알겠다. 꼭 전해줄게."

"고맙습니다. 사부님께도 죄송했다고 전해주십시오. 그리고 강연진에게는……."

양우전은 머뭇거리다가 고개를 저었다. 미련을 털어버리려는 듯이.

"…아니, 아닙니다."

"괜찮겠냐?"

"벌써 다 전했습니다. 못 알아들었으면 그놈이 머저리인 거죠."

쓰게 웃은 양우전은 마지막으로 형운을 바라보며 정중하게 예를 표했다.

어쩌면 그것은 처음이자 마지막으로 형운이 받아보는, 양우전의 진심이 담긴 인사였다.

"뒷일을 부탁드립니다."

"그래. 복수는 내가 해주마. 그리 오래 걸리진 않을 거야."

고개를 끄덕이는 형운을 보며 양우전은 생각했다.

'이제 할 수 있는 일은 다 끝냈다.'

그러자 양우전의 눈앞이 하얗게 변했다가 붕괴한 탑 꼭대기층으로 돌아왔다.

"하하하……."

양우전은 온통 새하얗게 정지해 버린 주변을 보며 공허하게 웃었다.

그의 몸도 돌처럼 하얗게 굳어진 채로 부서지고 있었다. 지옥 같은 고통이 덮쳐와야 할 것 같은데, 실제로는 아무 감각도 없었다. 보고 듣는 것 말고는 아무것도 느껴지지 않아서 모든 것이 꿈처럼 아득하게 느껴졌다.

하지만 양우전은 알고 있었다. 이 모든 것이 현실이라는 것을.

자신은 곧 죽는다.

그렇게 생각하자 왈칵 눈물이 쏟아질 것 같았다.

무서웠다. 당장에라도 엉엉 울면서 비명을 지르고 싶었다.

하지만 그러지 않았다. 지켜보는 눈이 아무도 없다고 하더라도, 그의 드높은 자존심은 그런 행동을 허락하지 못했다.

양우전은 떨리는 눈을 감았다.

쿠구구궁……!

소리가 들린다. 정지한 세상이 또다시 변화하는 소리가.

그리고 천지가 진동하면서 한 점으로 수렴하기 시작했다. 양우전은 그것이 긴급 제어 시설에 비장된 마지막 대술법, 공간봉인이 발동해서임을 알 수 없었다. 하지만 본능적으로 이 변화가 종국으로 향하는 길임을 이해했다.

"어리석은 놈."

문득 날카로운 목소리가 들려왔다. 여전히 양우전의 내면에 남아 있는 심마의 목소리였다.

양우전이 눈을 뜨자 또 다른 자신이 보였다.

"쓰레기 같은 삶이었다. 몇 안 되는 소망조차 이루지 못하고 이렇게 죽는구나. 기분이 어때?"

심마가 이죽거렸다. 양우전은 잠시 그를 가만히 바라보다가 대답했다.

"한 가지는 알겠다."

"뭘?"

"넌 내가 아냐."

"뭐라고?"

심마가 눈을 치켜떴다. 양우전이 헛웃음을 흘렸다.

"그래도 네가 나의 또 다른 모습이라고 생각했지. 솔직히 말하면 은근히 그러길 바라기도 했어. 부끄럽지만 이제는 알겠군."

자신의 재능을 믿고 싶었다. 노력하면 원하는 것을 거머쥘 수 있는, 그런 재능이 자신에게 있기를 갈망했다.

하지만 자신이 재능이라 믿었던 것은 사악한 신의 저주였다. 그 잔혹한 진실과 직면했으면서도 자신은 미련을 버리지 못했다. 바로 직전까지도 그랬다.

"넌 머저리 같은 신이 내린 저주일 뿐이야. 아무리 내가 궁해도 너처럼 쪽팔린 놈이 될 리가 없어."

"죽음을 앞두고 미쳐 버렸냐?"

"그럼 제정신이겠냐? 내면의 얼간이랑 이따위 대화를 나누는 놈이 제정신일 리가 없지."

"……."

"정말 웃기는군."

양우전이 킬킬거리며 웃었다. 그러다가 심마를 보며 말했다.

"야, 고맙다."

"뭐라고?"

"고맙다고, 등신아."

양우전은 진심으로 말했다. 방금 전까지 그를 사로잡았던 공포가 온데간데없이 사라졌다. 심마는 분명 그를 조롱해서 마음의 상처를 주고자 했으리라. 하지만 심마와 마주하여 명쾌한 악의를 대하자 오히려 마음이 편해졌다.

"대사형이 너희들한테 복수해 준다고 그랬다. 그 사람은 자기 말을 지키는 사람이지."

"그렇게 으르렁대더니 이제 와서 갑자기 추종자라도 되시려고? 역겹군."

"네가 그렇게 지껄이는 꼴을 보니까 그것도 나쁘지 않은 것 같군."

문득 2년 전쯤에 강연진과 나눴던 대화가 떠올랐다.

그때 강연진은 말했다. 누구와 달리 물러 터진 사람과 만나서 구원받았다고.

지금은 그 심정을 이해할 수 있을 것 같았다.

'고맙습니다. 대사형, 믿고 갑니다.'

마지막 순간, 누군가에게 감사할 수 있다는 것만으로도 나쁘지 않은 인생이었는지도 모르겠다.

양우전은 그렇게 생각하며 눈을 감았다.

5

형운은 강연진과 오연서를 데리고 결계 밖으로 탈출했다.

두 사람을 응급처치하고 난 그는 곧바로 원 장로에게 운 장로와 양우전의 유언을 전해주었다.

원 장로는 충격으로 망연자실해졌다가, 무너지듯 주저앉아서 눈물을 흘렸다.

형운은 그런 그녀를 위로하다가 문득 결계 안쪽을 바라보았다.

쿠구구구구구……!

마치 종말을 보는 것 같은 광경이었다.

산처럼 거대했던 운무가 하얗게 굳어졌다가, 이윽고 일그러지는 공간과 함께 한 점으로 수렴되어 간다. 그렇게 압축되는 것은 폭주한 백운단의 기운만이 아니었다. 주변의 모든 것, 탑은 물론이고 운벽성 지부의 건물들과 토사까지 전부 다 끌려들어 가고 있었다.

'운 장로님.'

지하의 긴급 제어 시설에서 마지막 술법을 발동시킨 운 장로 역시 예외가 아니었다.

'뒤는 맡겨주십시오.'

마음속으로 예를 표한 형운은 옆을 바라보았다. 지금까지 원 장로를 지키고 있던 가려가 그와 눈을 마주하고는 고개를 끄덕였다.

준비는 끝났다. 남은 것은 형운이 이현의 안배를 발동시키는 것뿐.

"수성."

흐느끼고 있던 원 장로는 형운과 가려의 태도에서 그들이 뭔가 중요한 일을 앞두고 있음을 예감했다.

"무엇을 하려는 것인가?"

"운 장로님과 우전이의 복수를 하고 오겠습니다."

깜짝 놀란 원 장로는 이어지는 말에 더 놀랄 수밖에 없었다.

"오늘로 흑영신교의 신화가 끝날 겁니다."

"진심으로 하는 말인가?"

"예. 그러니까 원 장로님, 쓰러지시면 안 됩니다. 운 장로님이 준비하신 것들, 쓸모없게 만드실 생각은 아니시겠지요?"

"……."

원 장로는 망연히 형운을 바라보았다. 형운은 그녀에게 미소 지어 보이고는 몸을 돌렸다.

"사형!"

치료를 받고 있던 강연진이 형운을 불렀다. 형운이 돌아보자 그가 분한 기색이 역력한 표정으로 말했다.

"…도움이 되지 못해서 죄송합니다."

"말도 안 되는 소리. 넌 내가 무리한 일을 시켰는데도 해냈잖아? 오 부대주가 도와준 덕분이지만."

"에헴, 그럼요. 강연진 혼자 갔으면 어휴, 어떻게 됐을까요?"

오연서가 기다렸다는 듯 우쭐거리자 강연진이 눈을 부라렸다.

"아, 고마워! 고맙다고!"

"아니까 다행이에요. 평생 잊지 말라구요."

"크윽……!"

형운이 부들부들 떠는 강연진의 어깨를 짚었다.

"다녀오마."

"무운을 빕니다."

형운은 고개를 끄덕이고는 가려에게 물었다.

"그럼 갈까요?"

"기다리다 목이 빠지는 줄 알았습니다."

농담 섞인 가려의 대답에 형운이 웃었다.

우우우우……!

공간이 진동하며 저편에서 날아온 투명한 빛의 파랑이 하늘을 가로질렀다.

동시에 형운과 가려의 주변 공간이 변해간다. 마치 물에 떨어진 먹물이 번져가듯이 주변 풍경과 그 속에 있는 사람들이 사라지고 새로운 풍경이 드러났다.

"이곳이……."

그곳은 어둠으로 가득한 세계였다.

언제나 그곳에 존재하는 모든 것이 안온한 어둠의 은총을 누릴 수 있지만, 흑영신교도 중에서도 그 공덕을 인정받아 선택받은 자들만이 도달할 수 있는 가장 성스럽고 아름다운 땅.

"흑영신교의 성지(聖地)인가."

마침내 형운은 흑영신교 최후의 보루에 발을 내디뎠다.

제199장
집결

성운을 먹는 자

1

신녀는 눈을 떴다.

주변은 고요했다. 어둠 속에서 그녀가 숨 쉬는 소리만이 느릿느릿하게 울리고 있었다.

'흑영신이시여, 당신의 화신을 보살펴 주소서.'

신녀는 아무도 없는 어둠 속에서 기도했다.

흑영신교의 신녀로 불리기 시작한 후 처음으로 그녀는 현재와 미래를 구분할 수 없었다. 현재도, 미래도 캄캄한 어둠만이 있었다.

신녀의 일은 끝났다.

오로지 오늘을 위해서 그녀는 수없이 미래를 예지하고 목적지로 향하는 길을 설계해 왔다. 무수한 인과의 파편을 모아서 원하는 그림을 만들어내는 작업은, 마치 해변에서 짝이 맞는 모래알을 찾아서 모으는 것만큼이나 아득한 작업이었다.

하지만 그녀는 해냈다.

그 과정에는 커다란 변수들이 있었다.

특히 가슴을 철렁하게 만들었던 사건은 두 가지였다.

흉왕 귀혁이 신안(神眼)을 가진 것, 혼마 한서우가 만마박사와 일전을 벌이고 폭주한 것.

다행히 이 둘은 수습 가능한 선에서 마무리되었다.

그 결과 흑영신교는 형운에게 수성의 권좌를 안겨주었다. 운장로를 따라서 운벽성 지부로 가게 했다. 그리고 오랫동안 공들여 온, 백운지신 폭주 사태를 직면하게 만들었다.

이것으로 신녀는 자신의 임무를 다했다.

그녀의 존재, 그녀의 삶, 그녀의 노력은 모두 오늘 이 상황을 만들어내기 위한 것이었다. 자신의 존재 의의를 다한 지금, 그녀가 할 수 있는 일은 기다리는 것뿐이었다.

미래는 캄캄한 어둠이다.

신녀는 기원했다.

그 어둠이 절망이 아니기를.

자신을 구원해 준 안식이기를.

…….

곧 어둠 속에서 소리 없는 대답이 들려왔다.

신녀의 얼굴이 펴졌다. 그녀는 더 이상 불안해하지 않고 평온하게 미래를 기다렸다.

2

한 치 앞조차 볼 수 없는 어둠이 지배하는 세상이었다. 한 점의 빛조차 존재하지 않는 어둠의 땅.

하지만 그 어둠조차도 누군가에게는 어둠으로 보이지 않았다.

일월성신의 눈은 무수한 빛들로 세상의 윤곽을, 그리고 그 속에 존재하는 것들의 형상을 그려내었다.

"오면 여기가 어딘지 알 수 있을 거라고 생각했는데, 착각이었군요."

"무슨 뜻입니까?"

가려가 의아해하며 묻자 형운이 대답했다.

"광세천교의 성지에 갔을 때는 금방 거기가 어딘지 알 수 있었어요. 전혀 상상하지 못한 곳이기는 했지만. 하지만 여기는 알 수가 없어요."

"그만큼이나 비밀스러운 장소입니까?"

"예, 어딘가 깊숙한 지하 같군요. 지하에 이런 거대한 공간이 존재한다니……."

형운은 이 공간이 별의 수호자의 총단이 있는 도시, 성해보다도 더 거대하다는 사실에 놀랐다.

그리고…….

"우리가 올 것에 대비하고 있었군요. 아무 생각 없이 일을 벌인 게 아니라 이 국면까지 예상하고 있었나."

형운에게는 어둠 저편에 도사리고 있는 강대한 존재들이 보였다.

무수한 마인들과 마수들, 그리고 그 어느 쪽에도 속하지 않은 괴물들이 주변을 포위하고 있었다.

'엄청난 숫자다. 거의 2천에 가깝군.'

특히 마수들은 지금 이 순간에도 계속해서 수가 불어나는 중이었다.

'아예 마계와 연결된 통로가 열려 있어. 성지이기 때문에 가능한 건가?'

형운은 성지 한복판에 현계와 마계를 잇는 거대한 문이 열린 것을 보았다. 그로부터 막대한 마기와 마수들이 쏟아져 나오고 있었다.

'이래서 시간을 끌려고 한 거였군.'

미리 마계문을 열고 전투를 준비했기에 가능한 일이리라.

광세천교가 멸망할 때와는 상황이 달랐다. 이 자리에는 윤극성의 병력도 없었고, 위해극이 목숨을 희생해서 자아냈던 풍혼아의 가호도 없었으니까. 대신 형운이 올 것을 알고 철저하게 준비한 흑영신교의 대군세만이 있다.

"잘도 더러운 발로 성지를 밟았구나, 선풍권룡."

어둠 저편에서 음습한 남자의 목소리가 들려왔다.

"여기가 네 무덤이 될 것이다."

술법으로 전달된 목소리는 형운이 만나보지 못한 자의 것이었다. 하지만 형운은 상대가 누구인지 알 수 있었다.

'암천령?'

형운은 만난 적이 없지만 귀혁은 만난 적이 있다. 그리고 두 사람은 서로의 내면을 들여다보는 작업을 통해서 흑영신교와의 싸움에 도움이 될 만한 정보를 공유하는 작업을 거쳤다.

하지만 형운은 의문을 느낄 수밖에 없었다.

'어째서 똑같지?'

형운이 아는 한 이번 세대에 존재한 암천령은 세 명이었다.

첫 번째는 과거 흑영신교가 빙령을 강탈하기 위해 백야문을 강습했을 때 흑영신교주를 지키기 위해 죽은 자.

두 번째는 그리고 그 뒤를 이어 암천령이 된, 혼원의 마수가 되어 귀혁과 싸워 죽은 자.

마지막으로 형운도 귀혁도 아직 만나보지 못한, 세 번째 암천령.

그런데 지금 들려오는 목소리는 귀혁에게 죽은 두 번째 암천령의 목소리였다.

'설마 그 만마박사라는 자처럼 되살아난 건가?'

암천령의 정체가 쌍둥이였고, 한쪽이 죽음으로써 완성되는 존재임을 모르는 형운 입장에서는 의문스러울 수밖에 없었다.

'하긴 뭐, 30년 전에 죽었던 인물을 일시적으로나마 되살려 낼 정도라면 마계화된 성지에서 팔대호법을 되살려 내는 것도 불가능하진 않겠지.'

형운은 의문에 집착하지 않았다. 암천령의 정체가 무엇이든 상관없다. 전력을 파악한 뒤 때려 부술 뿐이다.

곧 적들이 움직이기 시작했다.

"누나, 버티는 싸움이에요."

"알겠습니다."

갑자기 2천에 가까운, 그것도 하나하나가 강력한 적들에게 둘러싸였으면서도 가려는 침착했다.

그녀의 대답을 들은 형운이 눈을 감았다.

'그럼 나도 원군을 불러야지. 네놈들을 놀라 자빠지게 할.'

그리고 자신에게 이어진 인연의 실을 더듬기 시작했다.

멀리. 보이지 않을 정도로 먼 곳까지.

형운의 부름이 중원삼국 곳곳으로 퍼져 나갔다. 광세천교의 멸망 때 그랬듯 수십 명에 달하는 사람들이 시공을 초월하여 그 부름을 들을 것이다.

하지만 이번 결과는 그때와는 다를 것이다.

이현의 안배는 광세천교와 흑영신교, 둘 중 먼저 걸리는 쪽은 완벽하게 뒤통수를 맞을 수밖에 없다. 그러나 한쪽이 함정에 빠지는 시점에서 다른 한쪽은 함정의 존재를 알고 대비하게 된다.

이현은 이 점을 염두에 두고 있었다. 그의 안배를 물려받은 형운은 이 순간이 언제 오더라도 괜찮도록 완벽하게 준비를 갖춰놓았다.

'이번에는 좀 시간이 필요할 거야.'

응답이 돌아오기까지는 시간 차가 있었다.

왜냐하면 이것은 신화를 종결시키기 위한 싸움이니까. 충분한 준비를 갖출 시간이 필요한 것은 당연하다.

"시간도 벌 겸, 놈들 실력을 좀 볼까요?"

형운이 작은 원을 그리며 주변을 한 바퀴 돌았다. 동시에 엄청난 속도로 허공에 주먹을 난사했다.

—나선유성혼(螺線流星魂)—일수백연(一手百聯)!

수십 발의 유성혼이 포물선을 그리며 날아가서 적들을 폭격했다.

꽈과과과과과!

농밀한 어둠이 불타면서 그 속에 도사린 괴물들의 모습이 드러났다.

오합지졸들의 모임이었던 암천동맹을 상대할 때처럼 쉽지는 않았다. 섬광이 소나기처럼 쏟아지는데도 적들은 속도가 주춤했을 뿐, 거의 피해 없이 포위망을 좁혀오고 있었다.

그리고 그중 하나는 포위망에서 이탈, 유성혼 난사를 절묘하게 흘려내면서 뛰어드는 게 아닌가?

카앙!

그 앞을 가려가 가로막았다.

적은 머리부터 발끝까지 새카만 갑옷으로 이루어진 듯한 존재였다. 형운은 그것이 마계의 병기수(兵器獸), 검수(劍獸)임을 알아보았다.

—인간이라고는 믿을 수 없는 힘이로군.

텅 빈 갑옷 안쪽에서 쇠를 긁는 듯한 의념이 흘러나왔다.

—하지만 본신의 힘을 믿고 성지를 침범한 경솔함을 후회하…….

콰직!

검수의 말은 끝까지 이어지지 못했다.

측면에서 쏘아져 나온 날카로운 검기가 그 몸을 쪼개놓았기 때문이다.

—무, 무슨……!

경악하는 검수 너머에서 한 사람이 유쾌한 어조로 인사했다.

"오, 젊은 친구! 결국 이런 날이 왔군! 목이 빠져라 기다리던 날이 말이야!"

비교적 작은 체구에 장난스러운 인상을 지닌 초로의 검객이었다. 일존구객의 일원, 백무검룡 홍자겸이 반가워하며 물었다.

"그런데 캄캄해서 잘 모르겠긴 하지만 아무래도 지난번하고는 상황이 다른 것 같은데? 우리밖에 없는 건가?"

"그렇습니다. 덧붙여서 마인, 마수, 요괴 등등에게 포위당했고요."

"아주 멋지군!"

홍자겸이 눈을 반짝반짝 빛냈다. 동시에 만검문의 절예, 십검(十劍)으로 구현한 열 개의 기검으로 주변을 난도질하기 시작했다.

파학! 파바바밧!

요괴 한 마리가 두 동강 나고 병기수들이 기검을 막아내면서 주춤했다.

콰콰콰쾅!

형운이 그들에게 유성혼을 난사해서 후퇴시키면서 떨떠름하게 물었다.

"혹시 혼자 오신 겁니까?"

"그렇네만?"

"……."

형운이 그를 빤히 바라보았다.

광세천교 때와 달리 이번에는 인연이 닿은 개개인만이 아니라 그들이 동행하고자 하는 이들까지 함께 데려올 수 있었다. 형운의 부름을 듣는 순간 그 사실을 알게 되었을 텐데도 혼자 오다니?

홍자겸이 흠흠, 하고 헛기침을 했다.

"난 사문을 떠나 여행 중이었단 말일세! 결단코 혼자 오는 게 재밌을 것 같아서가 아니야!"

"…알겠습니다. 일단은 다른 아군이 올 때까지 버티기로 하지요."

"그럼 치열하게 방어해 볼까? 한 치 앞도 안 보이는 상황 속에서의 괴물 군단을 상대로 방어전이라! 흥분되는군!"

남들 같으면 절망할 상황이 오히려 그를 신나게 만들었다.

이미 적들의 포위망은 완성되어 있다. 사방은 물론이고 위쪽으로도 빠져나갈 길이 없다.

'압력이 강해진다.'

적들은 수는 많지만 중구난방이다. 개체마다 덩치도, 특성도 천차만별이기에 제대로 된 군진을 이룰 수가 없다.

하지만 흑영신교는 그런 그들의 힘을 하나로 묶어서 이용할 방법을 강구해 두었다. 효율은 떨어지지만, 흑영신교의 아군으로 인식된 존재들의 힘이 느슨하게 묶이면서 주변에 거대한 진법을 형성하고 있었다.

아무리 형운의 힘이 강력해도 저것을 힘으로 눌러 버릴 수는 없다. 혼자라면 이대로 압살당하고 말 것이다.

'방법이야 있지만… 놈들의 패를 알 수 없는 상황이니 물량

은 좀 아껴두고 싶은데.'

형운이 유성혼 난사를 뚫고 달려드는 병기수를 보며 고민할 때였다.

팍!

소리 없이 날아간 화살 한 발이 병기수를 꿰뚫었다.

꽈아아앙!

병기수는 인간과 달리 화살이 꽂힌 정도로는 별로 타격을 받지 않는다. 하지만 화살은 꽂힌 부위에서 폭발하면서 병기수의 몸통을 박살 내버렸다.

"하하하! 늦어서 미안하군! 준비를 좀 하느라 시간이 걸렸다네. 그래도 우리가 좀 빨랐던 것 같군?"

호탕하게 웃으며 나타난 것은 7척 거구에 바위 같은 근육질을 자랑하는 노무인, 청해용왕 진본해였다.

쿵!

진본해가 자기 몸보다도 커다란 꾸러미를 내려놓았다. 형운은 그것이 전부 화살임을 알아보고는 놀랐다.

"지난번에는 빨리 달려오느라 화살을 충분히 안 가져와서 아쉬웠지 뭔가."

그는 혼자가 아니었다. 그를 따라온 인원이 20명이나 되었다. 또한 그들은 전쟁을 벌일 것처럼 엄청난 물품들을 바리바리 싸 들고 있었다.

"언젠가 이런 날이 올 거라고 기대하기는 했지만 설마 그게 오늘일 줄이야. 당신은 정말 사람을 놀라게 만드는 재주가 탁월한 것 같아, 선풍권룡. 오늘로 천년마교의 전설이 끝나는 거야?"

"응. 그 말대로야, 양 소저."

날카롭게 웃는 양진아에게 형운이 고개를 끄덕였다.

그녀는 광세천교와의 결전 때보다 훨씬 중무장을 하고 있었다. 청해궁의 기보, 해랑청기궁(海浪靑氣弓)까지 가져왔던 것이다.

그리고 청해검귀라 불리는 노검사 해파랑, 그리고 광세천교와의 결전 때는 참가하지 않았던 양진아의 사형 가돈도 왔다.

지난번에는 아직 청해군도의 정세가 어지러웠기에 가돈은 본진에 남아 있었다. 하지만 다시 3년이 지난 지금은 상황이 안정되었고, 무엇보다 당시에 불려 갔던 세 사람의 무용담을 듣고는 다음번에는 반드시 오겠노라고 벼르고 있었던 것이다.

그리고 다가오는 적들을 향해 진본해, 양진아, 가돈 세 명을 중심으로 청해용왕대의 해룡궁사들이 무지막지한 사격을 가하기 시작했다.

—크악! 이 화살은 뭐야! 결계를 종잇장처럼 뚫다니!

"제기랄!"

포위망이 좁혀지는 기세가 한 단계 늦어졌을 뿐만 아니라 화살에 꿰뚫려 쓰러지는 놈들이 하나둘씩 나오기 시작했다.

그리고 곧 또 다른 지점에서 응답이 돌아왔다.

"수성 취임 축하하네. 워낙 급하게 처리된 일이라 이제야 축하를 해주게 되는군."

빙긋 웃으며 모습을 드러낸 것은 별의 수호자 위진국 본단의 최고 권력자, 화성 하성지였다.

광세천교와의 결전 때와 달리 그녀도 혼자 오지 않았다. 위진국 본단의 척마대주 아윤과 70명의 전투 인원들을 데려왔다.

"와, 여기가 흑영신교 성지? 완전 캄캄하네. 이래서 어디 싸우겠나… 컥!"

투덜거리던 아윤이 하성지에게 뒤통수를 얻어맞고는 휘청거렸다. 하성지가 어둠 속에서도 느껴질 정도로 싸늘한 눈으로 그를 노려보며 말했다.

"천하에 명성이 드높은 인물들이 모일 것이다. 경거망동해서 이 사부 얼굴에 먹칠하는 일 없도록 해라."

"알겠습니다. 끙."

아윤이 뒤통수를 어루만졌다.

그리고 그 반대편에서 한 사람이 혀를 찼다.

"오랜만이군. 수성 취임 축하하네. 따로따로 불러준 것까지는 좋네만, 기왕이면 좀 멀찍이 떨어진 곳에 불러줬으면 더 좋았을 것을."

별의 수호자의 풍령국 본단을 담당하는 지성 위지혁이 혀를 찼다. 그 역시 풍령국 본단에서 모은 50명의 인원을 대동하고 있었다.

하성지가 그를 보며 코웃음을 쳤다.

"내가 하고 싶은 말이군."

서로 노려보는 하성지와 위지혁 사이에서 불꽃이 튀는 듯했다.

그리고 또 다른 사람들이 부름에 응했다.

"상황은?"

나타나자마자 무뚝뚝하게 물은 것은 백색 바탕에 검은 문양이 들어간 옷을 입은 초로의 검객이었다. 허리춤에 두 자루의 검을 찬 그는 마치 거대한 산 같은 존재감을 발하고 있었다.

백무검룡 홍자겸이 씩 웃으며 인사를 건넸다.

"무상검존 선배, 반갑구려."

"자네는 여전하군."

그 짧은 대화가 사람들의 주목을 모았다.

그는 명실공히 천하제일검으로 불리는 전설적인 대협객, 무상검존 나윤극이었던 것이다.

그 역시 혼자 오지 않았다.

"불러줘서 고맙소. 과연 신세를 갚을 날이 언제가 될지 궁금했는데 생각보다 빨리 왔군. 역시 당신은 놀라운 사람이오."

나윤극의 넷째 제자, 화천월지 서윤이 전의를 불사르며 인사를 건넸다.

그녀가 뒤를 돌아보며 물었다.

"용 장로님, 혹시 이 어둠을 밝히는 게 가능하겠습니까?"

"흠, 이 어둠은 단순히 광원이 없어서 생긴 상태가 아니라서 무리야. 지금 사방에서 폭발이 일어나는데도 잠깐 걷힐 뿐인 걸 보면 모르겠나? 그냥 고수답게 안 보이는 대로 싸우게나."

대답한 것은 윤극성의 장로이며 환예마존 이현의 제자이기도 한 기환술사 용명이었다.

그들이 이끌고 온 윤극성의 정예가 600명이 넘었다. 나윤극 역시 오늘 이 순간을 위해 부지런히 칼을 갈아왔던 것이다.

"어이쿠, 사부님. 먼저 와 계셨군요."

한발 늦게 나타난 만검호, 아니, 이제는 잠룡검호(潛龍劍豪)라는 별호로 불리며 일존구객 명단에 이름을 올린 봉연후가 나윤극에게 예를 표했다.

그가 서윤을 보며 어이없어했다.

"아니, 사매. 사부님이 오셨는데 사매까지 오면 어떡해?"

"뭐가 문제요, 사형?"

"그게……."

넉살 좋은 봉연후였지만 지금 생각한 것을 쉽게 말하지 못했다.

풍라검호 진기현이 후계 구도에서 탈락한 지금, 나윤극의 후계자로 주목받는 이는 봉연후와 서윤 두 사람이다. 그런데 만약 일이 잘못되어서 이들이 모두 전사하기라도 하면 윤극성은 어찌 될 것인가?

서윤이 옅게 웃었다.

"사형이 그런 생각부터 하다니, 좀 달라지시긴 했구려."

"안 그럴 수가 있어야지."

"그렇군. 하지만 걱정 마시오. 막내가 있지 않소?"

나윤극의 막내 제자, 철풍검(鐵風劍) 검혁은 나윤극의 명령으로 참전하지 않고 윤극성에 남았다.

봉연후가 떨떠름한 표정으로 물었다.

"막내가? 괜찮을까?"

"사형이 밖으로 나다니는 동안 많이 정진했소. 인망도 많이 쌓았고. 어떻게든 될 거요. 그리고 그렇게 걱정되면 살아서 돌아가면 그만 아니오?"

"끄응, 역시 사매한테는 당해낼 수가 없구만."

봉연후가 머리를 벅벅 긁었다.

그는 한 사람을 더 대동하고 왔는데, 그 동행인은 새하얀 가면을 쓴 남자였다. 긴 백발을 지닌 그 남자는 가면을 벗더니 불쑥 형운에게 얼굴을 들이댔다.

형운은 순간적으로 움찔했다. 짙푸른 눈동자를 지닌 그의 얼굴이 자신이 아는 누군가와 무척 닮아 있었기 때문이다.

"해극이가 믿고 목숨을 맡겼다는 남자가 자네인가?"

"당신께서는 혹시……."

"난 위해준이다. 해극이의 애비 되는 사람이지."

봉연후를 도와서 풍령국 전역에서 협행을 해온 백면술사(白面術士) 해준의 정체는 바로 위해극의 부친 위해준이었다. 그가 가만히 형운을 바라보다가 작게 한숨을 쉬었다.

"설마 내가 인간의 부름에 응해서 흑영신교의 성지를 밟게 될 줄은 몰랐군. 앞일은 역시 알 수 없어."

그는 한때는 풍혼족의 일원으로 풍우라는 이름으로 불렸다가 인간이라면 누구나 갖고 있는 것을 갈구하여 신위를 봉하고 인간 세상으로 내려왔다. 그리고 사랑하던 사람을 잃고, 사랑의 결실이었던 위해극마저 잃은 지금도 여전히 풍혼족과 단절된 존재로 살아가고 있었다.

하지만 신위를 봉했어도 그의 힘은 어마어마했다.

휘이이이이이!

그를 중심으로 광풍이 일기 시작했다.

"뭐지? 엄청나군!"

—인간이 아니다.

"이런 정보는 없었는데?"

적들이 동요했다. 특히 상대의 영격을 본능적으로 느끼는 마수들과 요괴들은 민감하게 반응하고 있었다.

―대영수인가?

―그런 듯하군!

위해준의 권능이 대영수 중에서도 필적할 자를 찾기 어려울 정도로 강대하다는 것을.

위해준이 말했다.

"내 권능으로 부리는 바람을 눈과 귀로 사용하지. 모두 마음을 열고 술법을 받아들여라."

풍혼족의 일원이었던 그는 풍백무극지경(風伯無極之境)의 권능을 가졌다. 막대한 규모로 일으킨 바람에 술법을 더하자 아군 모두가 눈으로 보는 것처럼 생생하게 주변을 인지할 수 있게 되었다.

"바람을 다루신다니 저와 상성이 좋으실 것 같군요."

형운은 빙백무극지경의 권능을 전개하며 말했다. 어둠 속에서 강맹하게 퍼져 나가는 냉기의 기세가 바람과 어우러져 폭증하기 시작했다.

"그렇군. 상당히 좋은 조합이야. 봉 선생에게 자네에 대해서 듣기는 했지만 믿을 수 없을 정도군."

"봉 선생?"

"요즘은 잠룡검호라고 불리지. 본인은 술 마실 때마다 만검호일 때가 더 좋았는데, 하고 투덜거리지만."

위해준이 봉연후를 가리키며 말했다.

봉연후는 형운과 위해준 둘의 권능이 융합된 결과를 보며 혀를 내두르고 있었다.

"고작 둘이 손을 잡았을 뿐인데 결과가 천재지변(天災地變)이라니. 평범한 인간은 힘들어서 살겠나?"

"사형이 그렇게 말하면 진짜 평범한 사람들은 화를 낼 거요."

서윤이 코웃음을 치며 타박을 주었다.

가장 놀라운 것은 주변이 순식간에 극한의 동토(凍土)로 변해버렸는데도 아군 중 누구도 추위를 느끼지 않는다는 점이다. 마치 그 모든 것이 허상에 불과하기라도 한 것처럼.

하지만 그것이 허상이 아님은 적을 통해 증명되었다.

카아아아아!

눈폭풍의 권역에 들어온 적의 선두가 비명을 질렀다. 그 속에 발을 디디고 숨을 쉬는 것만으로도 죽음을 생각해야 하는 환경이 그들을 가로막고 있는 것이다.

"훌륭하군."

나윤극이 짧게 탄성을 흘렸다. 좀처럼 감정을 내보이지 않는 그조차도 감탄할 수밖에 없는 상황이었다.

적의 본진 한복판에서 적에게 불리함을 강요할 수 있다니 얼마나 놀라운 일인가?

"방자한 놈들!"

물론 적들도 만만치 않았다. 모두가 일당백의 힘을 자랑하는 괴물의 군세인 것이다.

선두가 눈폭풍에 휩쓸리는 동안 특정 계통의 능력을 지닌 개체들이 한데 모여서 대책을 짜내기 시작했다.

—풍마결계(風魔結界)!

바람을 다루는 자들이 모여 광풍을 이겨낼 결계를 짜냈다.

—설풍의 가호!

냉기를 다루는 자들이 모여 아군에게 한기에 대한 저항력을 부여했다.

—화염장벽!

화염을 다루는 자들이 힘을 한데 모으기 시작했다.

콰콰콰콰콰!

무극지경의 권능을 다루는 자는 없었지만 대신 수가 많았다. 비슷한 계통의 능력을 지닌 자들이 수십씩 힘을 모으자 그 규모가 어마어마했다.

적들이 밀고 들어오기 시작하는 것을 보면서 나윤극이 물었다.

"선풍권룡."

"예."

"전술 목표는?"

"성지를 파괴하는 것입니다."

"너무 광범위하군."

"예?"

당황하는 형운에게 그가 말했다.

"좀 더 명쾌하게 좁히도록 하지. 우리는 수적으로도 불리하고, 보급이 끊겨 있다."

물론 아무 생각 없이 혼자 달려온 백무검룡 홍자겸을 제외하면 다들 대규모 전투 수행을 염두에 두고 왔다.

청해용왕대의 인물들은 산더미 같은 화살과 청해궁의 기물로 무장했으며, 윤극성의 인물들도 전투용 물품들을 바리바리 싸들고 왔다. 하지만 그럼에도 추가적인 보급이 없다는 점은 잊어서는 안 되는 부분이었다.

"그에 비해 적들은 숨통을 끊지 않는 한 무한히 힘을 공급받겠지. 따라서 시간을 끄는 것은 현명한 선택이 아니다. 이의가 있는가?"

"없습니다."

"방어에 치중하는 것은 놈들의 의도에 끌려가는 것. 기다리지 말고 공세를 취해서 포위망을 돌파, 마계문을 파괴하는 것을 최우선 목표로 삼는다. 내가 지휘해도 되겠나?"

"예, 그게 나을 것 같군요."

형운도 집단을 지휘한 경험이 제법 된다. 하지만 평생을 장수로 살아온 나윤극에게는 비할 바가 못 되었다.

나윤극이 물었다.

"아군은 전부 다 모인 건가? 지난번보다 수가 적은 것 같군."

모인 자들의 면면은 실로 엄청나다.

심상경의 고수만도 열두 명.

또한 용명은 중원삼국을 통틀어도 최정상급 기환술사다. 위해준의 능력은 말할 것도 없다.

하지만 그럼에도 광세천교 때에 비하면 모자람이 느껴진다.

"아직입니다."

"그렇군. 알겠다."

나윤극은 더 묻지 않았다.

하지만 형운은 속으로 불길함을 느끼고 있었다.

'뭔가 이상하다.'

형운이 부른 인원은 이 두 배에 달한다. 그런데 봉연후와 위해준을 끝으로 더 응답하는 이가 없는 상황이었다.

물론 그것은 부름에 응하지 않은 이들이 전투태세를 갖추는 데 시간이 걸리는 것뿐일 수도 있다. 그러나…….

'하운국에 있을 사람들만 응답하지 않고 있어.'

그런 인물들이 전원 하운국에 있는 사람들뿐이라니, 명백한 이상 사태 아닌가?

3

원세윤 장로는 형운이 사라진 뒤, 뒷수습을 위해 현장을 지휘하고 있었다.

조금 전까지 겪은 일들 때문에 당장에라도 쓰러지고 싶은 기분이다. 하지만 운 장로와 양우전의 유언이 무너지려는 그녀의 정신을 붙잡고 있었다.

"뭐라고?"

부하의 보고를 받은 그녀의 표정이 굳었다.

운벽성 지부는 조금 전까지의 난리 통 때문에 외부와 통신이 마비되어 있었다. 전 인원이 대피하는 상황인데 다른 지역의 소식을 신경 쓸 수가 있겠는가?

하지만 상황이 수습 국면에 들어간 지금, 이곳의 상황을 알리기 위해서 통신을 재개했다. 그리고 곧바로 날아든 소식을 들은 원 장로는 충격으로 눈앞이 아찔해졌다.

'성해에 마계화가 진행. 적의 대군이 총단을 공격 중.'

꿈에도 상상해 본 적이 없는 일이 터졌다.

원 장로는 자기도 모르게 형운을 떠올렸다. 그리고 한 가지 가능성을 떠올리며 신음했다.

"설마 놈들이 이곳에서 일을 벌인 것 자체가… 수성을 끌어들이기 위해 판 함정인가?"

4

흑영신교 성지는 역사상 최초로 전장으로 화해 있었다.

그것은 흑영신교에게 있어서는 더없는 치욕이다. 교도 중에서도 신실한 자, 충분한 공덕을 쌓은 자만이 발들일 수 있는 신성한 공간이 외적에게 더럽혀졌다는 것은.

흑영신교도라면 격노할 수밖에 없으리라. 다른 모든 감정을 우선하는 분노에 지배당할 것이다.

하지만 흑영신교에게 있어서 이런 일은 처음이 아니다.

"아무리 그래도 이렇게 냉정할 수 있다니, 나라면 그럴 수 없었을 게다. 역시 교주님의 판단은 옳았어."

그렇게 말한 것은 마르고 신경질적인 인상의 남자였다. 새카만 장포를 입고 자루와 날이 모두 흑색을 띤 철창을 든 그는 신의 기적으로 젊음을 되찾은 팔대호법 흑천령이었다.

"과찬의 말씀이십니다."

검은 태양의 문양이 그려진 가면을 쓴 남자, 팔대호법 암천령이 담담하게 대답했다.

그는 성지 전투를 책임지는 총지휘관이다.

흑영신교주는 이곳에 없다. 그리고 교의 핵심 전력 대부분과 최정예 마인들이 교주를 따라갔다.

이 계획은 광세천교 멸망의 날에 이미 결정되어 있었다.

그날, 교주는 흑영신교 또한 이현이 목숨을 희생하여 만들어낸 함정에 빠져 있음을 알았다.

대예언가 적호연의 유산이 이현의 목숨으로 신들조차 벗어날 수 없는 천라지망(天羅地網)이 되었다. 하지만 광세천교의 파멸을 통해 그 존재가 드러난 이상 흑영신교는 거기에 대비할 수 있었다.

그럼에도 교주는 이 함정이 피할 수 없는 것일 가능성을 염두에 두었다.

'과연 교주님의 혜안은 훌륭하시다.'

암천령은 시공을 초월하여 집결하는 적들을 보며 생각했다.

흑영신교는 형운만을 성지에 들여놓고, 다른 인물들이 오는 것을 막기 위한 결계를 펼쳐두었다. 하지만 통하지 않았다.

'정말로 축지를 차단하는 것만으로는 막을 수 없다니. 신녀님의 예지로도 특정할 수 없는 운명.'

뿐만 아니었다. 이번에는 각지에서 집결하는 적들이 대군을 이끌고 오기까지 하지 않았는가?

형운 혼자였다면 중과부적이었을 것이다. 천하 각지의 고수들만 모은다고 해도 마찬가지다.

하지만 이미 집결한 적이 700명이 넘는다.

'그리고 이게 전부도 아니지.'

흑영신교가 이현의 안배를 막기 위해 준비한 대책은 한 가지 더 있었다.

교주가 직접 신기(神氣)를 소모하여 펼친 그 술법은…….

'역시 완전히 막을 수 없었다. 돌파당하기까지 얼마 걸리지 않겠군.'

형운을 기점으로 펼쳐지는 이현의 안배가 특정 인물들에게 도달하는 시간을 다른 인물들에게 도달하는 것보다 늦어지도록 지연시키는 것이었다.

하운국에 있는 인물에게는 다른 지역의 인물들보다 늦어진다.

하운국에서도 별의 수호자의 일원이라면 더욱 늦어진다.

마지막으로 별의 수호자의 일원 중에서도 형운과 인연이 깊은 자라면 더더욱 늦어진다.

한없이 신에 가까워지고 수많은 교도들의 희생으로 어마어마한 양의 신기를 손에 넣은 교주조차도 그 이상의 대책을 세울 수 없었다.

하지만 그것으로 충분했다.

'선풍권룡, 이제 진실이 네 앞에 다가갈 것이다.'

암천령은 전장에 하운국의 인물들이 나타나기 시작함을 알아차렸다.

이제 형운은 알게 될 것이다.

모든 것의 끝이라고 생각한 이 성지가, 그저 자신을 붙잡아두기 위한 함정에 불과했다는 것을.

제200장
함정

성운을 먹는 자

1

포위당한 상황임에도 전황은 아군의 우세였다.

아군은 각 집단별로 고유한 진법을 이루었고, 용명을 중심으로 한 기환술사들이 그 진법을 느슨하게 연계하여 증폭시키고 있었다.

진법의 힘만을 따진다면 흑영신교의 포위진 쪽이 더 크다. 수적으로도 우세였고, 성지의 힘이 그들을 강화하고 있었으니까.

하지만 대신 이쪽에는 형운과 위해준이 연계하여 펼치는 눈폭풍이 있었다.

후우우우우우!

바람과 냉기, 두 무극지경의 권능이 융합된 이 결과물은 아군에게는 아무런 타격도 주지 않으면서 적에게만 피해를 강요하는 비현실성을 보여주었다. 적들이 힘을 합치면 권능의 규모로는 능가할 수 있겠지만 질적인 차이가 너무 컸다.

—이상하군.

윤극성 무인들이 펼친 천극무상진을 십분 활용하여 적들을 몰아붙이고 있던 나윤극이 전음을 보내왔다.

형운이 그 말속에 담긴 뜻을 읽어냈다.

—아직도 적의 핵심 전력이 안 보이는군요.

교주 본인은 물론이고 팔대호법도, 암익신조를 비롯한 대마수들도 보이지 않는다. 그들이 나섰다면 아군이 불리해질 것이 뻔한데도.

'설마 이 상황과 관계가 있나?'

형운이 의문에 사로잡혔을 때, 그 옆에 일군의 무인들이 나타났다.

"다시 봐서 반갑군. 불러줘서 고맙구나."

체격이 좋은 초로의 검객이 인사했다. 천하십대문파로 불리는 용무문의 장로, 청룡검 임두호였다.

뿐만 아니라 해화검 천봉희와 해풍검호 서장오도 있었다. 그렇게 심상경의 고수 두 명을 포함한 용무문의 정예 40명이 참전한 것이다.

뒤이어 백색과 청회색에 태극이 그려진 도복을 입고 있는 50명의 무인이 나타났다. 용무문과 마찬가지로 천하십대문파로 불리는 태극문의 일원들이었다.

그들의 선두에는 외팔이 검객, 선검 기영준이 있었다.

"이곳이 흑영신교의 성지인가. 놈들다운 곳이군."

기영준은 평소처럼 웃고 있지 않았다.

그 역시 흑영신교와는 깊은 원한으로 묶여 있는 사람이다. 흑영신교의 수작으로 자신이 인솔하던 문도들을 잃었고, 수제자인 가신우는 흑영신교주에게 죽었다. 그리고 그가 오른팔을 잃은 것 역시 흑영신교와의 일전에서가 아니었던가?

그와 형운의 눈이 마주쳤다.

어둠 속이라 서로의 눈조차 보이지 않는다. 하지만 두 사람은 기감으로 서로를 보고 있다는 사실을 알았고, 그 감각을 통해서 만감을 나누었다.

그 찰나가 지나고 형운이 작게 고개를 끄덕였고, 기영준도 고개를 끄덕였다.

태극문의 전력 역시 막강했다. 낙성산 전투 때와 마찬가지로 기영준 말고도 심상경에 오른 두 명의 장로가 참전하고 있었다.

'정상화되기 시작했어.'

형운은 안도감을 느꼈다. 뒤늦기는 했지만 하운국의 인물들도 부름에 응하기 시작한 것이다.

"형운!"

곧바로 나타난 청년 검객 역시 마찬가지였다.

천유하가 반색하며 말했다.

"우리가 좀 늦은 것 같군요."

"이런 자리에 오게 될 줄은 몰랐군. 형운 님과 알게 된 후로 정말 별의별 경험을 다 해보게 되는데."

천유하를 따라온 장신의 여성, 수련산의 남방산군 허화가 호탕하게 웃었다.

형운이 빠르게 상황을 전달해 주자 천유하가 물었다.

—보여야 할 사람들이 안 보이는군. 서 소저와 곡정이, 귀혁 어르신은?

—아직 응답이 없어. 뭔가 상황이 이상해.

형운은 그가 전음으로 말한 이유를 눈치채고 전음으로 대답했다.

"뭘 그리 둘이서 속닥거리니?"

그때 두 사람 사이에 한 여성이 끼어들었다.

형운이 흠칫 놀라며 그녀를 바라보았다.

"암야살예 선배님."

"거의 다 모인 것 같네. 천 명 가까이 부르다니 대단한걸? 그런데 혼마는 아직이야?"

여우 가면을 쓴 채로 웃는 암야살예 자혼에게 가려가 다가왔다.

"사……."

"가려야, 출세했다며?"

대외적으로 가려가 자혼의 제자라는 것은 비밀이다. 이 자리에는 듣는 귀가 많았기에 자혼이 잽싸게 그녀의 말을 잘랐다.

"그렇게 됐습니다."

"어쩜, 축하해. 이 싸움 끝나고 나면 술이라도 마시면서 그간의 일을 들려주렴."

"술은 사양하겠습니다."

"그럴 때는 '예' 라고 하는 거야."

"사양하겠습니다. 술은 휴가 때만……."

"그럼 이번 일 끝내고 휴가 받으면 되겠네. 그렇게 알고 있을게."

자혼은 그렇게 말하며 어둠에 녹아들듯이 자취를 감추었다. 마치 가려가 더 뭐라고 말할 기회를 주지 않겠다는 듯이.

가려가 작게 한숨을 쉬는데 그 옆에 불쑥 작은 체구의 소녀 검객이 나타났다.

"진 문주!"

백야문주 진예가 나타났던 것이다.

그녀는 백야문도들을 대동하지 않았다. 성하 사태 이후 백야문의 상황은 열악해서 이런 상황에서 문도들을 잃을 수 없었기 때문이다.

하지만 그녀는 혼자 오지도 않았다.

"곡정이 녀석은 아직 안 왔나 보군."

청안설표 일족을 비롯한 백야문의 동맹 영수들이 그녀와 함께하고 있었던 것이다.

"마침내……."

진예는 어둠을 뚫고 형운을 보며 열기를 드러내었다.

"이날이 왔네요."

백야문은 이 자리에 모인 이들 중 흑영신교와 가장 깊은 원한으로 얽혀 있는 이들이었다.

진예는 어린 시절부터 삶에 그림자를 드리웠던 그 원한에 종지부를 찍을 때가 왔음을 알았다.

"그렇습니다. 그리고 진 문주, 오는 길에 선물을 하나 준비했습니다."

"예?"

진예는 형운에게 빙령의 조각을 건네받고는 놀람을 금치 못했다.

"맙소사. 아직도 남아 있었단 말인가요?"

"정말이지 지독한 놈들 아닙니까?"

우우우우우!

빙령의 조각이 진예와 호응해서 강력한 기운을 일으키기 시작했다.

이전에는 겪어보지 못한 현상이다. 하지만 진예는 당황하지 않았다.

'그렇구나.'

지금의 그녀는 백야문주다. 백야문을 대표하는 빙령의 맹약자인 것이다.

오랫동안 흑영신교의 손에 착취당했던 빙령의 조각은 원한을 갚고자 하는 자신의 맹약자에게 아낌없이 힘을 빌려주고 있었다.

그 어느 때보다도 전신에 힘이 샘솟는다. 무엇이든 할 수 있을 것 같은 기분이 들었다.

후우우우우우!

그녀는 눈에서 시린 빛을 발하며 검을 뽑아 들었다. 빙백무극신공이 전개되면서 주변에 무수한 빙백검이 떠올랐다. 그녀가 일으킨 한기와 형운이 일으킨 한기가 서로 상승효과를 일으키자 눈폭풍이 한층 더 강화되었다.

—말도 안 돼!

"어떻게 이런……!"

적들이 경악했다.

고작해야 진예 한 사람이 가세했을 뿐이다. 그녀를 따라온 20명의 영수는 힘을 보태지도 않았다.

그런데도 포위된 자들과 포위한 자들 간의 팽팽했던 균형이 걷잡을 수 없이 무너지기 시작했다.

형운이 모두에게 전음으로 외쳤다.

—단번에 돌파합시다! 준비하세요!

모두들 어떻게 그럴 거냐고 묻지는 않았다. 형운의 말을 믿고 돌파를 준비하기 시작했다.

—무극설원경(無極雪源境)!

순간 눈에 보이는 모든 것이 새하얗게 덧칠되었다.

빛보다 빠르게 퍼져 나간 의념의 파동이 모두에게서 어둠을 지우고 새하얀 심상을 전달했다.

이미 주변은 눈폭풍에 의해 혹한의 땅으로 바뀌어 있는 상태다. 하지만 눈폭풍을 용암지대처럼 혹독한 환경으로 비유한다면, 형운이 발한 무극설원경은 그 속에서 일어난 화산 폭발이었다.

무극설원경은 일순간에 어마어마한 양의 한기를 해방, 방대한 영역을 혹한의 땅으로 바꿔 버리는 기술이다. 하지만 형운은 그 힘을 한 방향으로 집중시켰다.

콰콰콰콰콰!

그러자 한기가 거대한 눈사태처럼 적들을 덮쳤다.

—크아아아악!

괴물들의 비명이 울려 퍼졌다.

그리고 형운의 공세는 거기서 끝나지 않았다.

—진 문주!

—먼저 가겠어요!

진예는 이미 형운의 의도를 읽고 준비하고 있었다.

빙백검들이 예닐곱 개씩 뭉쳐서 커다란 얼음기둥으로 화했다.

쩌저적……!

섬뜩한 균열음이 울려 퍼졌다.

—빙백동령파(氷白凍令波)!

얼음기둥들이 일제히 터져 나가면서 새하얀 서리의 해일이 적들을 덮쳤다.

콰콰콰콰콰!

마치 거대한 눈사태가 덮쳐오는 것 같은 규모였다. 한기파동뿐만 아니라 압도적인 질량까지 더한 공격이다.

무극설원경으로 진법을 뚫고 적들에게 타격을 주었다. 그리고 곧바로 진예의 빙백동령파가 이어지자 포위망의 일각이 무너지기 시작했다.

그리고…….

—빙백동령파(氷白凍令波)!

곧바로 형운도 같은 기술로 적을 쳤다.

적들의 전열이 붕괴한다.

공격 방향에 있던 자들은 모조리 얼어붙어서 쓸려 버렸고, 휘말리지 않은 자들도 좌우로 흩어져서 피하느라 바빴다.

그 결과 적들의 진법이 약해지기 시작했다. 포위망에 구멍이 뚫리고, 구성원들이 뿔뿔이 흩어지는 상황은 둑에 뚫린 구멍이 걷잡을 수 없이 커져가는 것과 같았다.

"하하하, 이거 진짜 어처구니가 없군."

단번에 포위망을 돌파하는 가운데, 봉연후가 헛웃음을 흘렸다.

형운과 진예가 보여준 힘도 놀랍지만 이런 상황에서조차 아군은 거의 한기를 느낄 수 없다는 점은 현실감을 앗아 갈 정도다.

그런데 실은 그도 남 말 할 처지는 아니었다.

봉연후는 오른손과 왼손에 각기 한 자루씩의 검을 들고 쌍검술을 펼친다.

또한 그것과는 별개로 등에 두 자루의 검을 차고 있었다. 그 중 한 자루가 저절로 뽑혀 나와 허공에 떴다. 그리고…….

—천극무상검(天極無想劍) 전개(展開)!

검날에 검기가 어리는 것과 동시에 주변에 투명한 기검(氣劍)들이 나타나기 시작했다. 마치 실체의 검을 복제하듯이 수를 불려가더니 순식간에 서른세 자루까지 늘어났다.

"자, 그럼 이쪽도 비장의 한 수를 보여주지."

그의 주변에서 불꽃처럼 끓어오르는 광점들이 나타나면서 투명한 파문이 퍼져 나가기 시작했다.

우우우우웅!

광점에서 일어난 파동들이 서로 겹쳐지는 지점에서 더욱 강하게 증폭된다.

봉연후가 바로 그 지점에다 대고 주변에 떠 있던 기검 중 한 자루를 날렸다.

—멸쇄충검(滅碎衝劍)!

직후 빛의 격류가 측면을 덮쳤다.

봉연후가 투입한 진기에 비해 말도 안 되게 강력한 공격이었다. 얼어붙은 적들을 박살 내버리고 그 너머의 적들을 덮친다.

콰콰콰콰콰콰……!

게다가 그 공격은 한 번으로 끝나지도 않았다.

봉연후가 파동의 중첩 지점을 포착해서 연달아 기검을 날릴 때마다 벼락같은 검기가 수십 장을 쓸어버렸다. 한두 발은 버텨내던 괴물들도 결국 갈가리 찢어지고 말았다.

"해준 선생!"

순식간에 서른세 자루의 기검을 다 소모한 봉연후가 반전, 포위망에 뚫린 구멍을 메우듯이 몰려드는 적들을 노려보며 재차 천극무상검을 전개했다.

동시에 위해준이 그의 부름에 응하여 술법을 펼쳤다.

—풍혼진(風魂陳)!

봉연후를 중심으로 광풍이 일었다.

하지만 그것은 아주 잠시였다. 광풍이 순식간에 한 점으로 압축되어서 주먹만 한 구체로 화했다.

'하나!'

봉연후가 거기에 기검 하나를 찔러 넣었다.

'둘!'

그 기검이 빨려 들어가듯 사라지자 또 한 자루를 찔러 넣는다.

'셋……!'

한 자루를 찌를 때마다 광풍의 구체가 요동치면서 봉연후의 기맥에 강한 부하가 걸린다.

봉연후가 일곱 자루의 기검을 찔러 넣었을 때, 아군은 좌우로 갈라져서 그를 지나친 후였다. 전방에 오로지 적만이 존재하는 것을 확인한 봉연후가 히죽 웃으며 심검을 발했다.

—무극천풍검(無極天風劍)!

무극지경의 영능을 이용하는 고도의 술법과 심상경의 절예가 융합된 비기가 펼쳐졌다.

심검의 역할은 적을 공격하는 것이 아니다. 어디까지나 극한까지 압축되었던 힘을 올바른 형태로 해방시키는 것이다.

술법의 힘과 기검의 힘이 합일되면서, 완벽하게 봉연후가 의도한 방향으로 뿜어져 나갔다.

"……!"

적들은 비명조차 지르지 못했다.

왜냐하면 그렇게 해방된 공격이 그들을 치는 속도는 소리가 전달되는 것보다도 몇 배나 빨랐기 때문이다.

콰과과과과과……!

한 박자 늦게 대폭발이 수백 장을 휘감았다.

이것이야말로 봉연후가 위해준과 함께 협행을 거듭하면서 완성한, 최대 규모의 파괴력을 자랑하는 비기.

풍령국 사겁명의 일좌를 차지하고 있던 마인 술사 조직, 칠두룡(七頭龍)의 수뇌부를 일격으로 소멸시키고 그에게 잠룡검객이라는 명성을 선사한 기술이었다.

'엄청나다!'

이 한 수에는 형운도 경악할 수밖에 없었다.

과연 일존구객의 일원으로 불릴 만했다. 단기간에 쌓은 명성을 뒷받침할 만한 실력이 있었던 것이다.

그때였다.

쿠구구구구!

성지의 천장이 진동하면서 거대한 어둠의 손이 나타났다.

2

만약 밝은 곳이었다면 보는 이의 원근감이 붕괴할 정도로 거대한 손이었다.

"전원 충격에 대비해라!"

용명이 외치며 진법의 방어를 강화했다.

쿠우우우웅!

어둠의 손이 그 방어를 강타한 충격으로 땅이 지진이라도 일어난 것처럼 뒤흔들렸다.

800명을 넘는 인원들이 진군을 멈출 수밖에 없는 일격이었다. 그리고 그렇게 주춤한 그들에게 사방에서 공격이 쏟아졌다.

〈오만방자한 것들!〉

〈성지를 흙발로 침범한 죄를 단죄해 주마!〉

아군의 좌우에서 혼원의 마수가 하나씩 나타나더니 막대한 화력으로 공세를 가하기 시작했다.

형운이 그 공세에 놀랐다.

'출력이 아까 그놈의 두 배 이상이잖아?'

그들은 지금까지 형운이 격파한 혼원의 마수들보다 두 배는 강한 출력을 보이고 있었다.

형운은 금세 그 이유를 파악했다.

이곳이 흑영신교의 성지이기 때문이다. 또한 그들에게 흑영신의 신기가 유입되어 힘을 폭증시켰기 때문이기도 했다.

하지만 그래봤자 아군을 압도하기에는 한참 부족하다.

문제는 그들도 둘이서 아군 모두를 막겠다고 나온 것이 아니라는 것이다.

꽈과과과광……!

아군이 주춤한 사이 발밑이 폭발하기 시작했다.

'화탄!'

기물이 아니라 황실에서 기밀로 취급되는 순수한 화탄이었기에 형운도 알아차리지 못했다.

"아아아악!"

비명이 울려 퍼졌다. 예상치 못한 화탄 폭발에 피해가 속출하고 있었다.

그렇게 주춤한 사이, 후방의 적들이 전열을 정비하고 달려들었다.

또한 전방에서도 500명에 적들이 진군해 오기 시작했다. 그 중심에 한 남자가 있었다.

"젊은 몸이 되어서인가? 인내심이 어디론가 사라진 기분이군."

칼로 찌르는 듯한 존재감을 발하는 남자가 흑색의 철창을 겨누며 말했다.

"나는 팔대호법 흑천령."

반쯤 무너진 건물 위에 선 그가 말했다.

"두 번이나 성지가 침략당하는 것을 이 눈으로 보게 된 분노는 네놈들이 감당해야 할 것이다."

"그때의 그 흑천령인가?"

그 말에 나윤극이 반응했다. 그러자 흑천령이 그를 보며 웃었다.

"그렇다, 멸존. 위대한 신께서 내게 젊음과 활력을 주시고 너희들을 징벌할 것을 명하셨느니라. 이 자리에서 그날의 빚을 갚아주마."

동시에 흑천령이 뿜어내는 마기가 엄청난 기세로 폭증했다. 그가 8심 내공의 소유자임을 감안하면 이해할 수 없는 수준까지.

'강신(降神)!'

형운은 그가 흑영신이라는 거대한 신위(神威)의 일부를 몸에 강림시켰음을 알아차렸다.

'이놈들, 신기를 대체 얼마나 비축해 놓은 거지?'

이곳이 성지라는 것을 감안하면 대술법이 연달아 펼쳐지는 것은 충분히 이해 가능 한 일이다. 무공과 달리 술법은 시설에 비장해 두는 것이 가능하니까.

하지만 신기를 펑펑 써대는 것은 별개다. 지금 흑천령에게 유입되고 있는 신기는 귀혁과 싸웠을 때의 흑월령에게 주어졌던 것과는 비교도 안 되는 양이었다. 거의 천두산에서 죽은 암월령이 썼던 것과 비슷한 수준이다.

흑천령에게 젊음을 돌려주고, 강신을 허락하고, 그러면서 혼원의 마수 둘에게도 신기를 주어 그 힘을 폭증시키다니…….

'천두산에서 얻은 신기가 그렇게 많았단 말인가?'

천두산 사태로 흑영신교는 방대한 신기를 축적하는 데 성공했다. 형운은 암월령을 죽였고, 천두산의 결계를 부수고자 하는 흑영신교의 의도를 분쇄했지만 의식 그 자체를 막아내지는 못했다.

하지만 그렇다고 해도 이렇게 다수의 전투원에게 부여할 정도로 비축량이 넘친단 말인가?

'뭔가 있어. 걸리는 것이 한두 가지가 아니다.'

형운은 점점 꺼림칙한 예감이 커져가는 것을 느꼈다.

콰콰콰콰콰!

어둠 속에 녹아든 흑천령을 상대로 아군이 기공파 세례를 퍼부었다.

수백 발의 기공파가 날아들었지만 흑천령은 미동조차 하지 않았다. 그가 어둠으로 앞을 막자 거기에 닿은 기공파가 흔적도 없이 사라졌다.

'흑영기(黑靈氣)!'

혼원의 마수 둘은 신기를 그저 본신의 힘을 증가시키는 용도로만 쓰고 있다.

그러나 흑천령은 다르다. 강신 상태로 들어간 그는 흑영신의 권능, 흑영기로 활용하고 있었다.

흑영기를 방어에 쓰는 자 앞에서 화력전은 의미가 없다. 충격 그 자체를 무효화해 버리는 것만이 아니라 특정한 지점의 기의 순환을 아무런 저항 없이 끊어버릴 수 있으니까.

그가 흑영기를 펼쳐 아군의 공세를 차단하고, 사방에서 괴물들이 달려들었다.

그때였다.

머나먼 곳에 있는 한 사람의 목소리가 형운의 의식에 닿았다.

—형운!

'선배님!'

혼마 한서우였다.

형운은 그가 성지로 날아오지 않고, 부름을 이용한 정신 연결로 대화를 시도한 것에 의아함을 느꼈다. 하지만 그 의문은 곧바로 해결되었다.

—함정이다!

'예?'

—그쪽 상황을 설명해 봐!

급박한 감정이 느껴졌다. 형운은 군말 없이 성지의 상황을 빠르게 전달했다.

—제기랄! 철저하게 당했군! 이제야 내게 연락이 닿은 걸로 봐서는 완전히 노렸어.

'이제야? 지금까지 연락이 안 갔던 겁니까?'

—그래. 네가 말해준 사실로 추측해 보건대, 아마 하운국에 있는 사람들에게는 연락이 늦게 닿은 것 같다. 혹은 다른 조건이 있을지도 모르지.

'그런 일을 할 수 있다니…….'

—놈들은 이미 광세천교가 어떻게 파멸했는지 지켜보았지.

그 정도 대처는 가능했을 거다.

한서우가 형운에게 자신이 알아낸 것을 말해주었다.

—놈들의 의도는 성지를 미끼로 던져 주고 그동안 별의 수호자를 공격하는 거다! 이미 각지의 별의 수호자 조직이 암천동맹에게 공격당하고 있고, 전력이 분산된 사이에 성해를 공격하고 있어!

'성해에? 그럼 놈들의 목적이 총단이란 말입니까?'

—그거다.

'놈들이 어째서…….'

형운은 흑영신교가 그렇게까지 해서 총단을 노리는 이유를 이해하기 어려웠다.

성지를 미끼로 삼았다는 것은 그야말로 사활을 걸고 승부에 나섰다는 뜻이리라.

'왜 공격 대상이 총단이지?'

총단을 파괴한다면 별의 수호자 조직은 흔들릴 것이다. 어쩌면 붕괴할지도 모른다.

하지만 그렇게 해서 흑영신교가 얻는 것은 무엇인가?

별의 수호자를 쓰러뜨리는 것이, 그들이 성지를 버리고 더 이상 앞날이 없는 상황을 만들어가면서까지 해내야 할 일인가?

'차라리 황궁을 쳤다면 이해하겠지만, 왜?'

무엇보다 총단에는 성존이 있다. 총단을 무너뜨리는 과정에서 자칫 성존의 분노를 살 수도 있다는 점을 감안하면 더더욱 흑영신교의 의도를 이해하기 어렵다.

—그건 나도 모르겠다. 하지만 거기에 놈들이 바라는 것이 있

다는 것만은 분명하다.

'놈들이 말하는 종언을 결정할 정도로 말이군요.'

—그래. 분명한 것은 놈들이 최후의 승부수를 던졌다는 것이다. 난 여기까지 오는 동안 봤다.

혼원령의 예지는 한서우에게 세상 곳곳에서 벌어지는 파국을 보여주었다.

수많은 흑영신교도가 주저 없이 목숨을 끊었다. 그것도 그들이 흑영신교도라는 것을 모르는 이웃들을 길동무로 삼으면서.

—적어도 수만… 어쩌면 수십만의 죽음이 있었다. 그 모든 죽음은 분명 흑영신에게 바쳐지는 공물이었을 것이야.

그 말에 형운은 오싹한 공포를 느꼈다.

문득 운벽성 지부로 가는 동안 암천동맹에 섞여서 나타났던 광세천교도의 경고가 떠올랐다.

'너는 모른다. 더 이상 미래를 생각할 필요가 없어진 놈들이 얼마나 큰일을 저지를 수 있을지를. 천두산을 기억하라.'

그때 형운은 자신이 충분히 그가 전하고자 하는 심각성을 이해했다고 생각했다.

하지만 지금 이 순간, 형운은 정말로 자신이 무지했음을 인정하지 않을 수 없었다.

광세천교 파멸 때와는 다르다.

그때 그들은 윤극성을 멸망시키고 혼세를 열고자 하고 있었다. 즉, 그 싸움 이후의 미래 활동을 예정하고 있었던 것이다.

하지만 흑영신교는 미래를 생각하지 않는다. 그들은 이번 승부에서 패하면 더 이상 아무것도 남지 않는다는 생각으로 승부에 나섰다.

그러니 더 이상 비전투 조직원은 필요 없다. 모두 희생해서 공물로 바친다.

따라서 더 이상 일반 사회에서 일반인으로 위장한 채로 그들을 지탱해 주던 교도들도 필요 없다. 모두 희생해서 공물로 바친다.

광세천교는 파멸 이후에도 '아직 구원받지 못한' 잔당을 남겼다.

하지만 흑영신교 잔당은 없을 것이다. 아이도, 어른도, 여자도, 남자도 가리지 않고 최후의 싸움에 자신을 바쳤으니까!

"미친놈들……."

형운은 그들의 광기에 두려움을 금할 수 없었다. 눈앞에서 자신을 위협하는 칼날보다도 인간성을 초월해 버린 그들의 광기가 더욱 무서웠다.

—나는 이대로 성해로 향하겠다.

'몸은 괜찮으십니까?

—이런 중요한 때에 싸우지 못할 정도는 아니다. 넌 거기서 빠져나올 궁리를 해라. 놈들이 뭘 하려는지는 모르겠지만 한 가지만은 분명해. 늦으면 돌이킬 수 없는 일이 벌어질 거야.

그 말을 끝으로 한서우의 목소리가 멀어졌다.

동시에 나윤극이 물어왔다.

"무슨 일인가?"

"아무래도 함정에 빠진 것 같습니다."

"설명해라."

"방금 혼마 선배님이 연락을 해오셨습니다."

형운은 한서우에게 들은 정보를 말해주었다. 그러자 격렬한 전투 상황에서도 바위처럼 무덤덤하던 나윤극이 놀란 표정을 지었다.

"놀랍군. 이놈들에게 그런 유연함이 있었다니."

흑영신교는 광신도들의 집단이다. 30년 전, 토벌당할 때도 성지를 빼앗기느니 다 죽겠다는 태도를 보였던 그들이 성지를 미끼로 내던지고 목적을 이루는 작전을 세우다니, 그 자체로 놀라운 일이었다.

"바로 빠져나갈 수 있나?"

"안 되는 것 같습니다. 서둘러서 놈들을 격파하고 나갈 길을 찾는 수밖에는……."

형운이 입술을 깨물었다.

―쉽지 않을 것이다, 선풍권룡.

그때 냉소하는 암천령의 목소리가 들려왔다. 성지의 힘으로 그들의 대화를 듣고 있었던 것 같았다.

―나갈 문은 닫혔다. 들어왔을 때처럼 쉽게 나갈 수 있으리라 생각하지 마라.

"일단 네놈의 머리통을 부숴놓고 생각해 주지."

―부질없는 소리구나. 네가 무엇을 하려 하든, 그 전에 모든 것이 끝날 것이다.

"뭘 노리는 거지?"

—더 이상 내일은 없을 것이다.

"뭐?"

—이제는 오늘만이 있을 것이다. 오늘 밤이 현계가 맞이하는 마지막 밤이며, 영원한 밤이다……!

암천령이 선언하며 양손을 합장했다. 그러자 몸을 감싼 흑영기가 거대하게 번져가며 마계문을 더욱 크게 열어놓았다.

〈키기기긱! 공덕을 쌓을 기회로군!〉

〈더없이 감사한 일!〉

앞장서서 나타난 것은 마계에서 흑영신을 추종하는 무리들이었다.

그리고 그 뒤를 이어 흑영신에게 죄를 짓고 마계의 어두운 영역에서 고통받던 영혼들이 괴물의 형상으로 소환되었다.

〈아아, 기쁘구나! 자비로운 신이시여, 이 비루한 목숨으로 죄를 씻을 기회를 주심에 감사합니다!〉

〈구원을 바라나이다!〉

〈해방을 원합니다!〉

〈안식을 구할 것입니다!〉

그들의 영혼이 깃든 마령귀가 다양한 형상으로 변해간다. 평범한 마령귀보다 현격히 강하며, 갖가지 술수를 부리는 병력으로서.

본래부터 머릿수는 흑영신교 쪽이 우위였다. 그런데 적의 병력이 눈덩이처럼 불어나면서 믿을 수 없을 정도로 빠르게 격차가 커지기 시작했다.

"놔두면 걷잡을 수 없게 되겠군. 최우선으로 마계문을 파괴한다."

나윤극은 동요하지 않고 지시를 내렸다.

"적의 핵심을 부순다. 태극문과 용무문이 연계하여 우측의 혼원의 마수를 처치하도록."

"알겠습니다."

"선풍권룡, 백야문주와 함께 함께 좌측의 혼원의 마수를 처치하도록. 화성, 지성이 뒤를 받쳐주면 되겠지."

"그 역할은 다른 분께 맡겨주십시오."

"왜지?"

나윤극은 불쾌해하는 기색 없이 물었다. 형운은 나윤극이 자신을 고른 이유를 이해하고 있을 것이다. 그런데도 저런 반응을 보였다는 것은 그만한 이유가 있으리라.

"생각하는 바가 있습니다."

"알겠다. 그럼 자네 대신 백무검룡을 세우도록 하지."

"좋소이다!"

홍자겸이 싱글벙글 웃으며 대답했다.

나윤극은 능공허도로 몸을 띄우면서 말했다.

"서윤, 봉연후, 두 사람은 나를 따르도록 해라. 우리 윤극성이 흑천령을 죽이고 전방을 뚫는다."

"재미있군. 다른 곳도 아닌 이 성지에서, 흑영신의 신위를 입은 나를 쓰러뜨려 보겠다는 거냐?"

흑천령이 분노를 드러냈다. 강신 상태가 심화되면서 그의 모습이 변했다. 어둠 그 자체로 빚어낸 형상으로.

나윤극은 허공을 미끄러지듯이 그에게 다가가면서 말했다.

여전히 바위처럼 감정을 드러내지 않는 얼굴로.

"몇 번이나 해온 일이지."

"그 오만을 박살 내주마, 멸존!"

포효하는 흑천령과 나윤극이 격돌했다.

3

흑영신교가 성해를 강습했던 것도 벌써 13년 전의 일이다.

하지만 성해 시민들의 마음속에 새겨진 상처는 아물지 않았다. 아직까지도 꿈에서 그때의 공포를 되새기고자 하는 사람들이 많았다.

별의 수호자 또한 마찬가지였다.

그들은 성해가 공격받았고, 총단이 침범당할 뻔했다는 사실에 놀라고 두려워했다.

그리고 그런 마음이 사라지기도 전에 광세천교가 또 한 번 일을 벌였다. 진 일월성단을 노린 그들의 공격으로 성해 시가지가 파괴되는 사태가 벌어지자 별의 수호자는 신경질적으로 행동에 나섰다.

성해 재건 과정에 아무리 봐도 과하다고 생각되는 어마어마한 자금이 투입되었다.

그 결과 성해는 시민들이 상상할 수도 없을 정도로 막강한 술법들이 비장된 도시가 되었다. 어쩌면 황궁이 있는 제도와 필적할 정도로.

흑영신교는 공격을 시작함과 동시에 그 사실을 알게 되었다.

교주가 이끌고 온 병력은 흑영신교의 최정예였다.

신기로 생명을 부여받은 만마박사, 팔대호법 흑운령, 대마수 암익신조, 대마수 심안호창을 중심으로 천 명의 최정예 마인들이 아득한 천공의 축지문으로부터 강하하기 시작했다.

그들이 동원한 첫 공격 수단은 광세천교가 윤극성을 칠 때와 동일했다.

술법을 빽빽하게 채워 넣은 거대한 돌기둥을 고공에서 낙하시키는 것.

아무리 별의 수호자가 대책을 세웠어도 타격을 줄 수 있으리라 확신한 공격이었다.

하지만 그 기둥들이 800장(약 2.4킬로미터) 높이에서 낙하를 시작한 순간, 총단을 감싼 거대한 기환진이 요동쳤다.

"축지문? 마존의 유산을 비장하고 있었나?"

첫 번째 기둥 앞에 축지문이 열렸다. 기둥은 축지문을 통과해서 멀찍이 떨어진 곳에 떨어져 버렸다.

직후 총단에서 섬광이 번쩍였다.

"전원, 충격에 대비해라!"

만마박사가 외쳤다.

동시에 그와 교주가 대규모 방어 술법을 펼쳤다.

콰아아아아앙!

총단에서 공격용 대술법이 발동, 천지를 관통하는 것 같은 섬광을 쏘아 올렸다. 그로써 두 번째 기둥이 박살 나고 세 번째 기둥이 반파되었다. 그러고도 힘이 남아서 흑영신교의 방어 술법을 뒤흔들었다.

쿠구궁……!

그리고 그렇게 반파된 기둥 하나는 성해 전체를 뒤덮으며 발동한 결계를 뚫지 못했다.

위력을 믿어 의심치 않았던 전술 병기가 너무나 간단하게 요격된 셈이다.

파파파파파파!

게다가 그것으로 끝나지도 않았다. 하늘에서 강하해 오는 흑영신교 일당을 향해 지상에서 소나기처럼 섬광을 쏘아 올렸다.

"이런 수준의 방어 체계라니, 삼국의 황궁도 이 정도는 아닐 것을. 내가 아니었다면 접근해 보기도 전에 녹아버렸겠군."

교주가 혀를 내둘렀다.

별의 수호자가 성해에 설치한 방어 수단은 기기묘묘하고 엄청난 위력과 물량을 갖추고 있었다. 수만 대군이라고 하더라도 막아낼 수 있는 수준이었다.

하지만 이번에는 적이 나빴다.

마치 수만의 궁병이 일제히 쏘아 올린 것 같은 대공 화망에 대한 흑영신교의 대책은 간단했다.

교주가 흑영기(黑靈氣)를 펼쳐 거대한 방어막을 만들었다.

그것으로 끝이었다. 현계의 이치를 초월하는 신기로 수백 장의 공간을 감싸자 별의 수호자의 대공 화망은 아무 의미 없이 소모되고 말았다.

성해를 감싼 결계 역시 마찬가지였다.

교주는 굳이 술법으로 해제하려고 애를 쓰는 대신 흑영기를 칼처럼 휘둘러서 결계에 구멍을 냈고, 그 구멍으로 흑영신교도들이 침투했다.

"무지하고 사악한 자들이여. 인간의 발버둥은 신의 위엄 앞에서 무력하다."

지금의 교주는 한없이 신에 가까운 존재다. 자칫 한 발만 내디디면 인간의 운명을 잃고 신이 되어버릴 정도로.

그런 그에게 수십만의 제물을 바쳐 얻은, 바다처럼 막대한 양의 신기가 주어진 것이다. 신기를 아낌없이 쓸 수 있는 그에게 별의 수호자가 준비한 술법 대책은 부질없었다.

결국 교주가 성해 한복판에서 마계문을 열었고, 마계화가 시작되었다.

이에 대한 별의 수호자의 대응은 신속했다.

곧바로 긴급대기조 병력을 투입, 관군과 함께 시민들을 피신시키게 했고 반각 내로 2차 병력을 투입하여 흑영신교를 쳤다.

별의 수호자는 강하다. 빠르게 투입된 병력들은 흑영신교 최정예를 상대로도 격전을 펼쳤다.

그러나…….

"이 또한 공덕이니라. 죄를 씻고 구원의 세상에서 다시 태어나거라."

하지만 교주를 따라온 핵심 전력들은 하나하나가 일당천의 초인들이다.

흑운령 역시 마찬가지였다. 비록 심상경에 이르지는 못했지만 교주가 내려준 대량의 신기가 그에게 심상경의 고수를 격살하고도 남을 힘을 주고 있었다.

"멈춰!"

막아서는 자들을 풀 베듯이 학살한 흑운령이 오들오들 떨고 있는 성해 시민들에게 다가갈 때였다. 한 남자가 그 앞을 가로막았다.

완만하게 휘어진 도(刀)를 든 젊은 남자였다. 흑운령이 피식 웃었다.

"싫다."

흑운령이 벼락처럼 그를 덮쳤다. 단번에 쓰러뜨릴 생각이었다.

투학!

하지만 젊은 도객은 그 검을 막아내었다.

흑운령이 눈에 이채를 띠었다.

"호오, 별의 수호자에서 한자리하는 놈인 것 같군. 이름이 뭐냐?"

"외검대주 오량이다!"

오량은 전음으로 시민들에게 도망치라고 외치며 흑운령의 주의를 끌었다.

'정면으로 부딪치면 안 돼.'

방금 전에는 너무 빨라서 정면으로 받아낼 수밖에 없었다. 그런데 그것만으로도 내장이 진탕하는 충격이 느껴졌다. 신체 능력과 내공 양쪽 모두 크나큰 격차가 있다.

'버틸 수 있을까?'

혼자서는 당해낼 수 없는 상대다.

일반인을 구하기 위해 부하들을 내버려 두고 급히 달려온 것이 문제였다. 부하들과 함께 진법을 펼친 상대라면 어느 정도

맞상대할 수 있을 텐데. 그게 아니면…….

'이런 때 그 녀석이 생각나다니, 나도 참 글러먹었군.'

오량은 반사적으로 마곡정의 얼굴을 떠올렸다가 지워 버렸다.

"대주급이면 나름 베는 맛이 있겠군."

흑운령의 눈이 흰자위까지 검게 물들었다. 짙은 어둠을 휘감은 그가 무시무시한 속도로 오량을 덮쳤다.

팟!

오량의 팔뚝에서 피가 튀었다.

퍼엉!

격공의 기가 오량을 쳐서 쓰러뜨렸다.

하지만 흑운령은 결정타를 날리지 못하고 주춤했다.

"…제법 하는 놈이잖아?"

그는 굳이 귀찮게 기술을 펼칠 필요성을 느끼지 못했다. 압도적인 힘과 속도로 찍어 누르면서, 격공의 기로 속수무책으로 만들어 버릴 생각이었다.

그런데 오량이 그의 움직임 사이, 한차례 가속이 끝나고 재차 가속해야 하는 틈을 절묘하게 찌르고 들어왔다. 격공의 기를 예상했다는 듯 호신장막으로 버텨내면서 펼친 의기상인이 흑운령의 움직임을 묶었다.

"재롱은 잘 봤다. 그럼 죽어라."

흑운령이 공격하는 순간이었다.

꽈앙!

측면에서 한 자루의 검이 고속으로 날아들었다.

"컥……?"

흑운령은 그 검을 막아냈지만 거기에 실린 힘이 그의 예상보다 컸다.

튕겨 나가는 그를 한 줄기 섬광이 가르고 지나갔다.

'이건…….'

심검(心劍)이었다.

하지만 지금의 흑운령에게는 무의미하다. 신기의 가호가 그가 기화하는 것을 막아주었으니까.

흑운령은 잠시 주춤했을 뿐, 곧바로 자세를 바로잡고 서서 자신에게 검을 날린 자를 바라보았다. 저편에서 쌍검을 들고 주변에 허공섭물로 한 자루의 검을 추가로 띄운 중년 검객이 달려오고 있었다.

"성운검대주인가!"

흑운령이 싸늘하게 웃었다.

상대는 성운검대주 양준열이었다. 총단에 남아 있는 두 명의 심상경의 고수 중에 한 명.

"제법 거물이 걸렸군. 덕분에 이 목숨을 의미 있게 쓸 수 있겠어."

양준열은 전임 성운검대주 고동준의 수제자다.

하지만 그의 무공 경지는 아직 전성기의 고동준에 미치지 못했다. 고동준이 다섯 자루의 검을 띄워놓고 쌍검술과 연계했지만 지금 양준열의 곁에 떠 있는 것은 한 자루뿐이었다. 흑운령에게 날린 한 자루를 합치면 두 자루일 터.

그런데 그를 향해 마주 달려들려던 흑운령은 문득 섬뜩함을 느끼며 고개를 들었다.

—천벌검(天伐劍)!

하늘에서 불꽃을 휘감은 검 한 자루가 떨어져 내렸다. 소리가 울려 퍼지는 것보다도 빠른 속도였다.

콰아아아아앙!

열기가 폭발했다.

까마득한 고도까지 검을 띄워 올렸다가 낙하하는 힘을 이용, 막대한 파괴력을 일으키는 비기였다.

"크으으윽……!"

흑운령은 극한까지 활성화된 영감 덕분에 직격당하는 것을 면했다. 하지만 부상을 피할 수 없었다.

"이놈, 감히……!"

그의 분노에 호응하듯 상처가 급속도로 재생되어 갔다. 눈으로 보면서도 믿기 어려운 재생력이었다.

양준열이 쌍검을 내질렀다.

투하하하하학!

검기가 맞부딪치며 공간이 진동했다.

완전히 양준열이 유리한 상황을 점한 상황에서의 공격이었다. 그러나 흑운령은 놀랍게도 두 걸음 물러나는 것만으로 그 공격을 버텨냈다.

"죽여주마!"

"할 수 있으면 해보시지."

양준열과 흑운령이 대치한 채로 무게중심을 바꾸는 순간이었다.

파학!

날카로운 섬광이 그의 옆구리를 가르고 지나갔다.

'이놈이……!'

기척을 죽이고 있던 오량이 절묘한 순간을 포착, 기습을 가해서 흑운령에게 한칼을 먹였다.

"우리는 일대일의 낭만을 찾기에는 너무 바쁜 사람들이라."

양준열이 무심하게 말하며 검을 내려쳤다.

카앙!

그러나 시퍼런 검기를 머금은 검은 흑운령의 몸을 베지 못하고 튕겨 나왔다.

양준열이 경악할 때였다.

"결정했다."

동시에 흑운령의 몸이 검게 물들기 시작했다.

"좀 아깝긴 하지만, 내 목숨은 네놈들을 죽이는 데 쓰도록 하지. 자, 위대한 신의 위엄을 보아라."

흑운령은 흑천령처럼 신기를 흑영기로 바꾸어 그 진가를 발휘할 만한 기량이 없었다. 그래서 본신 능력을 폭증시키는 용도로만 쓰고 있었던 것이다.

하지만 그도 팔대호법의 일원이다. 지상에서 흑영신에게 가장 가까운 존재들 중 하나인 만큼 최후의 수단을 쓸 수 있었다.

바로 강신(降神)이었다.

"위대한 흑영신의 신위가 이 몸에 임하셨다."

강신의 대가는 죽음이다. 지닌 신기를 모두 소모하는 순간이 흑운령의 죽음이 될 것이다.

하지만 흑운령은 결단을 주저하지 않았다. 힘을 아끼다가 잡히느니 성운검대주라는 걸림돌을 치우는 쪽이 낫다고 본 것이다.

"어디 별의 수호자 최후의 보루라는 성운검대주님의 실력을 볼까?"

어둠 그 자체로 빚어낸 형상으로 변한 흑운령을 보며 오량은 식은땀을 흘렸다.

"된통 걸렸군요."

"자네를 구하겠다고 뛰어왔다가 험한 꼴을 보는군."

양준열이 투덜거리자 오량이 말했다.

"나중에 술 한잔 사지요."

"잊지 말게."

그때였다.

구구구궁……!

먼 곳에서 굉음이 울려 퍼지더니 공간이 뒤흔들렸다.

오량과 양준열은 적과 대치하고 있다는 사실조차 잊고 뒤를 돌아보았다.

"설마……."

그들의 시선이 닿은 곳은 바로 별의 수호자 총단의 정문이었다.

그 지점을 중심으로 뚜렷한 검은 선이 그어졌다. 마치 허공에 크고 둥근 벽이 존재하고, 그 위에 먹선을 긋는 것처럼.

그 먹선이 그어진 지점의 공간이 찢겨 나갔다.

오량은 그 현상이 의미하는 바를 깨달았다.

'총단의 결계가 뚫렸다!'

흑영신교의 누군가가 총단의 결계를 뚫고 안으로 침입한 것이다.

"이런……!"

오랑과 양준열이 다급한 심경을 공유했다.

하지만 그들은 총단으로 달려갈 수 없었다.

"걱정할 것 없다. 어차피 너희들은 이 자리에서 죽을 테니까."

강신으로 무시무시한 존재감을 발하는 흑운령이 그들을 맹습했으니까.

4

성해가 공격받은 사실이 각지의 별의 수호자 조직으로 전달되었다.

특히 오성은 그 소식을 접하기 전에 이미 긴급 신호용 부적으로 긴급한 사태가 터졌음을 알게 되었다.

놀랍게도 귀혁은 그때 이미 미우성에 도착해서 암천동맹을 학살하고 있었다.

미우성까지는 마차 여행으로도 서너 달은 걸리는 거리다. 하지만 귀혁의 경공은 울려 퍼지는 소리를 앞질러 가는 경지에 도달한 지 오래다. 지형을 무시하는 극한의 경공을, 10심 내공으로 펼치자 채 한 시진(2시간)도 안 되어서 미우성 왕류상단에 도착할 수 있었다.

그리고 왕류상단의 일원들을 학살하던 암천동맹을 역으로 학살하면서 상황을 역전시키던 중 품속의 부적이 빛을 발했다.

"…당했군."

지금까지 수집된 정보로 보면 암천동맹과 흑영신교는 별개의 집단으로 보였다.

정보부의 판단이 틀린 것인지, 아니면 단순히 흑영신교와 암천동맹이 손을 잡은 것인지는 알 수 없다. 어쨌거나 지금 상황은 암천동맹이 미끼가 되어 총단의 전력을 각지로 분산시킨 뒤, 흑영신교가 그 틈을 제대로 찌른 형국이었다.

'보통 일이 아니다.'

귀혁이 눈살을 찌푸렸다.

그는 귀혁 덕분에 전열을 정비한 왕류상단의 무사장을 보며 말했다.

"미안하지만 나는 총단으로 돌아가야겠네. 버틸 수 있겠나?"

"저희는 걱정 마십시오. 적의 수도 줄었고 상황도 좋아졌으니까요."

그사이 인근에서 급파된 지원 병력이 합류한 데다 관군도 왔다. 귀혁이 빠지면 많은 피가 흐르긴 하겠지만, 감당할 수 있는 싸움이다.

"하지만 총단까지 돌아가신다니… 괜찮으시겠습니까?"

왕류상단의 무사장은 귀혁이 총단부터 여기까지 제때 시간을 맞춰 왔다는 사실도 믿기 어려울 지경이었다. 아무리 고수라도 사람이 어찌 그런 신위를 보일 수 있단 말인가?

하지만 실제로 그는 왔고, 왕류상단은 파멸의 위기에서 구원받았다.

"걱정 말게. 그럼 무운을 빌지."

"무운을 빕니다, 은공."

귀혁은 고개를 끄덕이고는 곧바로 몸을 날렸다.

'지금 상태로는 도착까지는 아무리 빨라도 두 시진.'

그에게도 미우성까지 와서 싸우는 것은 크나큰 부담이었다. 10심 내공을 이루지 못했다면 다시 돌아가는 것은 엄두도 내지 못했을 것이다.

진기 소모도 막대했고, 혹사당한 기혈이 비명을 지르고 있다. 돌아갈 때 같은 속도를 내는 것은 아무리 봐도 무리다.

'그렇게 도착한다 한들 제대로 싸우기는 힘들다.'

잔챙이라면 문제없겠지만 팔대호법이 상대라면 어려운 싸움이 될 것이다.

'이것이 놈들의 의도겠지. 정말 악독한 놈들이야. 그렇다면…….'

귀혁이 살기등등하게 웃었다.

'계획을 성공시켰다는 의기양양함을 박살 내주는 것이 내 의무겠지.'

지금까지 무수히 그래왔던 것처럼.

귀혁은 달리기를 멈추고 심호흡을 했다. 산중 한복판에서 한차례 진기를 다스린 그의 몸이 한순간 빛으로 화했다가 돌아왔다.

"…앞으로 세 번인가."

눈을 뜨는 귀혁의 얼굴은 조금 전까지와는 달라져 있었다.

조금 전까지의 피로는 온데간데없이 사라지고 눈에서는 진기가 충만할 때나 드러나는 정광이 번뜩인다. 불가사의한 일이지만 그는 한순간에 최상의 상태로 회복한 것이다.

곧 그가 다시금 소리보다도 두 배는 빠른 속도로 총단을 향해 질주하기 시작했다.

5

긴급 신호용 부적은 오성에게만 주어진다.

그렇기에 영성 귀혁과 풍성 초후적은 곧바로 위급 상황이 터졌음을 알았지만 서하령, 마곡정, 백건익은 한발 늦게 알았다.

'당했다!'

날벼락이 떨어진 상황이었다.

그들은 급히 총단으로 이동하기 시작했다. 하지만 셋 다 지원이 필요한 지역까지 가는 것만으로도 진기 소모가 극심했기에 과연 시간 맞춰 총단으로 돌아갈 수 있을지 의문이었다.

서하령이 가슴이 타들어가는 마음으로 서두를 때였다.

'아.'

벼락처럼 뇌리를 강타하는 의념의 전언이 있었다.

'형운!'

바로 흑영신교의 성지로 침투한 형운의 부름이었다. 그녀는 거기에 응하는 대신 형운을 외쳐 불렀다.

'어떻게 된 거야!'

—함정이야.

곧바로 형운의 대답이 돌아왔다. 그리고 그 대답을 들은 것은 그녀만이 아니었다.

형운과 서하령만이 아니라 귀혁, 마곡정, 초후적, 백건익까지 한꺼번에 연결되었다.

'운벽성의 연락이 두절되었다고 들었다. 그곳에서 놈들의 성지로 가는 문이 열린 것이냐?'

귀혁의 물음에 형운이 대답했다.

―예, 그리고 그것이 놈들의 계략이었습니다.

형운은 한서우가 알려준 사실을 전달해 주었다.

'그쪽 상황은 어떠냐?'

―놈들의 목적은 총단 쪽에서 벌이는 일이 끝날 때까지 우리를 여기에 붙잡아두는 겁니다. 결국은 이길 겁니다. 문제는 시간이지요.

'그렇군. 그럼 나는 이대로 총단으로 향하도록 하마.'

―최대한 빨리 돌아가겠습니다.

'믿는다.'

귀혁의 말이 끝나기가 무섭게 초후적도 말했다.

'나도 총단으로 가마. 수성, 무운을 빈다.'

그가 지원을 나간 지점은 진해성 본성이었기에 남들보다 오가는 부담이 적었다. 총단에 가장 먼저 도착할 것이다.

형운이 말했다.

―하령아, 곡정아, 너희들은 이쪽으로 와줘. 백 대주님도.

'무슨 소리야! 아무리 그쪽 상황이 중요해도 지금은 그럴 때가 아냐!'

마곡정이 버럭 소리를 질렀다.

총단이 공격당했다. 그것은 즉 예은이 화를 입을지도 모른다는 뜻이다. 그 사실이 그의 이성을 마비시키고 있었다.

'곡정아.'

그를 진정시킨 것은 차분한 서하령의 목소리였다. 마곡정이 움찔하자 서하령이 형운에게 물었다.

'형운, 뭔가 방법이 있는 거지?'

—솔직히 말하면 도박이야. 하지만 세 사람이 이대로 총단으로 가는 것보다는 해볼 만하다고 생각해.

'늘 그런 식이네.'

서하령이 코웃음을 치고는 말했다.

'알겠어. 넌 다른 건 몰라도 목숨 갖고 도박할 때는 승률이 높잖아?'

그리고 형운의 부름에 응한 세 사람은 보게 되었다.

"지난번에도 그랬지만 꽤나……."

서하령이 주변을 둘러보며 말했다.

"비현실적인 풍경이네."

모여 있는 면면들만 봐도 그렇다. 서하령, 마곡정, 백건익이 합류한 지금 이 자리에 있는 심상경의 고수만 스물세 명에 달한다.

"곡정아, 왔구나!"

청안설표 일족이 마곡정의 등장을 알아차리고 반색했다. 그들에게 인사한 마곡정이 형운에게 물었다.

"방법이 뭐야?"

"일단 받아. 먹고 운기조식하면서 들어."

형운은 상비하고 다니는 진기 회복제를 세 사람에게 건네주었다.

"이 상황에서 운기조식을 하라고?"

마곡정이 인상을 구기며 물었다. 사방에서 격전이 벌어지고 있는데 앉아서 운기조식을 하란 말인가?

하지만 형운은 진지했다.

"이 상황이니까. 조금이라도 상태를 회복해. 그래야만 시도해 볼 수 있어. 주변은 내가 지킨다."

"마 부대주, 따져봤자 시간만 낭비하는 셈이야. 급하면 더욱 군말 없이 따르도록 해."

백건익이 능글맞게 웃으며 말하고는 앉아서 운기조식을 시작했다.

세 사람이 운기조식을 하자 형운은 양손으로 서하령과 마곡정의 등을 짚고 자신의 진기를 전달해 주었다. 그렇게 한 차례 전달한 후에는 백건익에게, 그리고 다시 두 사람에게 전달하기를 반복하는데…….

'터무니없는 짓을 하는군.'

백건익이 속으로 실소했다.

아무리 형운의 진기가 정순하다고 해도 이런 식으로 짧은 시간에 대량의 진기를, 그것도 연달아 안겨주는 것은 위험한 짓이다. 받아들이는 세 사람 모두 지쳤을 뿐 부상이 없는 상태이고, 그리고 심상경의 고수이기에 가능한 묘기라고 할 수 있다.

곧 운기조식을 마친 백건익이 눈에서 정광을 뿜어내며 물었다.

"쓸데없는 질문이라고 생각하긴 하지만, 이렇게 퍼줘도 괜찮나?"

"괜찮습니다. 호수에서 물 한 바가지 퍼낸 정도거든요."

"그것참, 천공지체의 내공이 무한에 가깝다더니 정말 그런가 보군."

백건익이 부러움의 시선을 보냈다. 무인 입장에서는 꿈과 같은 능력 아니겠는가?

서하령이 물었다.

"그래서 작전이 뭐야?"

—정면의 상황을 봐.

형운이 굳이 전음으로 말했다. 적이 엿듣는 것을 막기 위해서였다.

윤극성의 무인들이 전방을 밀어붙인다. 잠룡검호 봉연후와 화천월지 서윤이 좌우에서 괴물들을 베어 넘기는 가운데, 무상검존 나윤극이 흑천령과 격전을 벌이고 있었다.

성지에서 흑영신의 신위를 강신하여 어둠 그 자체로 화한 흑천령의 전투 능력은 본신 능력을 아득히 초월하고 있었다. 힘과 속도 모두 나윤극보다 월등하고 흑영기의 권능이 절대적으로 유리한 상황을 만들어낸다.

그럼에도…….

"크윽, 멸존!"

나윤극이 일방적으로 흑천령을 압도하는 형국이었다.

놀랍게도 그것은 다루는 힘의 규모와 물량의 문제다.

흑천령의 내공은 8심이다. 하지만 팔대호법인 그는 성지에서 그 힘이 극대화되며, 강신한 지금은 힘의 크기만으로도 대마수를 능가하고 있었다.

그런데도 힘 대 힘의 싸움에서 나윤극이 그를 찍어 누른다.

나윤극이 다루는 검의 숫자는 백 자루를 훌쩍 넘는다. 그것도 하나하나가 보통 검들이 아니었다.

—심상검(心象劍) 초래(招來)!

심상계에 저장해 두었다가 기(氣)의 물질화로 소환한 이 검들은 말하자면 전략물자다. 이 검들로 심검을 펼치면 소모되어 버리는 대신 거의 자신의 진기를 쓰지 않는다. 또한 검 자체에 기환술사들이 술법으로 비축한 기운이 저장되어 있어서 운용할 때의 부담도 적다.

하나하나를 준비하는 데 많은 돈과 노력이 들어간다는 문제가 있지만 일단 준비가 끝나면 어마어마한 전투 능력의 향상을 얻을 수 있는 것이다. 그리고 나윤극은 광세천교가 파멸한 이후 부지런히 오늘을 준비해 왔다.

게다가 나윤극이 다루는 힘은 거기서 그치지 않는다.

이 자리에 있는 윤극성 무인들이 단체로 천극무상진을 펼치고 있으며, 이 진은 천극무상검사들의 힘을 극대화시키는 진법이었다.

심상계에서 소환한 검들 말고도 수백 자루의 기검이 그의 의지에 따라서 흑천령을 친다.

파악!

검기를 휘감은 검이 흑천령을 가르고 지나간다.

흑천령은 흑영기를 효율적으로 사용하고 있다. 하지만 그럼에도 어쩔 수 없이 발생하는 빈틈을 나윤극은 압도적인 물량 공세로 찔러서 타격을 주고 있었다.

그것은 그가 천라무진경을 완성했기 때문이다.

통찰력을 극대화하여 얻은 예지의 힘이 흑영신의 신위를 입은 흑천령의 영감을 능가하고 있다.

"멸존! 이 악귀 같으니! 끝까지 위대한 신의 구원을 가로막는가!"

흑천령은 이 상황을 믿을 수가 없었다.

지금의 자신이라면 일대일로는 그 어떤 적이라도 맞설 수 있다고 생각했다. 그런데 나윤극 한 사람에게 압도당하다니!

하지만 당연한 결과였다.

광세천교 파멸의 날, 그때의 광세천교주는 무공과 술법 양쪽이 무극의 경지에 달한 초인이었다. 그런 그가 스스로의 수명을 바쳐 강신 상태로 들어가고도 일대일로는 나윤극을 어쩌지 못하지 않았던가.

지금의 나윤극은 그때보다 더 강하다. 몸 상태는 최상이었고, 이날을 위해 준비한 것들은 그때보다 더 완벽했으니까.

"들어주기도 지겨운 소리로구나."

나윤극이 담담하게 흑천령을 찍어 눌러가던 중이었다.

—무상검존 어르신.

형운의 전음이 들려왔다.

—가겠습니다.

그리고 형운과 가려, 서하령, 마곡정, 백건익, 천유하 여섯 명이 움직이기 시작했다.

6

암천령은 전투가 시작된 후로 단 한 번도 전면에 나서지 않았다.

하지만 흑영신교 측에서 가장 중요한 역할을 맡은 것이 바로 그였다.

마계문을 통해 성지로 소환된 괴물들은 제각각이었다. 모두가 흑영신의 추종자라는 공통점이 있을 뿐이다.

암천령은 처음부터 강신 상태로 그런 그들을 지휘해서 전투에 투입하고 있었다. 마계의 괴물들이라고 해도 팔대호법의 권위, 무엇보다 강신으로 그 몸에 임한 흑영신의 권위에는 복종할 수밖에 없으니까.

하지만 그런 괴물들로 저 흉적들을 막을 수 있냐 하면 회의적이다.

형운이 집결시킨 군세는 너무나 강하다. 교주와 핵심 전력이 빠져나간 채로 막는 것은 불가능했다.

그렇기에 암천령은 이기고자 하지 않았다. 철저하게 전황을 유지하며 시간을 끄는 것에 주력했다. 저들을 이곳에 붙잡아두는 것만으로도 그들은 승리하는 것이니까.

흑천령을 압도하고 있는 나윤극이 단번에 승부를 내지 못하는 이유도 암천령의 개입이었다.

암천령은 후방에서 때때로 대술법을 펼치는 것으로 아군의 숨통을 터주었다. 그렇지 않았다면 벌써 전열이 붕괴했을 것이다.

'음?'

전후좌우에 괴물들을 계속 보충하며 전황을 고착화시키던 암천령은 형운이 움직이기 시작한 것을 보았다.

형운은 다섯 명만을 데리고 전방으로 나섰다. 나윤극이 흑천령을 막고, 윤극성 전력이 다른 괴물들을 밀어붙이는 틈을 타서 커다란 얼음여우를 만들어서 그 위에 올라타더니 단번에 괴물들의 우리를 뛰어넘는 게 아닌가?

"건방진 수작을 부리다니!"

암천령은 형운 일행이 눈폭풍의 영역에서 빠져나오는 바로 그 순간을 노려서 술법을 발동했다.

—흑살시(黑殺矢)!

형운 일행을 향해 어둠의 화살이 빗발쳤다.

—흑암파쇄(黑暗破碎)!

어둠의 충격파가 광범위한 영역을 때렸다.

—흑라지망(黑羅地網)!

위아래서 어둠의 기운으로 짜낸 촘촘한 그물이 공간을 휘감았다.

도저히 빠져나갈 길이 없는 대규모 술법의 연쇄였다. 설령 대영수라고 할지라도 이 공세 앞에서는 필사적으로 대응할 수밖에 없으리라.

"자기네 앞마당이라 그런가, 도무지 바닥이 안 보이는군."

그러나 형운은 싸늘하게 웃었다.

그의 양손에 두 자루의 얼음검이 소환되었다. 그리고 섬광으로 화해 충돌했다.

—쌍성무극검(雙聲無極劍)!

동시에 발한 두 발의 심검이 한 지점에서 교차하면서…….

……!

만상붕괴(萬象崩壞)가 발생했다.

상처 입은 세계가 내지르는 비명이 압도적인 의념의 충격파가 되어 주변을 휩쓸었다. 그들을 덮치던 술법이 일거에 쓸려나간다.

'이런 수를?'

암천령은 당혹감을 느꼈다.

확실히 만상붕괴는 술법에 공격받는 상황에서는 최강의 방어 대책이라고 할 수 있다. 하지만 그만큼 단점도 뚜렷하다.

일단 만상붕괴를 일으킨 본인들도 그것을 버텨내느라 경직될 수밖에 없다. 그리고 술법을 무력화하는 범위도 한정되는 데다가 형운의 경우는 주변에 전개한 빙백무극지경의 권능도 함께 날려 버리는 한 수가 아닌가?

—먼저 갈게. 열을 센 다음에 따라와.

형운이 전음으로 말하고는 가속했다. 그리고 만상붕괴의 영향이 약해지는 지점에 오자마자 한 줄기 섬광으로 화했다.

—무극설원경(無極雪源境)!

한순간에 100장의 거리를 전진한다.

그리고 100장 길이로 그어진 섬광의 궤적으로부터 발생한 한

기의 해일이 주변을 동토(凍土)로 바꾸었다.

"그런 짓을 두 번이나 할 수 있었나? 그걸 믿고 덤벼든 것이냐!"

암천령은 놀라면서도 곧바로 대응했다. 허공에서 거대한 손이 출현해서 형운이 있는 자리를 후려갈긴다.

꽈아아아아앙!

충격으로 지진이 나고, 대량의 토사가 솟구쳤다.

뿐만 아니었다.

―염룡포효(炎龍咆哮)!

땅의 갈라짐 틈으로부터 대량의 폭염이 쏟아져 나오는 게 아닌가?

콰아아아아아!

불꽃이 용의 형상을 이루며 울부짖자 거대한 불꽃의 소용돌이가 덮쳐왔다.

무극설원경으로 발생한 한기폭풍과 불꽃의 해일이 충돌하면서 막대한 양의 수증기가 폭발했다.

꽈과과과과……!

극음지기의 영역과 극양지기의 영역이 충돌하면서 상쇄되었다. 형운도 폭발하는 수증기를 막느라 발이 묶였다.

"크윽, 지독하군!"

아까 전의 세 가지 술법 연계만으로도 놀라운 수준이다. 그런데 연달아 이런 술법들을 펼쳐내다니!

왜 과거에 한서우가 암천령에 대해서 경고했는지 이해할 수 있었다.

"만상붕괴라, 확실히 술법에는 독과 같지. 하지만 효율에 집착하지 않는다면, 그리고 충분한 힘이 있다면 방법은 얼마든지 있다!"

그 말대로였다. 방금 전처럼 정제된 술법이 아니라 천재지변 규모의 물리적 현상을 일으킨다면 만상붕괴로도 물리칠 수 없으니까.

물론 만상붕괴 영역 내에서는 1의 결과를 얻기 위해 100의 힘을 소모해야 하지만, 지금의 암천령에게는 그러고도 남을 힘이 있다.

"자, 온 길을 돌아서 도망치는 것이 좋을 것이다, 선풍권룡!"

암천령의 술법은 거기서 그치지 않았다. 그의 영혼이 마계문과 호응하면서, 그곳으로부터 사멸한 고대의 잔재를 불러내었다.

—구두흑룡전무(九頭黑龍戰舞)!

어둠 속에서 마기가 폭풍처럼 휘몰아쳤다.

구구구구구구구!

성지 전체가 진동하며 형운의 주변에서 거대한 아홉 용의 머리가 일어나기 시작했다.

그것은 흑영신교 술법의 극의 중 하나.

흑룡의 머리는 하나하나가 대마수나 마찬가지다. 한번 공격을 발할 때마다 스러질 운명이기는 하지만 과연 천하가 넓다 한들 대마수가 전력을 다하는 아홉 번의 공격을 받아낼 자가 존재하겠는가?

"…이제야 바닥을 보여주는구나."

하지만 형운은 자신을 포위하는 형국으로 일어나는 아홉 흑룡의 존재 앞에서도 주눅 들지 않았다.

형운의 옆에서 투명한 빛이 깜빡였다. 마치 반딧불처럼 작고 덧없는 빛이.

그 빛이 깜빡인 지점에서 물결 같은 파문이 일기 시작했다. 하지만 주변에는 폭풍처럼 마기가 휘몰아치고 있었고, 그 파문이 너무 작고 미약해서 암천령의 눈에는 보이지 않았다.

"버텨볼 셈이냐? 모두가 괴물, 괴물 하고 떠받들어 주니 오만으로 미쳐 버린 모양이구나!"

"그게 떠받들어 주는 소리였던가? 역시 미친놈들의 기준은 알 수가 없군."

형운이 피식 웃었다. 그리고…….

파싯!

활화산처럼 어마어마한 기세로 일어나던 흑룡의 머리 하나가 사라졌다.

"뭣?"

암천령이 경악했다.

파싯! 파시싯!

그리고 연이어 같은 현상이 일어났다.

형운의 주변에서 반딧불 같은 빛이 번뜩인다. 공간의 파문이 퍼져 나간다.

그 직후 흑룡의 머리가 꺼지듯이 사라져 버린다.

"봉인궤(封印櫃) 세 개를 다 썼군. 맙소사, 대술법도 한 방에 보낼 수 있을 거라고 하셨는데 하나에 머리 하나라니 이거 도대체 얼마나 엄청난 술법인 거야?"

태평하게 투덜거리는 형운의 손에 섬광이 번뜩였다. 그리고 그의 손에 빛나는 글자가 빽빽하게 새겨진 한 자루 검이 나타났다.

"이건 파산검(破山劍)이라고 하지. 시간과 돈이 너무 많이 들어가서 딱 한 자루밖에 못 만들었으니 언젠가 꼭 역사에 남을 자리에서 써줬으면 한다는 서신이 첨부되어 있었어."

순간 암천령은 무슨 일이 일어났는지 깨달았다.

'말도 안 돼! 흉왕도 멸존도, 혼마도 아니고… 선풍권룡이 그 경지에 올랐다고?'

그러나 그가 미처 뭐라고 하기도 전에 형운이 그 검을 휘둘렀다.

—파산검(破山劍) 해방(解放)!

휘두르는 것과 동시에 칼날이 산산조각으로 깨져 나갔다.

그 순간 모두가 느꼈다.

어둠이 어긋났다.

그렇게밖에 말할 수 없는 감각이 모두를 휘감았다.

형운이 검을 휘두른 지점에 있는 어둠이 매끈하게 잘려서 서로 다른 방향으로 어긋났다. 그 현상이 유지된 순간은 극히 짧았고, 금세 원래대로 돌아오기는 했지만…….

그 결과는 가볍지 않았다.

쿠과과과과광!

천지가 경동하는 충격이 성지를 강타했다. 일순간 모두가 전투행위를 멈출 수밖에 없을 정도의 충격이었다.

그오, 오오오오오오……!

그리고 남은 여섯 흑룡 중에 다섯이 비명을 지르며 침몰하기 시작했다.

"이만하면 만족스러우셨겠지요."

형운은 칼날이 부서져 버린 검 자루를 던져 버리며 웃었다.

"마존 어르신."

그것은 귀혁과 나윤극이 도달한 경지, 기(氣)의 물질화였다.

환예마존 이현은 죽음을 앞두고 형운에게 막대한 유산을 물려주었다. 그 유산 목록에는 이 시대의 기술로는 만들 수 없는, 오로지 그만이 만들 수 있었던 진귀한 기물들이 포함되어 있었다.

형운은 얼마 전부터 그중 전투에서 쓸 만하다 싶은 것들을 기화하여 심상계에 저장해 두었던 것이다.

"말도 안 돼. 있을 수 없는 일이다. 아무리 흉왕의 제자 육성 능력이 뛰어나다 해도, 선풍권룡이 아무리 괴물 같은 육신을 지녔다고 해도 이런 것은……!"

암천령은 눈앞의 현실을 인정할 수 없었다.

이 극적인 진보는 귀혁이 일월성신의 눈을 얻은 후부터 시작되었다.

형운과 귀혁이 서로를 들여다보는 방식으로 이루어진 수련은 무공을 전수함에 있어서 가장 난해한 문제를 해결해 주었다.

바로 감각을 전하는 것이다.

그것은 말로는 도저히 설명할 수 없는 것이다. 몸을 움직여 단련하게 하는 것만으로도 전할 수 없는 것이다.

스승은 제자에게 그것을 전하기 위해 자신이 아는 모든 방법을 동원한다. 그렇게 수십 년을 투자하고, 제자 자신이 인생이 끝날 때까지 수련과 연구를 계속해도 제대로 전해질지 어떨지 모르는 것이 지고한 경지의 감각이다.

형운과 귀혁은 서로를 들여다봄으로써 말을 초월한 교감을 나누었다.

귀혁은 형운이 지닌 불가해한 능력들이 어떤 감각으로 구현되는지 이해해 갔다.

형운은 귀혁이 이룩한 지고한 성과들이 어떤 감각 위에서 완성되었는지 이해해 갔다.

서로를 들여다보고, 말을 나누고, 육체를 부딪치는 것으로 사부와 제자는 서로를 연마해 갔다. 그것은 모두가 방대한 세월과 노력, 거기에 행운이 더해져야만 가능하다고 생각했던 일을 단기간에 가능케 만들었다.

"놀라는 꼴을 보니 노력한 보람이 있군. 하지만 어쩌지? 아직 놀래줄 건수가 많이 남았는데."

비아냥거린 형운이 다시금 섬광으로 화해서 남은 하나의 흑룡을 꿰뚫었다.

―무극설원경(無極雪源境)!

관통 지점으로부터 해일 같은 한기가 폭발하면서 흑룡을 분쇄했다.

"또?"

벌써 무극설원경만 세 번째였다.

신음하는 암천령의 가슴속에서, 지금까지 잊고 있던 감정이 스멀스멀 기어 올라오기 시작했다.

'선풍권룡, 이자는 정말 한계가 없단 말인가?'

그것은 바로 공포였다.

문득 그는 등에 닿는 딱딱한 감촉에 흠칫 정신을 차렸다. 혼자 주춤거리며 물러나다 보니 벽까지 물러나 있었던 것이다.

그 감촉이 암천령의 정신을 일깨웠다.

잠시 흐트러졌던 마음이 제 모습을 되찾는다. 굳건한 사명감이 불처럼 타오르기 시작했다.

"…그래. 인정하마. 너는 과연 교주님께서 운명의 대적자로 인정할 만한 존재다."

교주는 말했다.

흑영신교의 모든 역량을 총동원하여, 가장 완벽한 상황을 만들어낸다고 할지라도… 선풍권룡은 결국 그 모든 장벽을 깨부수고 자신의 앞에 설지도 모른다고.

그때 암천령은 결코 그런 일이 없게 하리라 다짐했다. 하지만 지금은 그것이 오만이었음을 인정할 수밖에 없었다.

"하지만 나를 쉽게 넘어갈 수는 없을 것이다."

암천령은 오만을 버리고 겸허하게 할 일을 정했다.

할 일은 처음이나 지금이나 변하지 않았다. 형운을 쓰러뜨리는 것이 목적이 아니다. 그의 발목을 붙잡아 시간을 빼앗는 것이 그의 사명이다.

'암월령, 너를 존경한다.'

천두산에서 죽은 암월령은 욕망이 패배하고 오로지 신의 정의만이 승리하는 세계를 이루기 위해 모든 것을 버렸다. 감정을, 욕망을, 그리고 자기 자신마저도 버리고 신의 도구가 되었다.

하지만 그녀 말고는 누구도 그렇게까지 할 수 없었다.

암천령도, 흑천령도 마찬가지였다. 그렇기에 암천령은 암월령의 신앙심에 더없는 존경을 표했다.

'나는 너처럼 할 수는 없다. 그래도 흑암정토에서 네 앞에 섰을 때 부끄럽지 않도록 하마.'

암천령은 더 이상 원거리에서 술법으로 형운을 막기를 포기했다. 그는 신기가 자아낸 어둠을 두른 채로 형운을 막기 위해 달려 나갔다.

7

어둠 속에서 눈과 얼음이 진군하고 있었다.

휘몰아치는 눈보라 속에서 형운이 옷자락을 펄럭이며 걷는다. 그 주변에 수십 마리의 얼음여우가 춤추면서 뒤따른다.

그로써 마치 눈과 얼음의 영역이 거대한 생명체처럼 이동하고 있었다.

그 앞에서 어둠을 두른 암천령이 소리 없이 다가온다.

온통 어둠 속이라 보이지 않는다. 그러나 형운의 눈은 보고 있었다.

산처럼 거대한 어둠이 그를 휘감고 있는 것을. 마치 신화 속의 괴물이 다가오는 것만 같다.

걸음을 멈추지 않은 채, 형운이 물었다.

"이제 멀리서 술법으로 장난치는 건 포기했나?"

"그렇다. 선풍권룡, 너는 해냈다."

"뭘 말이지? 아직 아무것도 해내지 않았는데?"

"내가 지휘관으로서의 의무를 방기하게 만들었지."

암천령은 더 이상 술법으로 전황을 조율할 수 없었다. 이제부터는 모든 역량을 형운에게 집중해야 하기에 다른 이들을 신경 쓰는 것은 불가능하다.

그렇기에 그는 자신이 보유하고 있던 신기 중 상당량을 아군에게 쏟아부었다. 병사 하나하나의 역량을 강화시켰으니, 이제는 그들이 분투해 주길 바랄 뿐이다.

—흑천령, 더는 도와드리지 못할 것 같습니다. 죄송합니다.

—아니, 네 선택이 옳다.

암천령의 도움이 없어지자 나윤극과 싸우던 흑천령은 순식간에 궁지에 몰렸다.

하지만 절망적으로 발버둥 치면서도 그는 암천령의 선택이 옳다고 인정해 주었다.

—단 한순간이라도 더, 이놈들의 발목을 붙잡는 것이 우리의 사명이다.

—예.

암천령과 형운, 둘 다 서두르지 않았다. 한결같은 속도로 서로를 향해 다가가고 있었다.

"선풍권룡, 너만은 내가 막을 것이다. 쉽게 이곳을 나갈 수 있으리라 생각하지 마라."

"너를 쓰러뜨리면 이 빌어먹을 곳에서 나갈 수 있다는 뜻이군?"

"나를 쓰러뜨리는 것이 반드시 필요한 조건이라는 것만 말해두지. 이것은 위대한 흑영신의 이름을 걸고, 진실이다."

암천령이 싸늘하게 웃으며 형운을 도발했다.

성지를 폐쇄한 술법은 3중 구조로 되어 있다. 암천령을 쓰러뜨리는 것만으로는 성지를 덮은 뚜껑이 열리지 않는다.

암천령 본인의 목숨, 조금 전까지 그가 있던 흑암궁(黑暗宮) 지하에 있는 술법의 핵, 그리고 성지 곳곳에 있는 술법 쐐기들이 연동되어 있다. 아무리 이현의 안배가 대단하더라도 그중 둘은 파괴해야 폐쇄를 뚫을 수 있으리라.

술사가 아닌 형운은 그 사실을 알 수 없을 것이다. 용명이나 위해준이 알아내는 데도 시간이 걸릴 터.

"네 권능이 대단하다는 것은 인정하지. 하지만 나를 쉽게 넘을 수 있으리라 생각하지 마라."

권능 싸움은 형운의 승리였다.

그러나 격투전이라면 어떨까?

천두산에서 암월령이 형운에게 패했을 때와는 상황이 다르다.

암천령에게는 그때의 암월령 이상으로 막대한 양의 신기가 주어져 있다. 그리고 그때와 달리 형운에게는 신기가 없다.

"그렇군. 확실히 너는 쉬운 상대가 아니겠지."

형운이 운화로 공간을 뛰어넘어 암천령의 측면에 나타났다.

"흥! 조잡한 수작!"

하지만 암천령은 너무나 쉽게 형운의 공격을 막아내고는 반격한다.

꽝!

육체와 육체가 충돌하는 순간 폭음이 공간을 뒤흔들었다.

암천령이 놀랐다.

'내가 힘으로 밀리다니?'

일부러 첫 격돌은 흑영기를 쓰지 않고 순수한 힘으로 부딪쳤다.

세상에 알려지지 않았지만 암천령의 내공은 9심에 달해 있었다. 강신 상태에서는 설령 형운이 10심 내공의 소유자라고 해도 힘 대 힘의 대결에서는 자신이 있었다.

그런데 첫 격돌에서 밀려난 것은 암천령이었다.

쾅! 쾅! 콰앙!

연속적으로 폭음이 울려 퍼졌다.

첫 격돌에서는 형운이 우위를 점했다. 하지만 싸움이 이어지자 형운이 밀려나기 시작했다.

'흑영기, 역시 골치 아프군!'

흑영기 때문이었다.

충격 그 자체를 무효화할 뿐만 아니라 특정 지점에서의 기의 순환을 아무런 저항 없이 끊어버리는 신의 권능! 격투전과 기공전 양쪽에서 압도적인 불리함을 강요받으니 밀릴 수밖에 없었다.

하지만 우세를 점하면서도 암천령은 동요를 감추지 못했다.

'도대체 선풍권룡의 내공은 얼마나 되는 것인가?'

흑영신교는 형운의 내공 경지를 10심으로 파악하고 있었다. 10심이되 일월성신의 특성으로 동급 무인을 압도하는 힘을 발휘하고 있다고 말이다.

하지만 암천령이 실제로 싸우면서 느끼는 힘은 그 정도가 아니었다.

팍!

흑영기로 유리한 상황을 만들고 날린 암천령의 일권이, 갑자기 나타난 얼음조각에 막혔다.

'암월령을 궁지로 몰았던 그 능력이군!'

죽은 암월령의 의식은 교주에게 통합되었다. 따라서 불괴의 얼음에 대한 정보는 이미 알려진 후였다.

그렇기에 암천령은 당황하지 않고 대응할 수 있었다. 팽팽한 균형이 이어졌다.

'강하다!'

암천령은 오싹함을 느꼈다.

그는 무공과 술법 양쪽 모두 극한의 경지에 이른 초인이다. 그런 그가 신기를 휘두르는 상황은 자연재해와도 같았다.

그런데도 형운은 조금도 밀리지 않는다.

꽝!

자세가 무너진 암천령이 주춤거리며 물러났다.

흑영기와 불괴의 얼음, 둘 중 우세한 것은 흑영기였다. 신기가 넘쳐흐르는 암천령에 비해 형운은 불괴의 얼음을 극히 제한적으로만 쓸 수 있기 때문이다.

그러나 시공간의 연속성을 초월하는 운화감극도가 그 격차를 역전시켰다.

"이놈!"

궁지에 몰린 암천령이 흑영기를 펼쳤다. 날카롭게 벼려낸 흑영기가 전후좌우를 휩쓰는 칼날이 되어 소용돌이쳤다.

푸욱!

순간 얼음검이 암천령의 복부에 꽂혔다.

"……!"

암천령이 경악했다.

이것은 불괴의 얼음으로 벼려낸 검이었다. 하지만 그렇다고 해도 흑영기의 폭발을 뚫을 수 있단 말인가?

경악하는 그의 앞에 갑자기 빛의 구체가 나타났다.

—운화(雲化) 광풍노격(狂風怒擊)!

콰아아아아아!

섬광이 폭발했다.

"크아악……!"

폭발에 휘말린 암천령의 뇌리에 답이 떠올랐다. 그에게 임한 흑영신의 신위가 추론의 과정을 뛰어넘어 답을 내려주고 있었다.

형운은 이미 기(氣)와 물질 양쪽 모두를 자유자재로 운화하는 경지에 이르렀다. 또한 그의 공간 인식은 이미 오감으로 파악하는 수준을 뛰어넘었다.

따라서 전후좌우를 막는 것만으로는 막을 수 없다.

형운은 땅 밑을 경유하는 운화로 암천령의 몸에 불괴의 얼음을 꽂아 넣었고, 운화 광풍노격을 명중시킨 것이다.

팍!

다음 순간 형운이 암천령의 측면에 나타나 주먹을 내질렀다.

암천령은 흑영기로 그것을 막아냈지만…….

—무극감극도(無極感隙道)!

바로 그 순간, 무극감극도를 펼친 형운의 일권이 몸통이 꽂혔다.

꽈아아아아앙!

천둥소리가 울려 퍼지며 그의 상반신이 부서져 날아가 버렸다.

"큭……!"

하지만 회심의 일격을 날린 형운이 비틀거렸다.

공격이 작렬하는 순간, 암천령이 발한 술법이 그를 후려쳤기 때문이다.

"몇 번을 해봐도 마찬가지일 것이다! 나를 넘어가진 못한다!"

그 앞에서 암천령이 양손을 합장하며 자세를 취했다.

반쯤 날아갔던 상반신이 마치 시간을 빠르게 되감듯 원상 복구 되어간다. 그 기적의 대가로 신기가 격렬하게 소모되었지만 암천령은 개의치 않았다.

형운이 혀를 찼다.

'신기, 정말 짜증 나는군.'

운룡기가 주어졌던 천두산 때와는 상황이 다르다. 신기가 넘치는 암천령에 비해 신기가 없는 형운이 모든 면에서 불리한 싸움이다.

형운이 암천령에게 치명타를 날린 과정은 아슬아슬한 곡예와도 같았다. 하나만 구사해도 놀랄 극상승의 절예들을 몇 개나 연계한 결과물이다.

그런데 그렇게 입힌 타격을 순식간에 재생해 버리다니…….

'쓰러뜨리려면 얼마나 시간이 걸릴지 가늠도 안 돼.'

형운은 필요하다면 몇 번이고 그 과정을 되풀이할 자신이 있었다. 그에게는 무한의 내공이 있으며, 아직 암천령에게 보여주지 않은 패도 여럿이니까.

하지만 그것 자체가 암천령의 의도에 말려드는 꼴이다. 기어이 암천령의 신기를 모조리 소모시키고 그의 숨통을 끊는다고 하더라도, 그 결과는 형운의 패배다.

"확실히 네 말대로다."

그 사실을 알기에 형운은 암천령과의 승부에 집착하지 않았다.

"몇 번을 해봐도 마찬가지겠지. 계속해서 너를 쓰러뜨리겠지만, 그놈의 신기로 몇 번이고 되살아나서 시간과 기력을 허비하게 만들 게 뻔히 보이는군."

"잘 아는구나. 너는 내 앞에서 종언을 맞이하게 될 것이다."

"아니, 안 그럴 거야."

형운이 씩 웃는 순간이었다.

불현듯 암천령은 무언가를 깨달았다.

"양동작전이었느냐?"

그가 버리고 나온 흑암궁 쪽에서 전투의 소음이 울려 퍼지고 있었다.

형운이 암천령과 싸우는 동안 가려와 서하령, 마곡정, 천유하, 백건익 다섯 명이 우회해서 흑암궁에 도달한 것이다. 암천령은 형운을 상대하는 것만으로도 온 신경을 집중해야 했기에 알아차리지 못했다.

술법을 펼쳐 상황을 명확히 파악한 암천령이 코웃음을 쳤다.

"마계문을 파괴할 생각이군. 하지만 소용없는 짓이다."

"설마 저들이 마계문을 파괴하지 못할 거라고 보나?"

"아니, 네놈이 그렇게 허술할 리가 없지. 하지만 마계문이 닫혀도 네놈들은 여기서 나가지 못한다."

"나갈 수 있는 시간이 좀 앞당겨질 수는 있겠지."

"그래. 고작 그 정도지. 너희들이 이룰 수 있는 것은……."

합장한 암천령의 기파가 급속도로 부풀었다. 형운은 그가 준비를 마치기를 기다려 주지 않고 뛰어들었다.

다시금 격전이 펼쳐졌다.

하지만 이번에는 아까 전과는 양상이 달랐다.

'뭐지?'

암천령은 의아함을 느꼈다.

형운이 공격이 아닌 수비를 택했기 때문이다. 빙백무극지경의 권능으로 주변을 잠식하면서 암천령에게 신기 소모를 강요하지만, 아까 전처럼 치열하게 공격해 오지 않고 소모전을 의도하고 있었다.

'동료들이 합류하기를 기다리는가?'

마계문이 파괴되고 나면 그 일을 맡은 다섯 명이 올 것이다. 심상경의 고수 다섯 명이 합류한다면 암천령 역시 궁지에 몰릴 터.

하지만 상관없다. 그런 상황이 되더라도, 신기가 없는 자들이 암천령을 죽이기까지는 기나긴 과정을 거쳐야 할 것이다.

그리고 결국 마계문이 파괴되었다.

파아아아아아!

눈부신 섬광이 어둠을 불태우며 퍼져 나갔다. 동시에 형운이 눈을 빛냈다.

—천공흡인(天空吸引)!

형운을 중심으로 반경 30장(약 90미터)이 그 영향권에 들어갔다.

그리고 성지의 분위기가 일변하기 시작했다.

흑영신교 측은 그 변화를 민감하게 감지했다. 그럴 수밖에 없었다.

성지에 충만했던 마기(魔氣)의 농도가 하락하고 있었으니까.

"이것을 노리고 있었더냐!"

암천령이 형운을 노려보았다.

후우우우우우!

천두산 때와 같았다. 오로지 마기(魔氣)만이 엄청난 기세로 형운에게 빨려 들어가고 있었다.

형운이 마기를 빨아들이는 기세는 흡사 용권풍과도 같았다. 순식간에 30장 이내의 마기가 빨려 들어가고, 그 공백을 그 바깥쪽의 마기가 채우고, 다시 빨려 들어가길 반복한다.

"과연 이것만일까?"

형운이 싸늘하게 웃었다.

구구구구구구……!

마기의 농도가 낮아지자 공간이 진동하기 시작했다.

마계문이 열려 있는 동안 성지는 마계의 일부와도 같았다. 흑영신의 의지가 지배하는 백일몽 같은 공간으로 화해 있었던 것이다.

그러나 마계문이 파괴되고, 마기의 농도가 낮아지자 그 백일몽이 흩어지기 시작했다.

"네게 들려오는 흑영신의 목소리도 좀 멀어졌겠지."

"하! 고작 그 정도로 신위가 사라지기라도 할 것 같더냐?"

형운의 빈정거림에 암천령이 코웃음을 쳤다.

분명 마계문이 닫히고, 마기의 농도가 낮아지면서 흑영신의 영향력은 약해졌다. 방금 전까지 바로 옆에서 들려오듯 또렷했다면 지금은 먼 곳에서 들려오는 것처럼 아득하다.

하지만 성지는 현계에서 가장 흑영신에게 가까운 장소다. 그리고 신에게 팔대호법으로 선택받은 암천령이 신기를 쥐고 있으니 신의 목소리를 듣지 못할 일은 결코 없다.

"아니, 나도 그런 날로 먹는 상황을 기대하진 않아."

어깨를 으쓱한 형운이 갑자기 운화로 뒤로 물러났다.

암천령은 당황하지 않았다.

파앗!

측면에서 은밀하게 날아든 검기가 흑영기에 막혀 소멸했다.

"그냥도 막을 수 있었을 텐데 굳이 신기를 소모해서 막다니… 신기가 넘쳐난다고 과시하고 싶은가?"

그렇게 말하며 다가온 것은 천유하였다.

그리고 각기 다른 방향에서 가려, 서하령, 마곡정, 백건익이 암천령에게 다가왔다.

8

심삼경의 고수 다섯 명이 암천령을 포위했다. 빠져나갈 길이 보이지 않는 포위진이었다.

"큭큭, 기가 막히는군."

그들을 보며 암천령이 웃었다.

"일존구객 중 둘이 포함된 심상경의 고수 여섯이라. 내 마지막 싸움으로 부족함이 없구나."

그에게 임한 흑영신의 신위가 알려주고 있었다. 저들 모두가 심상경의 고수라는 것을!

한 명만으로도 전황을 바꿀 수 있는 초인 여섯 명이 그를 죽이기 위해 힘을 합친다.

태어나면서 지금까지 철저하게 흑영신교의 비밀 병기로 육성된 암천령은 이 상황이 마치 자신의 가치를 입증해 주는 것 같아서 유쾌하기까지 했다.

그때 형운이 말했다.

"여섯이 아니라 다섯이다."

"뭐라고?"

"난 빠져 있을 거거든."

형운은 그리 말하며 훌쩍 뒤로 물러났다.

동시에 천공흡인의 기세가 한층 강해지면서 영향 범위가 두 배 가까이 늘어나기 시작했다.

후우우우우우!

그것을 본 암천령이 으르렁거렸다.

"하! 나와의 싸움에 집중하기보다는 전황을 바꾸겠다? 후회하지 않겠느냐? 과연 너 없이 이들만으로 나를 어쩔 수 있을까?"

"와……."

암천령의 말에 마곡정이 혀를 내둘렀다.

"누가 신한테 대가리 맡긴 놈 아니랄까 봐 오만함이 신의 경지에 달했군."

동시에 그가 움직였다. 한기와 융합한 도기(刀氣)가 암천령을 쳤다.

"오만이 아님을 증명해 주마."

암천령은 그것을 막아내며 반격했다. 하지만 그 순간 서하령이 절묘하게 끼어들면서 발차기를 날린다.

"음!"

암천령이 주춤하며 흑영기로 방어하는 순간…….

파앗!

마치 공격의 찰나를 공유하듯, 미세하게 어긋나는 시점에 날아든 천유하의 검기가 그의 몸을 스치고 지나갔다.

"건방진!"

"건방진 건 네놈이다."

영수의 눈을 이식한 왼쪽 눈의 힘을 개방한 백건익이 마곡정과 서로 반대편을 점한 채로 폭풍 같은 공격을 가했다.

후우우우!

격전 속에서 마곡정이 빙백무극지경의 권능을 펼쳐서 주변을 장악했다. 형운이 펼쳐둔 한기의 권역을 인계받는 형식이기에 순식간에 암천령에게 가해지는 압박감이 최고조에 달했다.

"소용없다!"

암천령이 신기를 소모하여 술법을 펼쳤다. 그러자 화염의 소용돌이가 휘몰아치면서 막대한 수증기가 발생했다.

후우우우우!

한기를 두른 마곡정이 폭발하는 수증기를 뚫고 돌진해 왔다.

암천령이 폭염을 집중해서 그를 저지하는 순간, 격렬한 섬광이 그의 팔을 잘라내었다.

—극성뇌격세(極成雷擊勢)!

천유하의 심검이었다.

심검을 직접적으로 암천령에게 때려 넣어서는 효과를 볼 수 없다. 그렇기에 천유하는 심검을 자신이 발하는 검기(劍技)의 '운반 수단'으로 썼다.

제자리에서 발한 뇌격세가 공간을 뛰어넘어 암천령 바로 앞에서 터진다. 흑영기로 방어할 틈조차 주지 않고, 흑영기를 두른 공간을 절묘하게 비껴가는 완벽한 일격.

파악!

그 일검에 자세가 흐트러진 암천령은 마곡정의 도격에 적중당했다.

"크윽……!"

하지만 그는 흑영기를 두른 팔로 마곡정의 연속 공격을 봉쇄했다.

그리고 잘려 나간 팔을 한순간에 재생하면서 전방위로 기공파를 터뜨렸다.

콰콰콰콰콰!

하지만 기공파가 폭발하면서 마곡정을 밀어낸 순간, 그 앞에 서하령이 서 있었다.

'이런?!'

그는 막 힘을 폭발시킨 직후였다. 그런 그에게 무극의 권으로 기공과 폭발을 뚫고 들어온 서하령의 일권이 꽂힌다.

팍! 파바박!

미처 대응을 시작하기도 전에 전광석화 같은 연타가 몸통을 때렸다.

물론 암천령도 당하고만 있지 않았다. 그도 혹독한 수련으로 무공을 완성한 인물이다. 수없는 수련으로 무심(無心)의 경지로 승화시킨 무공으로 대응을 시작했다.

투학!

그러나 소용없다.

퍽! 투콱!

모든 행동이 시작하기도 전에 서하령에게 간파당한다.

분명 암천령이 더 빠르고, 더 강하다.

하지만 아무리 강한 공격도 때리지 못하면 의미가 없다. 암천령의 공격은 타점에 도달하기는커녕 제대로 가속하기도 전에 차단당하고, 충분한 탄력을 얻지 못한 연계기는 공허하게 허공을 헛칠 뿐이다.

이것이 바로 천라무진경의 무서움이다.

인간이 오감(五感)보다 나중에 얻는 기감(氣感)을 가장 우선시함으로써 모든 감각을 기감화하는 궁극의 기예.

세상 만물은 기(氣)로 이루어져 있다. 눈으로는 보고, 귀로는 듣고, 입으로는 맛보고, 코로는 냄새 맡아 인간이 할 수 있는 모든 방법으로 기를 안다. 그로써 기의 움직임을 통찰하면 그것은 미래를 보는 것과 같다.

이제 서하령의 천라무진경은 완성되어 있었다.

팍!

그러나 암천령에게는 이 상황을 타파할 방법이 있다. 흑영기가 서하령의 공격을 무효화시키고 반격의 기회를 제공한다.

콰하핫!

주변을 휩쓸듯이 터져 나오는 반격에 서하령이 뒤로 물러났다. 충분히 거리를 두고 피했는데도 몸이 떨릴 정도의 일권이었다.

암천령은 서하령이 다시 공세로 전환할 틈을 주지 않고 몰아쳤다.

파파파파파!

순식간에 서하령이 수세에 몰렸다.

암천령은 힘과 속도 면에서 서하령을 훨씬 웃돈다. 거기에 흑영기가 더해지니 천라무진경의 예지조차도 우위를 점하지 못했다.

'확실히 골치 아파. 흑영기, 정말 반칙 같은 능력이야.'

서하령이 식은땀을 흘렸다.

그녀가 암천령에게 때려 넣은 공격은 하나하나가 고도의 침투경이었다. 아무리 강인한 육체를 지닌 자라도 그 정도로 맞았으면 전투 속행은커녕 당장 주화입마를 걱정해야 할 것이다.

그러나 암천령은 아무렇지도 않았다. 신기의 힘으로 침투경을 무효화해 버렸기 때문이다.

지금의 암천령은 움직이는 성채와도 같다. 아무리 때려도 버텨내는 강건함, 신체 결손조차 금세 회복하는 재생력, 국지적 재난이나 다름없는 파괴력을 고루 갖춘 괴물이다.

순간 암천령이 어둠으로 화했다.

—흑암무상(黑暗無常)!

그는 심상경 공방에 있어서도 일방적으로 유리한 입장이다. 그에게는 심상경의 절예가 통용되지 않는다. 하지만 그는 얼마든지 심상경의 절예로 적을 공격할 수 있다.

'무극의 권이구나!'

서하령의 의식이 통상 공간의 시간 흐름을 초월한 영역으로 들어갔다.

그녀는 시공을 초월한 심상경의 영역에서 적의 의식과 마주한다. 그리고 상대가 일권을 내지른 것에 그치지 않고 두 번째, 세 번째 공격을 가하는 것을 보았다.

'삼중심상!'

가장 먼저 덮쳐드는 것은 절대적인 파괴의 심상이다. 하지만 서하령은 그것을 무시하고 그다음에 구현되는 심상을 보았다.

어떤 심상을 먼저 발했는가. 그 순서는 상관없다. 그들이 있는 곳은 과거와 현재와 미래가 혼재한 영역이니까.

—혼살(魂殺)!

정신을 파괴하는 심상이 서로 맞부딪쳐 상쇄된다.

—흑암파(黑暗波)!

물리적인 파괴력을 폭발시키는 심상 역시, 비슷한 심상으로 상쇄한다.

'과연 성운의 기재! 이미 다중심상의 경지에 도달했는가? 그러나 셋을 모두 막아낸다 하더라도 결국은 나의 승리다!'

암천령이 확신하는 순간이었다.

—무극(無極) 칼날잡기!

다음 순간, 육화한 암천령은 스스로 의도한 지점이 아니라 서하령의 앞에 있었다.

귀혁이 창안했고, 이제는 형운뿐만 아니라 서하령에게도 전수된 심상경의 방어기가 펼쳐진 것이다.

'아니?!'

꽝!

이 상황을 의도한 서하령의 일권이 그에게 꽂혔다.

"습관이야."

튕겨 나가는 암천령을 서하령이 비웃었다.

"의식이 경계 너머의 영역에 도달했는데도 그러지 못했을 때의 습관에서 벗어나지 못한 거지. 타성적이기 짝이 없어."

시공을 초월한 영역에 도달했는데도 선(先)과 후(後)에 집착한다.

다중심상을 발하면서도 반드시 기본, 심상경의 절예를 논할 때 당연하게 언급되는 절대적인 파괴의 심상에 집착한다.

서하령은 그런 암천령의 한계를 비웃었다.

무극 칼날잡기는 적이 발할 심상을 완벽하게 읽어내야만 쓸 수 있는 기술이다. 만약 암천령이 절대적인 파괴의 심상을 발하지 않았다면 서하령도 무극 칼날잡기를 쓰지 못했으리라.

"아, 하긴 넌 인간이 아니지. 스스로 생각하길 포기하고 신의 말씀에 따르기만 하는 가축이니 당연한 걸까?"

"이 불경한 년……!"

"칭찬 고마워."

조롱하는 서하령에게 암천령이 뛰어드는 순간이었다.

쾅!

위쪽에서 날아든 마곡정의 도기가 그를 때려서 찍어 눌렀다.

파학!

물 흐르듯이 이어진 천유하의 검기가 그의 팔을 잘랐다.

"카아아아악!"

피투성이가 된 암천령이 괴성을 지르며 일어났다. 입은 상처가 순식간에 재생되어 갔다.

푹!

하지만 그가 일어나는 바로 그 순간, 등을 찌른 단도가 심장을 관통하고 가슴팍으로 튀어나왔다.

소리 없이 접근한 가려가 치명타를 가한 것이다.

"이……!"

암천령이 목을 돌려 돌아보려고 했지만, 가려는 기다려 주지 않았다.

푹!

또 한 자루의 단도가 목을 꿰뚫으며 그의 사고를 단절시켰다.

그리고 암천령이 미처 흑영기를 일으킬 틈도 없이, 가려가 미리 준비하고 있던 심검을 발했다.

—삼극붕괴진(三極崩壞陣)!

그것은 가려가 암야살에 자혼에게 전수받은 절예였다.

무흔검으로 발한 투명한 궤적이 암천령의 몸에 꽂힌 두 자루의 단도에 닿는 순간, 두 자루의 단도 역시 심검의 도구가 되었다. 미세한 시간 차, 그리고 미세하게 다른 심상을 구현한 세 번의 심검이 암천령의 체내 한 지점에서 교차하면서…….

……!

아까 형운이 일으킨 것보다 훨씬 거센 만상붕괴가 발생했다.

암천령은 비명조차 지르지 못했다.

아무리 육신의 내구도가 강하다 해도 체내에서 이토록 거센 만상붕괴가 터진다면 버텨낼 수 없다. 하물며 그는 완벽하게 허점을 찔려 사고가 단절된 상태 아니었던가.

"…지독하군요."

만상붕괴가 잦아들자 가려가 중얼거렸다.

비록 아직 그녀의 기량이 부족하여 삼극붕괴진에서 이어지는 결정타, 만극화(萬極華)를 더하지 못했다지만 필살(必殺)을 자부하기에 부족함이 없는 공격이었다.

"정말 불사신인가?"

서하령이 혀를 내둘렀다.

만상붕괴로 흩어졌던 어둠이 다시 밀려오는 가운데, 암천령이 멀쩡한 모습으로 서 있었다.

공격하는 입장에서는 질릴 수밖에 없는 공격이었다. 대체 몇 번이나 쓰러뜨려야 죽일 수 있는 것일까?

암천령이 주변을 휘둘러보며 말했다.

"이제는 알겠느냐? 너희가 무엇을 하든 부질없다는 것을."

"네가 정말 지독하게 끈질기다는 것만은 알겠다."

혀를 내두르는 형운의 목소리가 들려왔다.

비웃음을 날리려던 암천령은 불현듯 한 가지 사실을 깨달았다.

'흡인(吸引) 현상이 멈췄다.'

어느새 형운이 천공흡인을 해제한 것이다.

형운이 질렸다는 표정으로 말했다.

"그러니까 더는 상대해 주지 않겠다. 어차피 우리 말고도 널 상대할 사람은 여기 많거든."

"그게 마음대로 될 것 같으냐?"

"물론이지. 이미 됐어."

"뭐라고?"

순간 암천령의 영감이 무언가를 포착했다.

그가 경악하며 주변을 둘러보았다.

"이게 무슨……!"

형운은 물론이고 그와 싸우던 다섯 명의 모습이 흐릿해지고 있었다.

"이놈들! 멈추지 못할까!"

암천령이 술법으로 그들을 붙잡고자 했다. 하지만 소용없었다. 그들은 한 명씩 차례대로 꺼지듯이 사라져 버렸다.

"풍혼아! 주제 모르는 짐승이 감히!"

그에게 임한 흑영신의 목소리가 답을 주었다.

천기의 균형이 허락하는 가운데, 풍혼아의 가호가 형운에게 임했다.

그것은 과거 형운이 풍혼족에게 받았던 권리였다. 먼 곳에 있는 소중한 사람이 위험에 처하게 되면 그 사실을 알고, 단숨에 그 앞으로 달려갈 수 있는 기적이 일어난 것이다.

형운이 서하령, 마곡정, 백건익에게 말했던 '도박'의 정체는 바로 이것이었다.

천두산 사태 때 이 기적이 발현되지 않은 것은 천두산이 마계화되어 있었기 때문이다. 이미 현계라고 할 수 없는 그 장소가 흑영신의 의지에 지배당하고 있었기에 천계에서 간섭할 수가 없었던 것이다.

성지의 상황도 그때와 비슷했다.

그렇기에 형운은 도박을 걸었다. 마계문을 파괴하고, 천공흡인을 펼쳐 성지의 마기 농도를 희박하게 만듦으로써 마계화를 깨버린 것이다. 그렇게 하면 풍혼족에게 받은 기적이 발동할지도 모른다는 희망을 걸고서.

그리고 형운은 도박에 이겼다.

형운뿐만 아니라 그가 선택한 다섯 명 역시 그 기적의 수혜를 입을 수 있었다.

"안 돼!"

다섯 명이 차례차례 사라지고, 마지막으로 남은 형운에게 암천령이 필사적으로 손을 뻗었다.

하지만 그의 손은 허공을 갈랐을 뿐이었다. 형운이 흔적도 없어진 자리에서, 암천령은 힘없이 무릎을 꿇고 절규했다.

"아아아아아악!"

제201장
숙원의 날

1

흑영신교주는 기묘한 풍경 속에 있었다.

그곳은 나무 한 그루 자라지 않는 삭막한 바위산이었다. 안개가 가득한 그 한가운데 거대한 구덩이가 파여 있었고, 그 안에 희미한 푸른빛을 발하는 직경 수백 장의 암석 덩어리가 보였다.

그 위에서 한 사람이 교주와 마주 보고 있었다.

아주 오래전, 세상을 멸망시킬 뻔했으며 장구한 세월이 흐른 지금까지도 세계의 운명을 결정할 열쇠를 쥐고 있는 존재.

스스로의 이름조차 잊고 숙원만을 추구하는 자.

성존(星尊).

주변에는 바람 한 점 없는데도 성존의 은발이 하늘거렸고, 주변에는 무수한 빛의 문자들이 춤을 추었다.

교주가 성존을 보며 말했다.

"준비는 끝났다."

"확실히 그때와는 다르군."

교주는 과거, 광세천교가 진 일월성단을 탈취하기 위해 별의 수호자를 공격했을 때의 혼란을 틈타 성존을 만난 바 있었다.

그때 둘은 은밀한 약속을 나누었다.

언젠가 교주가 모든 준비를 갖추고 찾아오는 날, 그에게 기회를 주기로.

"인간과 신의 경계에 걸친 자, 너는 분명 자격을 갖췄다."

그 기회란 바로…….

"자, 그럼 시작하자. 신창세(新創世)를."

성존의 숙원, 성운단을 품는 그릇이 될 권리를 얻는 것.

즉, '성운을 먹는 자'가 되는 것에 도전할 기회였다.

성존이 손가락을 들어 하늘을 가리켰다.

그러자 성혼좌의 풍경이 일변했다.

우우우우우우……!

공간이 진동하며 하늘이 변화한다.

교주는 그 무엇으로도 채워질 수 있는 공허를 보았다. 그 공허 속에서 춤추는 무한한 변화의 가능성을 보았다. 그리고 그 변화의 구성품이 될 별들을 보았다.

그 모든 것의 이면에 거대한 혼돈이 자리하고 있었다.

쿠구구구구……!

그것은 인간의 인지능력으로는 크고 작음을 가늠할 수 없을 정도로 거대한 빛이었다.

그저 바라보는 것만으로도 공간감이 무너져 내린다. 그것이 얼마나 거대한지, 얼마만큼 떨어진 곳에 존재하는지 알 수가 없다.

오래전, 세계를 파멸시킬 뻔했던 재앙.

천계의 신들조차 두려워하는, 삼라만상을 담은 씨앗.

'성운단.'

교주의 뇌리에 기억이 떠올랐다. 과거의 기억과 그보다 아득히 오래된 과거의 기억이.

지금의 삶을 사는 흑영신교주의 기억은 낙성산에서 환예마존 이현이 재현했던 성운단을 떠올리고 있었다.

무수한 인간 화신들을 통해 현계를 살아갔던 흑영신의 기억은 성존에 의해 세계가 멸망할 뻔했던 그 순간의 성운단을 떠올리고 있었다.

그 기억은 두려움을 불러일으켰다. 성운단은 새로운 세상을 여는 열쇠인 동시에 모든 것의 파멸이었다.

그때 신들은 각자의 입장을 초월하여 협력했다. 파멸을 막기 위해 하늘이 그들에게 허락된 권리를 소모하였고, 그 결과 인간과 신의 거리가 크게 멀어지게 되었다.

'이제 잘못된 세상을 바로잡을 때가 되었다.'

두려움의 이면에서 희열과 기대감이 샘솟았다.

교주의 삶은 지금 이 순간을 위한 것이었다.

처음에 그는 지상에 내려온 모든 별의 조각을 모아 시대의 운명을 결정할 권리를 얻기 위한 그릇으로 탄생했다.

그러나 흑영신교의 야망은 허용빈이 형운에게 자신의 별의 조각을 넘겨줌으로써 좌절되었다. 하지만 모든 희망이 꺾인 것은 아니었다.

교주는 귀혁과의 문답으로 '성운을 먹는 자'의 참뜻을 알았다. 그리고 그것이 흑영신교가 모든 것을 걸고 이루고자 하는 목표가 되었다.

그날 이후, 교주는 성운을 먹는 자가 되기 위해 살아왔다. 그때부터 흑영신교가 이룬 모든 것은 교주를 성운을 먹는 자로 만들기 위해 쓰였다.

오늘, 모든 것이 끝나고, 새로운 시대가 시작될 것이다.

"그럼 시작하지."

성존의 말과 함께 천지가 진동했다.

쿠구구구구구!

그리고 거리조차 가늠되지 않는 성운단이 스스로를 풀어헤쳐 뿜어내는 빛이 내려와 교주와 이어졌다.

'……!'

순간 교주는 의식이 날아가 버릴 뻔했다.

상상해 본 적도 없는 어마어마한 압력이 그의 내면에서 발생하고 있었다. 육체가, 정신이, 영혼마저도 그 압력에 산산이 흩어질 것만 같았다.

평범한 인간이었다면 그 압력이 발생하는 순간 이미 흔적도 없이 소멸했을 것이다.

그러나 교주는 이 순간을 위해 준비된 그릇이다. 성존조차도 그가 도전할 자격을 갖췄음을 인정한, 인간과 신의 경계에 걸쳐 있는 자!

'어둠이여, 나를 지켜라!'

교주가 품은 막대한 신기(神氣)가 그의 존재를 지켜내었다.

신성한 힘이 자아낸 안정감 속에서 교주는 자신의 그릇에 담긴 힘의 본질을 보았다.

그것은 끝없는 혼돈이었다.

세상 만물을 담을 무한한 공허였다.

영원히 다함이 없는 가능성이었다.

모든 것을 이룰 재료였다.

그 힘이 경계를 무너뜨린다. 심상이 현실을 침식하여 바라는 형태로 재구성한다.

'아아.'

무엇이든 할 수 있다.

물질의 형상을 바꾼다. 세상의 이치를 바꾼다.

태곳적부터 지상을 굽어본 하늘도, 모든 생명이 발 디디고 살아가는 대지도, 끊임없이 불어오는 바람도, 영겁의 세월 동안 담담하게 뜨고 지기를 반복해 온 해와 달도, 하늘의 별들마저도 그의 결단을 구하는 존재로 격하되었다.

억조창생(億兆蒼生)의 운명을 손에 쥔 전능감이 영혼을 사로잡는다.

그러나 교주는 거기에 취해 해야 할 일을 잊지 않았다.

'어둠이여, 오라!'

오로지 준비된 자만이 성운단을 축복으로 만들 수 있다.

그릇을 갖추는 것만으로는 안 된다. 그 힘으로 만들어낼 세상의 모습을 명확히 알고 있어야만 한다.

그렇지 않으면 성운단은 그저 끔찍한 재앙에 지나지 않으리라. 거대한 혼돈이 세상을 삼켜 지옥으로 바꿔 버릴 터.

하지만 교주는 준비되어 있었다. 아주 오래전부터.

그가 그리는 세상은 막연하지 않다. 하나부터 열까지 모든 것이 명확하다.

'가련한 연옥의 주민들이여.'

흑영신이라는 거대한 신격이 바라던 세상, 그를 섬기는 모든 인간들이 이상향이라 여긴 세상이 도래하기 시작했다.

'어둠이 그대들을 구원할 것이다.'

2

하늘이 흔들렸다.

인간들은 그런 일이 벌어졌음을 알지 못했다. 하지만 천계의 존재들은 하나도 빠짐없이 그 흔들림을 느꼈다.

하운국 황궁에서 황제의 요청을 기다리고 있던 운룡족, 운희는 깜짝 놀라서 허공을 올려다보았다.

"이건……!"

"왜 그러시는가?"

황제가 의아해하며 물었다.

그는 옥좌에 앉아 보고를 듣고 있던 참이었다. 하운국 전국 각지에서 암천동맹이 폭주하면서 난리가 난 상황이었으니까.

별의 수호자가 중점적으로 공격받았지만 그들만이 공격받은 것은 아니었다. 황실에서는 전국적으로 가장 필요하다고 판단한 지점에 운검위를 한 명씩 투입하고 있었다.

"으윽……!"

운희가 비틀거렸다.

그녀의 눈은 현실을 향하고 있지 않았다. 그녀의 본질인 운룡이 거하는 천계의 높은 곳에서 벌어지는 일을 보고 있었다.

'흑영신!'

천계의 높은 곳, 거대한 신격들이 천기를 다투는 곳에서 격변이 일었다.

이 순간 현계의 운명을 좌우하는 모든 신격의 의지가 흑영신에게 향했다. 하지만 그들이 흑영신에게 달려들기 전에 일이 벌어졌다.

'멀어진다.'

흑영신과 다른 모든 신격의 거리가 멀어지고 있었다.

현계의 공간 개념과는 다른, 운명의 거리감이 그들 사이에 끝없는 거리를 만들었다. 운룡도, 진조도, 풍혼아도 흑영신에게 닿지 못하고 계속해서 멀어져 갈 뿐이었다.

"운희 공!"

당황한 황제의 목소리가 궈전을 울렸다. 퍼뜩 정신을 차린 운희는 자신을 향한 그의 눈을 보고, 한 가지 사실을 알아차렸다.

'아.'

그녀의 몸이 안개처럼 흩어지고 있었다.

'황제! 이것은 흑영신의 계략이오! 지금 당장 운검위를 되돌려서…….'

다급히 말하던 그녀는 흠칫했다. 말을 하는데 목소리가 나오지 않았던 것이다.

아니, 정확히는 그녀의 귓전에는 목소리가 들리고 있었다. 하지만 현계에서 목소리라 부르는 '소리'가 만들어지지 않는다.

현계에 존재하던 운희의 몸이 한 줄기 연기가 되어 흩어졌다. 그리고 그녀의 의식이 급속도로 현계에서 멀어져 가기 시작했다.

더 이상 현계에 발 디딜 수 없다. 냄새를 맡을 수 없다. 만질 수 없다. 말할 수 없다.

그동안 천기가 허락하여 운룡족이 현계에서 할 수 있던 모든 행위가 금지되었다. 운희는 자신이 현계에서 추방되었음을 깨달았다.

"아!"

비로소 목소리가 나왔다. 운희는 급히 축지로 운룡족의 천견궁(天見宮)으로 향했다. 그곳에는 천견장 운월지와 천견 담당자들이 있었다.

"천견장님!"

"보세요, 운희."

운월지는 운희가 급히 달려온 이유를 묻지 않았다. 자신이 그러는 이유를 설명하지도 않았다. 천견궁의 힘으로 천계와 마계,

그리고 현계의 상황을 살피길 권했고 운희는 즉시 그 지시에 따랐다.

세상이 격변하고 있었다.

격변의 시발점은 성해에 있는 별의 수호자 총단이었다. 성도의 탑 위에 떠 있는 성혼좌로부터 퍼져 나간 어둠이 하늘을 집어삼키고 있었다.

어둠이 퍼져 나가는 속도는 빠르다. 강궁으로 쏜 화살보다도 몇 배는 더.

이미 진해성을 시작으로 하운국의 절반 이상을 뒤덮었다. 그리고 광운산맥을 넘어서 서쪽 야만의 땅까지 나아가고 있었다.

어둠이 집어삼킨 하늘 아래서는 세상의 이치가 바뀌어갔다.

현계에 존재했던 천계의 존재들이 모조리 추방당했다. 그들과 인간 사이의 운명의 거리가 닿을 수 없을 정도로 아득하게 멀어져 갔다.

동시에 현계와 마계의 경계가 종잇장처럼 얇아진다. 곳곳에서 현계와 마계를 잇는 틈새가 발생하면서 마기가 누출되고, 마계의 존재들이 기어 나온다.

"맙소사."

운희가 신음했다.

어떻게 이런 일이 일어날 수 있는 것일까?

흑영신교는 이런 현상이 일어나기 전, 수십만의 목숨을 제물로 바쳤다. 그로 인해 흑영신은 자신의 신자들에게 막대한 신기(神氣)를 내려줄 수 있었을 것이다.

하지만 그렇다고 해도 지금 일어나는 일은 설명할 수 없다.

이런 일이 가능하려면 수십만이 아니라 수천만, 어쩌면 수억의 제물이 바쳐져야 할지도 모른다.

천견장 운월지가 말했다.

"성운단입니다."

"흑영신교가 성운단을 손에 넣었단 말씀입니까? 성존이 막지 않았다고요?"

"아마도 그들과 성존이 우리가 모르는 밀약을 맺은 것 같군요. 흑영신교는 처음부터 이걸 노리고 있었던 겁니다. 그들이 이 시대에 준비한 모든 것이, 성운단을 손에 넣어 세계를 뜻대로 바꾸기 위함이었던 게 분명해요."

성운단을 품어 세계를 변화시키는 것이 흑영신이었다면 천계의 모든 존재들이 현계에 강림하여 이 사태를 막을 수 있었을 것이다.

하지만 지금 세계의 중심을 차지한 것은 흑영신교주였다. 그는 한없이 신에 가깝기는 하지만 그럼에도 인간이며, 따라서 인간의 운명을 지니고 있다. 이 조건이 깨지지 않는 한 천계의 존재들은 그저 사태를 관망하는 것 말고는 할 수 있는 일이 없었다.

"또다시 모든 것의 운명이 인간의 손에 쥐어졌단 말인가."

천견으로 현계의 변화를 관측하면서 운희는 바닥없는 무력감에 사로잡히고 말았다.

3

예은은 총단 한편에 위치한 집에서 겁에 질려 떨고 있었다. 그럴 수밖에 없었다.

쿠르릉……! 콰광!

총단이 불타고 있었다.

이런 일이 일어날 것이라고는 꿈에도 상상해 본 적 없는 일이었다. 13년 전, 성해가 공격당했을 때조차도 총단은 침범당하지 않았다. 별의 수호자 사람들이 총단을 불가침의 영역으로 여기는 것은 지극히 당연한 일이었다.

그러나 오늘 그 믿음은 깨졌다.

흑영신교의 마인들과 괴물들이 총단을 침범했다. 곳곳에서 전투의 소음과 비명이 울려 퍼지고, 불길과 연기가 피어올랐다.

무엇보다…….

'무슨 일이 벌어지는 거지?'

하늘이 어둠에 삼켜지고 있었다.

시간은 분명 대낮이었다. 해가 지기까지는 적어도 한 시진(2시간)은 남아 있을 것이다.

그런데 성도의 탑 위쪽, 성혼좌로부터 퍼져 나간 어둠이 마치 물에 풀어진 먹물처럼 하늘을 검게 물들여 갔다. 아직 그 너머에 태양이 떠 있는데도 세상이 빛을 잃어가고 있었다.

'곡정아…….'

예은은 이제는 일생의 반려가 된 남자를 떠올렸다.

'어디 있니? 나, 무서워.'

알고 있다. 마곡정이 자신을 구해주지 못할 것임을.

총단이 공격받기 전, 하운국 각지에서 재난이 벌어졌고 마곡정은 그들을 구하기 위해 먼 길을 떠났다. 총단의 소식을 들었다 한들 돌아오는 것은 무리이리라.

"크악!"

"이놈들! 여기는… 아악!"

눈을 감고 기원하는 그녀의 귓가에 비명이 들려왔다. 선명하게 알아들을 정도로 가까운 소리였다.

"언니."

성해가 습격받았다는 소식을 듣자마자 급히 달려온 동생, 예진이 예은에게 속삭였다.

"이 밑에 꼭 숨어 있어야 해. 숨소리도 내지 말고. 알겠지?"

두 사람은 안방의 가구 뒤에 있는 비밀 공간에 숨었다. 이 비밀 공간은 이중 구조로 되어 있어서 바닥에는 몸집이 작은 사람 한 명이 들어갈 공간이 더 존재했다.

자라면서 호위 시비가 되어 무공을 연마한 예진은 신속하게 예은을 그 속으로 밀어 넣었다.

"예진아."

"소리 내면 안 돼. 무슨 일이 있어도. 꼭이야."

예진이 바닥을 닫았다. 그리고 숨죽인 채로 캄캄한 벽을 응시했다.

바깥에서 칼부림 소리가 계속되더니, 비명이 울려 퍼지고 잠시 정적이 찾아왔다.

덜컥!

그리고 방문이 거칠게 열렸다. 쿵쾅거리는 발소리를 들은 예진의 심장이 쿵쾅거리며 뛰었다.

'모를 거야.'

이 비밀 공간은 더없이 은밀하다. 비밀 통로가 설치된 벽은 두껍고, 가구는 바닥의 장치를 가동시켜서 옮기지 않으면 꿈쩍도 하지 않을 정도로 무거우니까.

그러니까 발각되지 않을 것이다. 무인이라 감각이 예리하다고 해도…….

쾅!

"꺄악!"

그녀의 기대감은 벽 너머에서 울려 퍼진 폭음에 박살 나고 말았다.

너무 놀란 나머지 비명을 지른 예진의 안색이 창백해졌다.

'틀렸어.'

최악의 실수를 저지르고 말았다. 이만한 소리를 무인이 그냥 지나칠 리 없었다.

겁에 질렸던 예진은 곧 결연한 표정으로 단도를 꺼내 들었다.

그녀는 비밀 통로가 열리는 순간 온 힘을 다해 기습을 가할 생각이었다.

성공하면 자신도 산다. 하지만 실패한다 하더라도 상대의 의식이 자신에게만 쏠리게 할 수 있으리라. 그러면 예은만큼은 살 수 있을 터.

'언니만은 죽게 하지 않을 거야.'

어린 시절, 부모를 여읜 후로 예은은 죽 예진을 돌봐왔다. 겨우 두 살 차이였는데도 일터를 구해서 힘들게 일하면서 예진에게 조금이라도 나은 길을 골라주고자 했다.

그런 예은이 좋은 사람을 만나서 혼인한 지 얼마 되지도 않았다. 이런 곳에서 죽게 할 수는 없었다.

'형부가 절세미남이니까 조카도 분명 엄청나게 귀여울 텐데… 못 보게 되는 건 유감이네.'

예진은 두려움을 떨치기 위해 실없는 생각으로 스스로를 달랬다.

그리고…….

"크악!"

벽 바로 앞에서 비명이 울려 퍼졌다.

쿵! 스으으으…….

무언가 벽에 부딪쳤다가 서서히 미끄러지는 소리가 났다.

예진이 예기치 못한 상황에 굳어 있을 때, 벽으로 정교하게 위장된 비밀 통로가 열리기 시작했다.

'틀렸어.'

예진은 살기를 포기했다.

정확한 사정은 모르겠지만 방 안에서 누군가 죽었다. 그리고 살인을 자행한 흉적이 비밀 통로 개폐 장치를 발견해서 문을 열고 있었다.

"이야아아아아!"

예진은 문이 열려서 공간이 생기는 순간, 벼락처럼 뛰쳐나가서 단도를 질렀다.

팍!

그러나 단도를 든 그녀의 손목이 어이없을 정도로 간단하게 상대에게 붙잡혔다.

'아.'

다 틀렸다. 상대를 찌르지도 못했고, 반격당해 죽지도 못했다.

이제 남은 것은 비참한 고통의 시간일 것이다. 예진이 그렇게 생각하며 자결을 생각할 때였다.

"예진아!"

다급한 목소리가 그녀의 정신을 일깨웠다.

"어?"

순간 예진은 자기 귀가 고장 나버렸나 싶었다.

그녀가 아주 잘 아는 목소리였기 때문이다. 조금 전까지만 해도 실없는 생각으로 떠올리고 있었던…….

"…형부?"

"예은이는 어디 있어? 응?"

백발의 절세미남자, 마곡정은 안절부절못하고 있었다. 평소에는 그렇게 멋지던 사람이 마치 길에서 엄마를 잃어버린 어린애처럼 울기 직전의 표정으로 묻는 모습을 보고 있노라니…….

"풋."

자기도 모르게 웃음이 나와 버렸다.

"예, 예진아?"

"푸후훗, 형부. 정말로 형부군요."

"그, 그래. 나야. 나 맞는데… 그래서 예은이는?"

"언니라면 무사해요. 그러니까 울지 말아요."

"…곡정이가 울어?"

비밀 공간에서 기어 나온 예은이 묻자 마곡정이 발끈했다.

"안 울었어!"

"아깝다. 좀 이따 말해줄걸. 그랬으면 울었을 텐데."

"……."

예진을 한번 째려봐 준 마곡정은 예은을 꼬옥 안아주었다.

"무사해 줘서 고마워."

"응."

"여기는 위험해. 그러니까 바깥으로 피신시켜 줄게."

"피신하다니, 어떻게?"

"사부님 거처로 가면 탈출용으로 쓰이는 축지의 진이 있어. 거기까지 같이 가자."

축지의 진은 환예마존 이현이 생전에 설치해 둔 것들이다. 별의 수호자도 유지 보수를 할 뿐, 더 이상 증설할 수 없는 귀중한 시설들이었다.

밖으로 나가기 전, 예은이 물었다.

"곡정아, 너도 같이 가는 거야?"

"응."

"그럼… 밖으로 피신하고 나면, 그다음에는?"

마곡정은 잠시 머뭇거리다가 말했다.

"나는 다시 돌아와야지."

"……."

"미안해."

밖에서 죽어가는 사람들에게 이기적이라고 비난받아도 좋다. 하지만 마곡정은 예은을 안전하게 피신시키지 않고서는 아무것도 할 수 없었다.

하지만 예은을 피신시키고 나면 그때는 의무를 다할 시간이다. 풍성 초후적의 제자이며 척마대 부대주로서 목숨을 걸고 싸워야만 한다.

"…으응, 아니야. 어리광 부려서 미안해. 그냥 잠깐… 서글퍼져서 그랬어."

예은이 그의 품에 기대며 고개를 저었다.

그녀의 삶은 기다리는 삶이었다. 위험한 곳에서 목숨 걸고 싸우는 사람들의 무사함을 빌며 기다리는 것밖에 할 수 있는 일이 없었다.

지금도 마찬가지였다. 목숨을 구했다는 안도감 속에서 그녀는 마곡정을 전장으로 떠나보내야 한다는 사실이, 안전한 곳에서 그의 무사함을 비는 것밖에 할 수 없다는 사실이 서글펐다.

"예은아, 미안해."

마곡정이 예은을 똑바로 바라보며 말했다.

"이해해 준다는 것, 알고 있어. 그래도 괴로워하게 해서 미안해. 그리고 고마워. 늘 나를 기다려 줘서."

서로에게 미안하고, 때로는 서로의 처지가 서글프다. 그럼에도 두 사람은 처음부터 알고 있었다. 그것이 그들이 안고 가야 하는 숙명이라는 것을. 그 숙명의 무게를 알면서도 두 사람은 부부의 연을 맺는 길을 선택했다.

"나는… 예전에는 집에 돌아오는 게 싫었어."

풍성의 제자였기에 어린 시절부터 부유한 삶을 살았다. 물질적으로 부족해 본 적이 없었고, 생활을 위해 필요한 일은 뭐든지 해주는 사람들이 잔뜩 붙어 있었다.

그럼에도 그는 자신의 거처로 돌아오는 것이 싫었다. 풍족함이 넘치는 그 공간에 돌아올 때마다 그는 공허함과 쓸쓸함을 느꼈다.

사부끼리 정적 관계임을 뻔히 아는 형운에게 줄기차게 찾아갔던 것도 그래서였다. 어린 시절에는 자신이 그렇게 행동했던 이유를 몰랐지만, 이제는 그 시절의 마음을 알았다.

티격태격하면서도 자신을 대등한 사람으로 대해주던 형운과 서하령이 있었기에 그는 사람답게 자랄 수 있었다. 두 사람은 마곡정의 친구였고, 어쩌면 가족이라고 부를 수 있는 사람들이었다.

"하지만 이젠 달라."

이제 마곡정은 집에 돌아오는 순간을 고대한다. 그곳에서 예은이 기다려 주기 때문이다.

"네가 없으면 난 더 이상 사람으로 살 자신이 없어."

"…기다릴게."

마곡정을 올려다보는 예은의 눈가는 어느새 촉촉하게 젖어 있었다.

"그러니까 꼭 돌아와."

"응."

마곡정과 예은은 서로를 꼬옥 끌어안았다.

4

그것은 눈으로 보면서도 믿기 어려운 광경이었다.

풍혼아의 가호로 흑영신교 성지를 탈출, 성해 한복판에 나타난 형운 일행은 하늘을 보며 말문이 막혀 버렸다.

성도의 탑 위쪽, 성혼좌가 있었을 지점에서 퍼져 나간 어둠이 물에 풀어진 먹물처럼 하늘을 어둠으로 물들여 가고 있었다.

형운은 운벽성에서도 비슷한 광경을 봤지만 그때와는 규모가 전혀 달랐다. 이미 성도의 탑을 중심으로 성벽 너머, 지평선 가까이까지 어둠이 내달리고 있었다.

이곳에서는 볼 수 없었지만 이미 어둠은 거의 하운국 전역을 잠식했다.

서쪽으로는 광운산맥을 넘어 야만의 땅에 도달했으며 북쪽으로는 설운성을, 동쪽으로는 국경을 넘어 풍령국과 위진국으로, 남쪽으로는 해룡성을 집어삼키고 바다로 나아가고 있었다.

이 기세라면 중원삼국 전역이 어둠으로 뒤덮이는 것도 얼마 걸리지 않을 것이다. 그리고 그것으로 끝나지도 않으리라.

"윤극성에서 일어난 일의 반전이네."

서하령이 신음처럼 중얼거렸다.

윤극성에서 광세천교주는 신위를 강림시켜 낮과 밤을 뒤바꾸는 대이적을 펼쳤다.

그리고 지금은 분명 한낮인데도 어둠이 온 천지를 뒤덮어가고 있었다.

'아니, 그때와는 달라.'

형운은 지금 일어나는 현상이 윤극성에서 광세천교주가 일으켰던 것과는 본질적으로 다르다고 느꼈다.

저 어둠은 밤을 앞당기는 것이 아니다. 낮과 밤이라는 시간의 구분을 초월한 어둠이다.

농도가 옅은 것도 그래서일 것이다. 한정된 지역에서 완전히 빛을 빼앗기보다는 조금이라도 더 많은 지역으로 확장하는 것을 우선시하고 있는 것으로 보였다.

'이래서였군.'

형운은 흑영신교가 총단을 최후의 공격 대상으로 삼았음을 알았을 때, 그 이유를 이해할 수가 없었다.

하지만 여기에 와보니 알겠다.

'놈들의 목적이 성운단이었다니…….'

다른 사람은 몰라도 형운만은 이 변화의 이유를 알아보았다.

모를 수가 없었다.

왜냐하면 그는 성존의 숙원을 풀 후보였으며, 성운을 먹는 자 일맥의 성과가 집대성된 존재였으니까.

'흑영신교주, 성운을 먹는 자가 되고자 했던 것인가.'

성운을 먹는 자에 대한 흑영신교의 해석은 본래의 의미와는 동떨어진 것이었다. 성운의 기재인 교주를 중심으로 이 시대에 태어난 모든 성운의 기재의 별의 조각을 통합하는 것이 그들의 계획이었다.

그 계획은 형운에 의해 좌절되었다. 그리고 예전 귀혁과의 문답으로 교주는 성운을 먹는 자의 참뜻을 알게 되었다.

하지만 설마 교주가 실패한 계획을 토대로 진정한 성운을 먹는 자가 되고자 할 줄이야.

물론 잘 생각해 보면 그것은 흑영신교가 자신들의 뜻을 이룰 가장 현실적인 방법이기는 하다. 하지만 실패할 경우에는 세상이 끝장날 수도 있는 것이다.

이 세상을 연옥이라고 부르며 구원하겠다는 놈들이 세계가 멸망할 위험 부담을 지면서까지 승부에 나서다니…….

'성존께서 막지 않으신 것은 이래서였던 거군.'

형운은 성존과 교주가 밀약을 나눈 것을 몰랐다. 하지만 성존이 어떤 인물인지 알았기에 이런 사태가 벌어진 것이 이상하지 않다고 생각했다.

교주가 성운을 먹는 자가 되겠노라고 했다면, 그리고 성존이 보기에 교주가 그 자격을 갖추었다면… 그러면 성존은 이 사태를 방관하고도 남을 인물이다.

'나만이 흑영신교주를 막을 수 있어.'

이미 성운단의 봉인이 해제되어서 교주가 그 힘으로 세상을 변화시키고 있는 중이다. 형운은 오직 자신만이 이 사태를 막을 수 있다는 사실을 깨달았다.

그때 서하령이 말했다.

"우리도 움직이자. 곡정이는… 알아서 하겠지."

마곡정은 성해에 도착하자마자 질풍처럼 총단으로 달려갔다. 모두가 그의 행동을 이해했다.

형운이 말했다.

"일단 갈라지자."

"어디로?"

"지금 세 곳에 마계문이 열려 있어. 그것부터 닫는 게 급선무야."

교주는 성해의 세 지점에 마계문을 열었다. 그리고 하늘이 어둠으로 뒤덮이자 흑영신교도들의 힘은 더없이 강성해지고, 마계문으로부터 끝없이 괴물들이 쏟아져 나왔다.

"나는 성해 중심의 마계문을 파괴하겠어."

이 난리 통에 분명 누군가, 형운이 소중하게 여기는 사람이 위험에 처했다. 그렇기에 형운은 이곳으로 올 수 있었으리라.

하지만 정작 그들이 나타난 곳은 전투의 공백 지대였다. 형운은 아마도 그 이유가 총단의 결계 때문이리라 추측했다.

'결계가 완전히 파괴당한 것은 아냐. 출입을 통제하는 기능이 뚫렸다고 해도 일부는 여전히 기능하고 있어.'

그리고 축지로 총단 안으로 들어가는 것을 막는 기능도 살아있을 것이다. 운룡족 중에서도 축지의 달인이라 불리는 운희조차도 총단을 축지로 드나들 수 없었던 것을 떠올리면 지금의 상황도 납득할 수 있다.

"하령아, 성도의 탑으로 가. 아마 사부님과 혼마 선배님도 거기 계신 것 같으니까."

"알겠어. 너도 마계문을 처리하는 대로 와. 아마도 네가 필요한 상황일 것 같으니까."

서하령은 형운이 자신을 배려해 주었음을 알아차렸다.

마곡정처럼 냉정함을 잃지는 않았지만 그것은 그녀의 자제력이 초인적으로 뛰어나기 때문이다. 그녀 역시 이정운 장로와 귀혁의 안위를 걱정하느라 불안해 미칠 지경이었다.

형운은 그런 그녀의 속내를 알아차리고 그쪽 일을 맡겨준 것이다.

—고마워.

서하령은 전음으로 속삭이고는 총단 안으로 진입했다.

형운은 쓴웃음을 짓고는 남은 세 사람을 바라보았다.

"세 사람은 제가 말하는 지점으로 가주세요."

총단을 포함한 성해 전 지역이 전장으로 화해 있었다. 형운은 그중 몇몇 곳에서 자신이 잘 아는, 이 전장의 운명을 좌우할 힘을 지닌 자들이 싸우는 것을 감지했고 그들에게 지원을 보낼 생각이었다.

"백 대주님은 외검대주와 성운검대주가 있는 곳으로."

형운은 두 사람의 기파가 약해져 가는 것을 느꼈다. 그에 비해 낯선 적의 기파는 강성하다. 지원이 필요한 상황이 분명했다.

"유하, 너는 동쪽의 마계문을 파괴해 줘. 그쪽에 척마대가 있으니 합류하면 될 거야."

"알겠어. 그나저나 난 정말 마계화와 인연이 깊군. 새삼스럽지만 지긋지긋해."

천유하가 쓴웃음을 지었다. 벌써 몇 번이나 마계화에 휘말려 드는 것인지 모르겠다.

"마계문을 파괴한 다음에는 어떻게 할까?"

"네가 도움이 필요한 쪽을 판단해서 도와줘. 여유가 생긴다 싶으면 총단 쪽으로 와주고."

"문제의 근원이 저곳이라고 보는 거군."

하긴 누가 봐도 그랬다. 성도의 탑 위쪽으로부터 쏟아져 나오는 어둠이 세상을 뒤덮고 있었으니까.

하지만 지금은 당장 발등에 떨어진 불을 꺼야만 한다. 천유하는 형운과 가려의 무운을 빌고는 질풍처럼 달려갔다.

"누나, 누나는 서쪽의 마계문 쪽으로 가서 풍성을 도와주세요."

"……."

"…누나?"

형운이 의아해하며 가려를 불렀다.

그녀는 차분하게 그를 바라보고 있었다. 그러다가 문득 힘주어서 말했다.

"또 저를 두고 혼자서만 위험한 곳으로 가버리면… 그때는 화낼 겁니다."

그 말에 형운이 움찔했다. 찔리는 과거가 너무 많아서 도저히 반박할 수가 없었다.

"지금 위험하지 않은 곳이 어디 있겠어요."

그는 어색하게 웃으며 말했다.

"위험하면 도망쳐서 도움을 요청해요. 나도 그럴 테니까."

"퍽도 그러시겠습니다."

"윽……. 지금 우리 이럴 시간 없거든요?"

"압니다. 그냥 좀 투정을 부려본 것뿐입니다."

가려가 한숨을 쉬며 한 말에 형운의 표정이 멍해졌다. 곧 그가 가려를 와락 끌어안았다.

"걱정 말아요. 늘 그랬잖아요. 이번에도 우리가 이길 거예요."

"혹시 그거 저를 안심시키겠다고 한 말입니까?"

"하하하. 별로였어요?"

"당신이 그런 의도로 하는 말은 늘 별로였지요. 설득력이 없었어요."

"……."

"하지만 믿어드리겠습니다. 늘 그래왔듯이, 속아드리지요. 그러니까……."

가려는 손을 뻗어 형운의 얼굴을 쓰다듬었다. 그리고 서서히 발돋움을 해서 입맞춤을 했다.

"저를 뻔한 거짓말에 속아 넘어간 바보로 만들지 말아주십시오."

서로의 입술에 남아 있는 온기가 식기 전에 그녀가 몸을 돌려 떠나갔다.

형운은 이 상황 속에서는 지나치게 사치스럽다고 생각하면서도, 멀어져 가는 그녀의 뒷모습에서 눈을 떼지 못했다. 그녀가 건물을 넘어가서 더 이상 보이지 않게 되었을 때에야 몸을 돌려 마계문을 향하기 시작했다.

목적지에 도달하는 것은 순식간이었다. 운화를 펼쳐 공간을 자유자재로 뛰어넘는 형운은 누구보다도 빨랐으니까.

〈정말로 왔군.〉

실시간으로 괴물을 꾸역꾸역 토해내고 있는 마계문 앞에는 검은 그림자로 이루어진 존재가 기다리고 있었다. 이제는 형운에게 익숙해져 버린 흑영신교의 전술 병기였다.

"혼원의 마수. 슬슬 지겹군. 대체 몇 놈이나 있는 거지?"

〈나는 위대한 흑영신을 섬기는…….〉

형운은 그가 말을 끝까지 하도록 내버려 두지 않았다.

쾅!

혼원의 마수가 주춤했다. 형운이 운화로 공간을 뛰어넘으면서 일권을 날렸기 때문이었다.

"어차피 이십사흑영수 중에 하나겠지. 네 이름 따위 들어봤자 기억하지도 못할 잡음에 불과해. 시간 없으니 빨리 끝내자."

〈오만한 놈! 대가를 치르게 해주마!〉

이름조차 밝히지 못한 혼원의 마수가 격노했다.

그리고 주변을 초토화시키는 대규모 화력의 향연이 시작되었다.

5

오량은 숨이 턱까지 차오르는 것을 느꼈다. 도를 쥔 손에 감각이 없어서 쥐고 있는지 놓친 것인지도 헷갈린다. 눈앞이 흐릿하고 폐가 터져 나갈 것처럼 아프다.

'아, 이런 것도 오랜만이군.'

이제는 그도 고수라 불리기에 충분한 실력자가 되었다. 기공은 허공섭물과 의기상인을 두루 통달하여 격공의 기를 엿보는 단계에 접어들었고, 외검대주가 되면서 전폭적인 지원을 받은 덕분에 내공도 7심에 도달했다.

그렇기에 그는 실전에서 체력의 한계를 실감해 본 경험이 오래되었다. 이런 감각은 훈련에서만 맛볼 수 있는 것이었다.

바꿔 말하면 그는 훈련으로나마 이런 감각에 익숙했다.

"끈질긴 놈들!"

흑운령이 짜증을 냈다.

강신 상태로 들어간 그의 전투 능력은 현격히 강화되었다. 심상경의 고수인 성운검대주 양준열조차 그에게 압도될 정도로.

그런데도 양준열과 오랑은 끈질기게 버티고 있었다. 둘 중 어느 쪽도 끝장을 낼 수가 없었다.

쾅!

어둠을 휘감은 검이 양준열이 날린 검을 쳐서 바닥에 꽂아버렸다. 그리고 곧바로 광포한 기공파가 오랑을 덮쳤다.

콰아아아아!

양준열이 급히 그 앞을 가로막으며 기공파를 비껴내었다.

하지만 그 틈에 흑운령이 접근하는 것을 막을 수 없었다.

투학!

아슬아슬하게 검격을 막아낸 양준열이 튕겨 나갔다.

"크윽! 외검대주! 피하게!"

양준열이 다급하게 외쳤다.

오랑은 이제 내공이 거의 바닥났다. 숨을 헐떡이는 상태로는 도저히 흑운령의 공격을 피할 수 없었다.

서걱!

하지만 다음 순간, 흑운령의 팔이 반쯤 잘려 나가면서 공격이 봉쇄당했다.

"아니?!"

흑운령이 경악했다. 지긋지긋한 쥐새끼 한 마리를 해치울 수 있으리라 확신하고 있었다. 그런데 전혀 생각지도 못한 순간에 반격을 당하다니?

그리고 비틀거리던 오량이 벼락처럼 뛰어들면서 소름 끼치도록 정확한 연계기를 펼쳤다. 설령 체력이 다해 의식이 끊어지더라도 이 기회만은 놓칠 수 없다는 듯이.

파학! 투콱!

한 발은 잘려 나가서 덜렁거리는 팔의 손목을 베고 지나갔지만 또 한 발은 방어에 막혔다. 하지만 흑운령은 당황하며 물러나고 말았다.

'다 죽어가는 놈이다. 그런데 지금 공격은 뭐지? 실력이 몇 단계는 상승한 것 같은 예리함이 아닌가?'

그를 향한 오량의 눈은 놀랍도록 고요하게 가라앉아 있었다.

'량아.'

오량은 너무 지친 나머지 사고력이 둔해져 있었다. 눈앞의 적과 싸우고 있다는 사실조차 꿈처럼 흐릿하게 느껴질 정도다.

그렇기에 그의 공격은 사고와 결단의 과정을 거치지 않았다. 수도 없는 반복 훈련을 통해 몸에 새겨 넣은 무공이 자연스럽게 발휘된 결과다.

그런 그에게 사부의 목소리가 들려왔다.

'왜 이런 짓을 계속해야 하는 것 같으냐?'

초후적은 수도 없이 그를 한계까지 몰아붙였다.

그런 훈련을 통해서 오량은 자신의 진정한 바닥을 알았다. 죽을 듯이 힘든 상태라도 의지를 쥐어짜 내서 싸울 수 있다면 그것은 아직 진짜 한계가 아님을 배웠다.

그때 뭐라고 대답했더라?

'한계를 알기 위해서 아닙니까? 훈련으로 진짜 한계를 알아두어야 실전에서도 자신의 한계가 어딘지 염두에 두고 싸울 수 있으니까.'

아, 맞다. 그렇게 대답했었다.

'틀리지는 않았다. 하지만 정답도 아니지. 한계를 알기 위해서가 아니라, 자신을 알기 위해서다.'

'자신을요?'

'무인은 한계를 보기 전까지는 진정한 의미로 자신을 알았다고 할 수 없다. 생각해 보거라. 우리는 반복된 훈련으로 무공을 무심(無心)의 영역까지 끌어올리지. 위기 상황에서 생각하기도 전에 몸이 반응하도록, 그리고 짧은 생각만으로도 복잡한 상황을 이어갈 수 있도록.'

아무리 무인이 사고 속도를 번개처럼 가속해도, 그들이 대응해야 하는 상황은 그보다 더 빠른 결단과 행동을 요구한다. 무인의 강함은 빠르고 정확한 판단력과 사고를 초월하여 현실에 대응하는 무심의 무공이 더해졌을 때 비로소 진가를 발휘하는 것이다.

'무심의 영역에서, 우리는 자신이 연마한 무공의 본질을 본다. 우리의 무공은 하나의 행동으로 이루어지지 않았다. 대를 이어가며 계승하고, 연구하고, 발전시켜 온 무공의 정수가 수없는 단련으로 육체의 기억으로 체화되어 있는 것이다.'

그렇기에 무심의 영역이란 단발로 그쳐서는 의미가 없다. 위기 상황에서 생각보다 빠르게 몸이 움직여도 상황에 맞게 연계되면서 무공의 근간을 이루는 철학을 드러낼 수 있어야 한다.

'우리는 생각하기에 강하다. 하지만 생각에 지배당하기에 약하다. 무심의 영역까지 단련하여 최적화한 상황에서 벗어날 때마다 생각하기를 강요당하고, 그럴 때마다 틈이 발생하고 말지.'

대련에서, 실전에서 몸이 생각보다 빠르게 움직이는 감각은 무인이라면 누구나 경험하는 것이다. 하지만 진정한 의미에서 자신의 무공을 객관화해서 보는 경험을 한 자는 극히 드물다.

'완벽하게 사고를 배제하고, 육체의 기억만으로 싸우는 경험. 한계를 자극하는 것은 그 경험을 위해서다. 무인은 한계에 도달했을 때만 그 상태를 경험할 수 있지. 어떠한 잡념도 없이, 지금까지 단련해 온 자신의 순수한 기량이 펼쳐지는 것을 한발 물러나서 관찰하는 것 같은 감각을.'

'하지만 저는 한 번도 그런 경험을 한 적이 없습니다만? 사부님한테 단련받으면서 한계는 여러 번 봤는데…….'

'쉽게 경험할 수 있는 것은 아니다. 그것은 그 자체로 기연이라 할 만하니까. 운이 좋은 자는 실전 속에서 그 감각을 경험하고 극적으로 발전하기도 하지. 네게 언제 그런 기회가 올지는 모른다. 수련 속에서일 수도 있고, 실전 속에서일 수도 있지. 하지만 명심하거라. 그 경험을 갈구하는 것은 그 경험에 기대기 위해서가 아니다.'

'예?'

'무심으로 무공의 본질을 체현하는 것은, 일견 궁극의 경지처럼 보일지 몰라도 실제로는 그렇지 않다는 것이다. 인간은 생각에 지배당하기에 약하지만 동시에 생각을 실천하기에 강하다.'

문득 오량은 자신이 둘로 나뉘어 있음을 알았다.

심상과 현실의 경계가 흐려졌다. 과거 스승이 내린 가르침을 떠올리는 자신과 현실에서 사투를 벌이는 자신이 공존한다.

'아.'

오량은 지금이 초후적이 말한 그 순간임을 깨달았다. 현실의 자신에게서 분리된 또 다른 자신이 한 걸음 물러난 곳에서 현실을 관찰하고 있다.

'훌륭하다……!'

그리고 자신이 보여주는 것에 감탄하고 만다.

오량은 쓰러지지 않는 것이 이상할 정도로 지쳤다. 숨이 찬

다. 땀이 흐른다. 내공이 바닥을 드러냈다. 혹사당한 근육과 기맥이 통증을 호소한다.

파악!

그런데도 소름 끼치도록 예리한 움직임이 펼쳐진다.

과연 자신이 펼친 게 맞는가 싶을 정도다. 수련할 때도 이 정도로 완벽하게 무공을 펼쳐낸 적은 손에 꼽았다. 하물며 실전에서야.

"이놈! 다 죽어가는 주제에!"

흑운령이 격노했다. 그는 양준열보다는 오량을 먼저 없애기 위해 열을 올렸다.

하지만 쉽지 않았다. 양준열이 계속 공세를 퍼부어서 오량에게 화력을 집중할 수가 없는 것이다. 그리고 무심의 영역으로 들어간 오량은 공방 모두 완벽한 모습을 보여주고 있었다.

'정말 그런가?'

그런데 문득 오량의 뇌리에 그런 의문이 떠올랐다.

감탄할 수밖에 없을 정도로 훌륭하다. 하지만 보고 있노라면 뭔가가 마음에 걸린다.

대체 뭐가 문제일까?

다시금 스승의 가르침이 뇌리를 스쳐 갔다.

'자신이 배제된 무공이란, 그 틀 안에서만큼은 더없이 강해 보이지만 명백한 한계 안에서의 강함이다. 잊지 말거라. 그것을 무극(無極)으로 착각하고 홀려 버린다면, 거기서 끝이다.'

동시에 깨달음이 뇌리를 강타했다.

'아!'

언뜻 보면 지금의 오량은 그의 인생을 통틀어 최고인 것만 같았다. 심신 모두가 최상이라도 저런 기량을 보일 자신이 없다.

그러나 그런 강함이 승리에 보탬이 되지 않고 있었다. 저토록 놀라운 기량을 뽐내는데도 상황은 점점 악화될 뿐이다. 오량은 그저 버티면서 자신의 기량을 뽐내고 있는 것이나 마찬가지였다.

동시에 둘로 나뉘었던 오량이 하나로 합쳐졌다.

'음?'

양준열은 의아함을 느꼈다.

오량의 움직임이 다시 한 번 변화했다.

처음에 오량은 능동적으로 그와 합을 맞추었다. 서로 손발을 맞춰본 적이 없는데도 그들이 지닌 무수한 경험, 그리고 그 위에서 구축된 감각이 그것을 가능케 한 것이다.

그러나 체력이 바닥난 후로는 달라졌다. 최소한의 움직임만 보이면서 놀랍도록 뛰어난 기술로 흑운령을 동요시켰지만, 그것은 전술 연계를 완전히 내버린 행동이었다.

'다시 돌아왔군.'

이제 오량은 다시 능동적으로 합을 맞추기 시작했다.

조금 전까지에 비하면 동작 하나하나의 예리함이 떨어진 것은 물론이고 대응도 느려졌다. 대신 양준열과의 연계로 상승효과가 나기 시작했다.

한편 오량은 정신이 돌아오자마자 몇 가지 사실을 깨달았다.

'젠장. 죽겠다.'

무심의 상태일 때는 고통을 그저 상태로만 인식했다. 그런데 정신이 돌아오자 정말 죽을 맛이다. 작은 움직임을 행하는 것만으로도 의지를 쥐어짜 내야 했다.

'그래도 덕분에 상태가 좀 낫군.'

무심의 상태일 때의 그는 모든 것을 최적의 효율로 행했다.

움직임을 최소화하고, 진기 소모를 최소화하면서 몸의 부담을 경이로울 정도로 줄였다. 그 결과 자신이 양준열의 기량을 살려주는 게 아니라, 양준열이 자신을 지키게 만들었지만 바닥을 드러냈던 체력과 내공에 약간의 여유가 생겼다.

'승부다!'

그래도 한계가 가깝다는 점에는 변함이 없다. 자신은 곧 더 이상 싸울 수 없게 된다. 그렇다면 남은 힘을 모조리 쓰더라도 승리의 가능성을 만들어낼 뿐이다.

문득 섬뜩한 감각이 찾아왔다.

'뭐지?'

오량은 의문을 느끼면서도 그 감각을 무시하지 않았다.

파직!

동시에 목 바로 옆에서 불꽃이 튀었다.

'격공의 기?'

흑운령의 기공 경지는 오량보다 위다. 오량이 급격하게 지쳐버린 이유 중에는 이것 또한 큰 비중을 차지했다.

격공의 기를 터득하지 못한 자가 격공의 기를 방어하기 위해서는 항시 전신을 호신장막으로 감싸는, 터무니없는 낭비를 해야만 하기 때문이다.

양준열이 어느 정도는 보호해 줬지만 한계가 있었다. 그 사실을 떠올리자 의문이 따라왔다.

'조금 전까지는 어떻게 한 거지?'

무심 상태에서 싸우는 동안 오량은 오히려 체력과 내공을 회복했다. 잘 생각해 보니 불가능한 일이었다. 계속 호신장막을 전개하고 있었다면 아무리 효율적으로 움직였어도 그럴 수가 없었다.

파칫!

그런데 이제 그 이유를 알 것 같다.

흑운령이 격공의 기로 공격해 올 지점이 마치 예지처럼 감지되었다. 자신은 그 지점만을 방어하면 그만이라 진기 소모량이 아까 전과는 비교도 안 될 정도로 줄어들었다.

'기연이라더니…….'

오량은 자신의 변화를 알아차리고 속으로 혀를 내둘렀다. 그리고 생각했다.

적이 격공의 기로 어딜 치는지 알겠다. 그럼 혹시 자신이 똑같이 할 수도 있을까?

오량은 남은 힘을 쥐어짜 내서 공세를 펼치는 한편, 충동적으로 그 생각을 실천에 옮겼다.

퍼엉!

순간 흑운령의 머리가 확 옆으로 꺾였다.

'되잖아?'

그 결과에 오량이 놀랄 지경이었다.

그리고 양준열도 놀랐다.

'설마 전투 중에 급성장해서 격공의 기를 얻었단 말인가?'

흑운령은 오랑이 발한 격공의 기에 맞지 않았다. 애당초 양준열과도 격공의 기로 공방을 벌이고 있었기에 수월하게 막아냈다.

문제는 그 공격이 양준열이 아니라 오랑이 발한 것이었다는 점이다.

오랑이 격공의 기를 발하는 것을 느낀 양준열은 거의 반사적으로 같은 지점에 격공의 기를 찔러 넣었다. 흑운령은 격공의 기를 다중으로 발하는 경지에 도달하지 못했기에 그 공격을 얻어맞고 말았다.

파악!

직후 오랑과 양준열의 공격이 비슷한 지점을 쳤다.

오랑이 멀찍이서 크게 휘두른 도격이 흑운령의 목을 얕게 베었다. 그리고 마치 거기에 겹치듯이 양준열의 검기가 목부터 왼쪽 가슴을 깊숙이 베고 지나갔다.

"크어……!"

피를 토하는 흑운령에게 오랑이 뛰어들었다.

—삼혼절도(三混絶刀)!

일격으로 상대를 포착하고, 이격으로 상대를 붙잡고, 삼격으로 쳐부수는 오랑의 비기가 펼쳐졌다.

일격이 목을 얕게 베었고, 이격은 그 상처를 십자로 가로지르면서 더 깊숙한 상처를 남겼다. 그리고 상대의 품으로 뛰어들면서 마지막 공격을 가한다.

흑운령은 허우적거리듯 목을 감췄지만 그것이야말로 오랑이 의도한 바였다.

시퍼런 도기를 머금은 칼날이 복부를 깊숙이 갈랐다.

카앙!

맑은 소리가 울려 퍼졌다.

'아.'

오랑은 자신의 도가 부러져 허공을 나는 것을 보았다.

'이렇게까지 했는데도… 안 되는 건가.'

위기가 닥치자 흑운령은 신기로 전신의 경기공을 극한까지 끌어 올렸다. 오랑의 기술은 완벽했으되, 거기에는 흑운령의 경기공을 뚫을 힘이 없었다.

쾅!

난폭하게 휘둘러지던 흑운령의 팔이 오랑을 후려쳤다. 그리고 목의 상처를 고속으로 재생하면서 양준열에게 해일 같은 기공파를 날렸다.

"이런!"

동시에 흑운령의 몸이 날았다. 오랑을 확실하게 끝장내기 위해서.

아무도 도와줄 수 없다. 흑운령은 완벽한 순간을 포착하는 데 성공했다.

'끈질긴 쥐새끼! 이걸로 끝이다!'

흑운령이 회심의 미소를 짓는 순간이었다.

섬광이 그의 시야를 하얗게 덧칠했다.

—심의검(心意劍) 합일(合一)!

속도의 개념을 초월하는 공격, 심상경의 절예가 그를 쳤다.

'소용없다!'

하지만 무의미하다. 강신 상태인 그는 심상경의 절예를 맞는다 한들 기화하지 않으니까. 그저 잠시 시야를 가리고 주춤하게 만드는 효과가 있을 뿐.

그 사실을 확신했기에 시야가 마비되든 말든 상관없이 하던 행동을 계속했다.

파악!

시야가 회복되기도 전에 섬뜩한 파육음이 들려오지만 않았더라면 그랬을 것이다.

"정말 이거 터득하겠다고 평생 동안 별의별 짓을 다 했는데……."

흑운령은 자신의 왼팔이 깨끗하게 잘려 나갔다는 사실을 깨달았다.

그 공격을 행한 자는 허공에 뜬 그의 앞에 바싹 붙어 있는 검객이었다. 검푸른 바탕에 척마(刺魔)라는 두 글자를 은실로 수놓은 옷을 입은 그 남자는 왼쪽 눈 위부터 턱까지 길게 칼로 베인 흉측한 흉터가 있었었고, 왼쪽 눈이 섬뜩한 붉은빛으로 타오르고 있었다.

"정작 꿈꾸던 고지에 오르고 나서 거기는 정상이 아니라는 것을 깨닫고 보니 영 기분이 그렇군."

척마대주 백건익이 투덜거렸다.

그는 심검(心劍)을 발한 것이 아니라 신검합일(身劍合一)을 펼쳤다.

흑운령에게 타격을 줄 의도가 아니었다. 찰나라도 그의 감각을 마비시키면서 바로 옆까지 한순간에 이동하기 위해서였다.

그 역시 심상경의 절예를 궁극적인 공격 수단이 아니라, 목적을 이루기 위한 수단으로 치부하는 경지에 이른 것이다.

'나는 운이 좋았다.'

백건익은 감사의 마음을 떠올렸다.

광익과 만나 백령회의 영수들과 연을 맺었기에 살아남아 위를 바라볼 수 있었다.

귀혁이 자신의 재능을 높이 사주고, 제자도 아닌 자신에게 귀중한 가르침을 주었기에 재능을 썩히지 않을 수 있었다.

그리고 형운을 만났다.

'형운, 자네를 만나 다행이다.'

형운과 만났기에 여기까지 올 수 있었다.

그의 도움이 있었기에 모든 무인이 갈구하는 경지에 오를 수 있었다. 그리고 많은 이들이 정상이라 여기는 고지가 새로운 출발점에 불과하다는 사실도 알았다.

형운을 통해 더 높은 경지에 오른 자들을 만났기에, 그리고 그들과 함께 전설로 남을 전장에서 싸웠기에 한계에 갇히지 않을 수 있었다.

'무인으로서 더없이 감사할 인생이지.'

백건익은 형운을 위해서라면 기꺼이 목숨을 걸고 싸울 수 있었다.

"이놈……!"

흑운령은 곧바로 반격하려고 했지만 백건익이 더 빨랐다.

파학!

흑운령의 왼팔을 쳐서 날린 검이 다시 돌아오면서 몸통을 깊숙이 베어냈다.

쾅!

거의 동시에 허공에서 내지른 발차기가 흑운령의 고관절을 때려서 분쇄했다.

콰아아앙!

곧바로 쏘아진 기공파가 흑운령을 쳐서 대지에 처박았다.

"척마대주?"

양준열이 놀랐다. 물론 그냥 놀면서 하는 말은 아니었다.

—천벌검(天伐劍)!

하늘 높이 띄워 올렸던 검 한 자루가 불꽃을 휘감은 채로 흑운령에게 떨어져 내렸다.

꽈아아아아앙!

치명상을 입고 쓰러진 흑운령은 그 일격을 방어할 수 없었다.

열기가 폭발하는 가운데, 백건익이 오량을 부축해서 일으키면서 말했다.

"아주 멋졌네, 외검대주. 뛰어오다가 잠깐 넋 놓고 볼 뻔했지 뭔가."

"맛있는 부분은 다 가져가셨군요."

"대신 목숨을 구해주지 않았나?"

백건익은 빙긋 웃으며 오량에게 진기 회복제 하나를 건네주었다.

그때였다.

"정말 믿을 수 없을 정도로 끈질기군."

양준열의 다시 눈이 매서워졌다.

후우우우우우!

광풍이 흙먼지를 걷어내며 흑운령의 모습이 드러났다.

"크아아아아아!"

흑운령이 포효했다.

하지만 백건익은 냉정하게 그의 상태를 파악했다.

"슬슬 흑영신이 하사한 만병통치약이 바닥나는 모양인데? 조금만 더 두들겨 패면 될 것 같군. 성운검대주, 싸울 힘은 남으셨나? 지쳤으면 빠져 있어도 좋소."

"재미없다 못해 짜증 나는 농담이군. 뒤늦게 온 주제에 잘난 척 그만하게."

날카롭게 쏘아붙이는 양준열의 말에 백건익은 피식 웃었다.

그리고 두 사람이 동시에 흑운령에게 뛰어들면서 격전이 재개되었다.

6

척마대 부대주 어경혼은 힘든 싸움을 하고 있었다.

"젠장!"

그는 영성의 제자단 중에서 두드러지는 기량을 가진 인물이었다. 천공지체인 강연진이나 백운지신인 양우전 같은 별격의 존재들을 제외하면 동문에서는 제일이라고 할 수 있으리라.

그런 만큼 총단의 척마대 안에서도 손꼽히는 실력자였다. 척마대주 백건익이 부재중인 데다가 마곡정과 강연진, 오연서까지 없는 상황에서 그에게 격전지를 제압할 임무가 주어진 것은 당연한 흐름이다.

그와 척마대는 성해 동북쪽에 위치한 마계문을 제압하기 위해 투입되었다. 하지만 적이 만만치 않았다.

마계문에서 쏟아져 나오는 괴물들이 문제가 아니었다. 이 사태를 일으킨 흑영신교의 마인들은 교주가 이끌고 온 최정예였고, 하나하나가 만만치 않은 실력자였던 것이다. 내공만 봐도 5심 경지인 어경혼보다 밑인 자를 찾아보기 어려울 정도였다.

'이건 너무하잖아!'

어경혼은 측면에서 뛰어드는 마인의 검격을 비껴내고는 접근, 복부에 강렬한 한 방을 먹여주었다.

퍼억!

그리고 팔꿈치로 머리통에 결정타를 날려주려고 했지만…….

팟!

뒤쪽에서 찔러온 검이 아슬아슬하게 머리를 스쳐 지나갔다.

감극도 무심반사경이 아니었으면 반응 못 할 뻔했다. 적은 그 정도로 철저하게 은신해 있다가 기습을 가해왔다.

'내가 이런 놈들 잡기도 힘들 정도라니!'

처음부터 이렇지는 않았다. 척마대는 사태가 터지자마자 빠르게 집결해서 투입되었고, 풍부한 전투 경험이 만들어낸 전술로 적을 제압해 갔다.

하지만 성혼좌에서 어둠이 퍼져 나가면서부터 상황이 급변했다.

어둠이 시야를 가리면서 척마대의 움직임이 둔해지기 시작했다. 야간전투도 많이 치러본 그들이었지만 밝았던 시야가 급격히 캄캄해져 버린 상황에선 답이 없었다.

그에 비해 흑영신교도들에게는 생기가 돌았다. 그들은 어둠에 전혀 구애받지 않는 것은 물론이고 두 배는 강해진 모습을 보이기 시작했다.

게다가 더 큰 문제도 있었다.

—경혼아, 호신장막!

척마대의 기환술사, 조희의 다급한 전음이 들려왔다.

어경혼은 광풍혼을 폭발시켜 적들을 뿌리치고는 호신장막을 펼쳤다.

콰콰콰콰콰쾅!

그 직후 하늘에서 어둠이 비처럼 쏟아져 지상을 강타했다.

"크악!"

"아아악!"

곳곳에서 척마대원들의 비명이 울려 퍼졌다.

수십 명이 한꺼번에 날린 듯한 기공파 폭격이었다. 속도는 비교적 느린 대신 어둠에 녹아들어서 은밀하기 짝이 없었다. 조희의 경고가 없었다면 어경혼도 당할 뻔했다.

'저놈만 아니었어도!'

어경혼이 어둠 너머를 노려보며 이를 갈았다.

어둠 속이라 눈으로는 그 모습을 확인하기 힘들다. 하지만 어경혼의 기감은 마계문 앞을 수문장처럼 지키고 있는 적의 존재를 뚜렷하게 감지했다.

〈헛된 저항을 포기하고 구원을 받아들여라, 연옥의 죄인들이여.〉

수십 명이 입을 모아 말하는 듯한, 그리고 그 모두가 심하게 쉬어 있는 듯한 불쾌한 목소리가 들려왔다.

그것은 마계문 주변의 대지를 잠식하고 어디서든 나타나 척마대원들의 전열을 붕괴시켰다. 어마어마한 화력으로 주변을 폭격하여 척마대의 전력을 깎아내었다.

혼원의 마수.

별의 수호자는 일찍이 귀혁과 형운에 의해 그 존재를 알고, 정보를 입수하였다. 무학원은 그에 대한 대응책도 연구하고 있었다.

하지만 처음으로 실전에서 부딪쳐 보니 실로 암담했다.

어경혼의 머릿속에는 혼원의 마수를 만났을 때의 대응책이 존재한다. 하지만 그 대응책을 실행할 힘이 없었다.

―셋을 세고 조명 술법을 날릴 거예요! 대비하세요!

조희가 근방의 척마대원들에게 경고했다. 그녀는 후방에서 보호받으면서 술법으로 전투를 지원하고 있었다.

퍼어어어엉!

곧 그녀가 쏘아 올린 조명 술법이 하늘에서 폭발, 망막을 불태워 버릴 듯한 섬광을 쏟아내었다.

척마대는 조명 술법이 터지는 순간 눈을 감거나 진기 운용으로 눈을 보호했다. 그리고 갑자기 폭발적인 빛을 받아서 경직된 흑영신교도들에게 반격을 가했다.

"하아아아아아!"

조명 술법이 밝혀준 공간 속에서 어경혼이 질주했다.

쾅! 퍼억! 투콰콱!

이 순간만을 기다렸다는 듯 전광석화 같은 공격으로 순식간에 세 명의 적을 쓰러뜨렸다. 그리고 근처에 있던 척마대원들과 모여서 소규모 진법을 발동시키려는 때였다.

〈너무 까부는구나.〉

어둠으로 이루어진 형체가 불쑥 그 앞에 나타났다. 혼원의 마수였다.

어경혼은 주저하지 않았다.

투하하학!

무심반사경으로 펼친 연격이 그 형체를 때려 부쉈다.

〈제법이군.〉

하지만 그 옆에서 똑같은 형체가 솟아난다. 어경혼은 그것의 공격을 막아내고 반격했다.

투학!

그런데 뒤쪽에서 또 다른 형체가 나타나서 급습해 오는 게 아닌가?

〈방어 하나만은 정말 훌륭하군.〉

혼원의 마수는 놀람을 금치 못했다. 완전히 잡았다고 생각했는데 어경혼이 막고 튕겨 나간 것이다.

"크윽!"

하지만 어경혼의 안색은 어두웠다.

그에게 모여들던 척마대원 셋 중 둘이 당했다. 하나도 부상을 입고 비틀거리고 있었다.

콰콰콰콰콰쾅!

혼원의 마수는 격투전을 고집하지 않았다. 척마대원들을 흩어놓은 채로 사방팔방으로 기공파 폭격을 가했다.

'이놈 때문에 뭘 할 수가 없어.'

혼원의 마수만 아니었어도 척마대는 충분히 전장을 제압할 수 있었을 것이다.

하지만 혼원의 마수가 너무 강했다. 수백 명을 한 몸에 모은 듯한 어마어마한 화력을 가졌고, 몸을 확장하여 잠식한 대지 어디에서나 분체를 만들어낼 수 있어서 척마대의 전열이 붕괴해 버렸다. 흩어진 상태에서 각개격파당하는 것은 어쩔 수 없는 흐름이었다.

'마 부대주만 있었어도… 아니, 하다못해 연진이랑 오 부대주만 있었어도!'

어경혼은 스스로의 부족함을 통감했다. 그에게는 이 상황을 타개할 힘이 없었다.

상황은 시시각각 나빠졌다. 척마대가 죽어가는 만큼 흑영신교도들도 죽어갔지만, 점점 그 비율이 한쪽으로 기울어간다. 마계문에서 괴물이 나오는 속도가 점점 빨라지면서 수적 균형이 무너졌기 때문이다.

"헉, 허억……."

어경혼도 지쳤다. 지금까지 적을 몇 명이나 쓰러뜨렸는지 모르겠다. 적어도 30명 이상은 되는 것 같은데도 전혀 상황이 나아지지 않았다.

"경혼아!"

나아지기는커녕 완전히 궁지에 몰렸다. 조희를 비롯한 술사들이 있는 후방까지 밀려 버린 것이다.

"희야, 집중해! 후퇴할 길을 뚫어줘!"

어경혼은 주변에서 달려드는 괴물들을 격파하며 소리쳤다.

그때였다.

쉬이이이익…….

날카로운 소리가 울려 퍼졌다.

파앗!

그리고 한 자루의 검이 날아들어 어경혼에게 달려들던 곰 마수의 머리를 깨끗하게 잘라 버렸다.

—양의검(陽意劍)!

검이 저절로 허공에서 위치를 바꾸더니 열양지기를 폭사했다.

화아아아악!

폭발하는 열기에 적들이 물러나는 순간, 화살처럼 날아온 한 사람이 그 검을 붙잡았다.

—뇌격세(雷擊勢)!

일순 강맹한 검기가 울퉁불퉁한 빛의 선을 그려내었다.

투하하하학!

공기가 폭발하면서 그 궤적에 있던 십수 마리의 괴물이 피를 뿌리며 쓰러졌다.

"세상에……."

어경혼이 홀린 듯이 그 광경을 바라보는 가운데, 전장에 난입하자마자 압도적인 존재감을 과시한 검객이 외쳤다.

"척마대! 생존자는 전원 이곳으로 집결할 준비를 해주시오! 길은 내가 열어주겠소!"

심후한 내공으로 외친 사자후는 전장 구석구석까지 전달되었다.

척마대원들 중 몇몇은 그 목소리의 주인이 누구인지 알아차렸다.

"이 목소리는 설마?"

"유성검룡! 유성검룡 대협이 분명하다!"

4년 전까지 천유하는 객원 자격으로 척마대에서 일한 적이 있었다. 척마대원들 중에 경력이 긴 자들은 그의 존재를 잊지 않았다.

그리고 전황이 급변하기 시작했다.

단 한 사람이 난입했을 뿐이다. 하지만 그 한 명의 힘이 너무 컸다.

천유하가 움직이는 동선마다 적들이 피를 흩뿌리며 쓰러져 간다. 마계문에서 나온 괴물들도, 흑영신교의 정예도 그의 쌍검에 학살되는 운명을 피하지 못했다.

〈유성검룡! 네놈이 어떻게 이곳에?〉

혼원의 마수가 동요했다.

계획대로라면 천유하는 흑영신교 성지에 있어야 할 인물이었다. 그런데 이 전장에 난입해 오다니?

"네놈들이 여기 있기 때문이지."

천유하는 싸늘하게 대꾸하며 혼원의 마수에게 다가갔다. 그 앞을 가로막는 모든 것들을 거침없이 쳐부수면서.

곧 천유하와 혼원의 마수가 격돌했다.

〈뜻대로 될 거라고 생각하지 마라!〉

"네놈들은 늘 그런 식이군."

차가운 분노를 발하는 천유하의 쌍검이 격렬한 춤을 추었다.

혼원의 마수가 쏟아내는 기공파가 마치 검세 위를 미끄러지듯이 아무런 효과를 거두지 못하고 비껴 나간다. 전후좌우를 가리지 않고 나타나는 혼원의 마수의 분체가, 나타나는 족족 분쇄되어 흩어져 간다.

"네놈들의 의도가 무엇이든 박살 내주마!"

그사이 뿔뿔이 흩어졌던 척마대가 재집결하여 전열을 정비했다.

"많이 모이는 것보다는 진법 구성이 우선이다! 무조건 세 명 단위로 모여!"

어경혼이 대원들에게 지시를 내렸다.

우우우우우우!

진법이 발동하면서 기파가 요동쳤다.

척마대는 별의 수호자의 전투 조직 중에서도 가장 전투 경험이 풍부한 이들이다. 그 경험을 통해서 최적의 전술을 발전시켜 왔다.

그들의 진법은 3단계로 이루어져 있다.

척마대원이 세 명만 모여도 척마소진(刺魔小陣)을 발동할 수 있다. 그리고 척마소진 셋이 모이면 척마중진(刺魔中陣)이 발동하며, 다시 척마중진 셋이 모이면 척마대진(刺魔大陣)이 발동한다.

지금까지는 혼원의 마수가 전열을 무너뜨리는 바람에 진법의 힘없이 싸워야만 했다. 하지만 다시금 진법을 발동시킨 지금, 척마대의 전투 수행력은 지금까지와는 격이 달랐다.

전세가 뒤집어지기 시작했다.

"유성검룡, 역시 대단하네……."

숨이 트이자 어경혼이 진기 회복제를 마시고 운기하며 중얼거렸다.

한 사람이 합류했을 뿐인데 전세가 역전되었다. 그 사실이 기쁜 반면 조금 전까지 무력감을 통감하던 지휘관으로서는 씁쓸한 마음도 일었다.

"경혼아, 너도 멋있었어. 나한텐 늘 네가 최고인걸."

그런 어경혼의 마음을 읽은 듯 조희가 귓가에 속삭여 주었다. 그 말에 어경혼의 표정이 환해졌다.

"저, 정말?"

"그럼!"

주변에서 그 모습을 본 척마대원들이 짜증이 듬뿍 담긴 시선을 보내주었다.

'아, 진짜 이런 때도 한결같냐?'

'빨리 혼인이나 해버려라. 언제까지 연애질만 할 거야?'

조희는 그런 시선을 알아차렸으면서도 싹 무시하면서 어경혼의 등짝을 팡팡 두들겨 주었다.

"자, 쓸데없이 시무룩해져 있지 말고 가서 활약하고 와!"

"지켜보라고!"

투지가 충만해진 어경혼은 주먹 쥔 손을 번쩍 들어 보이고는 전장으로 달려 나갔다.

7

풍성 초후적은 지쳐 있었다.

공식적으로는 여전히 인간의 한계라고 일컬어지는 9심 내공을 성취한 그다. 하지만 아무리 그래도 한계는 있었다.

그는 진해성 본성까지 반 시진 만에 달려가서 폭주하는 암천동맹과 싸웠다. 그리고 한창 싸우던 중에 총단의 급보를 듣고 쉴 틈도 없이 다시 전력으로 돌아와서 강적과 격전을 벌이고 있었다.

지칠 수밖에 없다. 게다가 상대가 평소의 그라도 승산을 장담할 수 없는 강적이라 상황이 좋지 않았다.

—정말 멋지군! 너만 한 도객은 내 생애를 통틀어봐도 거의 없었지!

들뜬 목소리로 웃는 것은 머리부터 발끝까지 새카만 중장갑을 두르고, 살아 움직일 듯 생생한 검은 호랑이의 얼굴 형태를 띤 흑색 투구를 쓴 창병.

아니, 그는 중장갑을 두른 것이 아니다. 중장갑 자체가 그의 몸이다.

흑영신교 수호마수 중에 가장 격이 높은 존재 중에 하나, 대마수 심안호창(心眼虎槍).

그가 초후적과 싸우고 있었다.

—이 도법은 전에 본 적이 있지. 혹시 그 인간의 모습을 한 영

수 애송이가 네 제자냐?

"그렇다."

—역시 그랬군. 그 애송이는 감각이 뛰어나고 폭발적인 공격성이 있었지만 전체적인 기량은 좀 아쉬웠지. 하지만 너를 보니 그 아쉬움이 채워지는구나. 모든 면에서 완성되어 있어.

본래부터 그는 한없이 무인에 가까운 마수였다. 그의 본신은 창. 그렇기에 창술의 가능성에 탐닉한다.

그는 강한 무인을 만나면 흥분했다. 자신이 불리해질지라도 상대의 기량을 극한까지 끌어내서 부딪쳐 보고 싶어 하는 본성을 지녔다.

"오만하군."

심안호창의 그런 의도를 알아차린 초후적이 노기를 드러냈다. 그러나 심안호창은 당당했다.

—오만이 아니다. 내 존재의 본위(本位)이니라!

"그렇다면 네 존재 자체가 오만한 것이다."

동시에 초후적이 심안호창의 창격을 비껴내면서 안으로 파고들었다.

쩌엉!

—허어!

심안호창이 감탄했다.

겉으로 보이는 결과는 초후적이 심안호창의 창격을 걷어내고 안으로 파고든 것이다. 그뿐이다.

하지만 그 속사정을 보면 고도의 기술이 부딪친 결과였다. 그 한 번으로 거리를 빼앗은 초후적이 심안호창을 베어갈 때였다.

—인간의 창술을 격파한 것을 칭찬해 주지. 이제부터는 대마수의 창술, 그 진수를 보여주마!

심안호창이 인간에게는 불가능한 관절 기동으로 그 공격을 막아냈다. 그리고 한 단계 더 빠르게 가속해서 초후적을 몰아치기 시작했다.

파핫!

초후적의 팔이 얕게 베이며 피가 튀었다.

쾅!

미처 자세를 바로잡기도 전에 인간의 신체 구조로는 도저히 불가능한 궤도로 이어지는 창격이 그를 쳐서 밀어냈다.

—좀 아쉽구나. 기왕이면 네가 최상의 상태였으면 좋았을 것을. 지금의 나는 역대 최강이거든!

마계화와 하늘을 집어삼킨 어둠은 지금 이 순간에도 그의 힘을 더욱 강하게 만들었다. 게다가 그에게는 교주에게 받은 상당량의 신기까지 있는 것이다. 지금까지는 의도적으로 신기를 봉한 채로 싸웠을 뿐이다.

그에 비해 초후적은 지친 기색이 역력했다. 게다가 그는 농밀한 마기로부터 스스로를 지키는 것만으로도 지속적으로 심력과 내공을 소모할 것을 강제받는다. 이런 상황에서도 심안호창과 대등하게 겨루는 것이 놀라울 따름이다.

투콰콰콰!

심안호창이 점점 더 빠르게 가속했다. 그의 신체 능력은 초후적의 그것을 훨씬 웃돈다. 기술적으로도 대등하다. 그런데도 초후적이 밀리지 않는 것은 기공 때문이었다.

하지만 이제 스스로 걸었던 족쇄를 풀어버린 심안호창은 격투전에서 초후적을 웃돌기 시작했다. 인간에게는 불가능한, 관절 기동의 한계를 조롱하는 기기묘묘한 창술이 초후적의 호흡을 흐트러뜨렸다.

"음……!"

초후적이 침음했다. 그에게도 심안호창의 창술은 미지의 영역이었다.

균형이 무너진다.

수세에 몰린 초후적이 한 걸음, 두 걸음 뒤로 밀려나기 시작했다.

하지만 그가 당하고만 있었던 것은 아니었다.

—엇?

갑자기 심안호창의 균형이 미세하게 어긋났다.

투콱!

초후적이 그 틈을 파고들어서 심안호창의 어깨 장갑을 베어냈다.

투두두두둥!

그리고 공세로 전환한 초후적의 연속 공격이 심안호창을 밀어붙이기 시작했다.

—격공의 기? 고작 이걸로?

심안호창이 당황했다.

그는 항시 자신의 몸 주변에 상대의 영능에 저항하는 힘을 두르고 있다. 이 힘은 좁은 영역에 한정되기는 해도 무극지경의 영능조차 무력화하며, 기공에 대해서도 강력한 방어 능력을 발휘한다.

그렇기에 지금까지 초후적의 기공은 심안호창의 움직임을 둔화시키거나 견제하는 데 쓰였지, 직접적인 영향력을 행사하지는 않았다. 그런데 갑자기 격공의 기가 침투해 오다니?

“마치 인간의 무공을 다 아는 것처럼 떠들어대는구나.”

초후적은 조용한 분노를 드러내며 심안호창을 밀어붙였다,

투학!

도와 창이 부딪친다.

그리고 심안호창이 주춤거리며 물러났다.

—아, 알겠어. 침투경과 격공의 기를 연계한 거로군?

부딪칠 때마다 미세한, 하지만 더없이 농밀하게 응축된 침투경이 심안호창에게로 침투했다. 그리고 그것이 격공의 기로 자극되면서 심안호창에게 영향을 끼친 것이다.

요약하면 간단해 보이지만 소름 끼칠 정도로 고도의 기술이 연계되어 만들어낸 결과였다.

초후적은 무작정 침투경을 때려 넣지 않았다. 한 발 한 발마다 질적인 완급을 천지 차이로 조절했다.

아무리 심안호창의 감각이 예리하다고 해도, 강한 자극을 받은 직후에 미세한 자극이 가해지면 감지하기 어려워진다. 초후적은 이런 완급 조절을 통해 심안호창의 감각을 농락한 것이다.

그리고 격공의 기 역시 마찬가지였다.

초후적의 격공의 기는 격공의 본질에 닿아 있다. 술법과 영능의 방어조차 넘어 원하는 지점에 닿을 수 있는 것이다.

하지만 초후적은 의도적으로 그 기술을 감추었다. 그리고 침

투경을 때려 넣는 작업이 충분히 진전된 시점에서 둘을 연계시켜 전세를 역전시켰다.

콰직!

초후적의 도격이 심안호창의 몸통을 깊숙이 가르고 지나갔다.

—크, 으윽……! 놀랍군! 정말 놀라워!

심안호창은 감탄을 금할 수 없었다. 의심의 여지가 없다. 초후적은 그가 싸워본 모든 도객 중에서 최고였다.

—그렇다면 나 역시 예의를 갖춰야겠지!

초후적은 대꾸해 주지 않았다. 묵묵히 두 번의 공격을 때려 넣고 세 번째 공격으로 심안호창의 가슴팍을 노렸다.

그런데 그 순간 심안호창의 몸이 검은 안개로 화해서 그 공격을 흘려보냈다.

'기화(氣化)했군.'

초후적은 동요하지 않았다.

능력의 형태는 달랐지만 영수와 마수, 요괴들 중에는 기화 능력을 지닌 자가 흔했다. 그렇기에 영격이 어느 정도만 높아도 심상경의 절예를 쉽게 방어해 낼 수 있는 것이다.

그러니 대마수인 심안호창이 신체를 기화하는 능력을 지닌 것은 전혀 신기해할 일이 아니다.

쉬익! 쉬쉬쉬쉭!

초후적이 물러나는 심안호창에게 쫓아 들어가며 연격을 날렸다. 심안호창은 계속 기화를 사용했지만 조금씩 자세를 바로잡을 뿐, 반격할 준비를 갖추지 못하고 있었다.

'긴급 회피용으로는 쓸 만하겠지만, 그뿐.'

초후적은 냉정하게 파악했다. 심안호창의 기화는 형운의 운화처럼 공간을 뛰어넘는 것이 아니다. 그저 안개처럼 투명해져서 공격을 흘려보내는 것이 다였고, 그나마도 절대적인 방어력을 지닌 것도 아니었다. 기화한 몸을 도기가 때릴 때마다 그의 기운이 손실되고 있었으니까.

—순수하게 무인과 겨뤄서 이렇게 궁지에 몰려본 것도 오랜만이다! 그만한 예우를 해주마!

어느 순간, 심안호창의 움직임이 바뀌었다.

파핫!

초후적은 섬뜩함을 느꼈다. 심안호창의 창격이 아슬아슬하게 어깨를 스쳤기 때문이다.

'움직임이 또 바뀌었다.'

심안호창의 움직임이 또 달라졌다.

처음에는 인간처럼 움직였다. 그다음에는 인간의 관절 기동 범위를 초월해서 움직였다. 그리고 이제는…….

팍!

물질의 거리 개념을 왜곡시키며 움직였다.

초후적의 몸통에 손가락 한 마디만 한 상처가 생겼다. 주춤거리며 물러나는 초후적 앞에서 심안호창이 자세를 잡는다.

—너무 오랜만이라 잠깐 헷갈렸어. 이건 나도 아직 신기(神氣) 없이는 못 펼치거든. 이해해 달라구.

희죽거리는 심안호창의 몸을 어둠이 감싸면서 파손된 장갑이 급속도로 복원되었다. 지금까지 봉해두고 있던 신기를 쓰기 시작한 것이다.

—대마수의 창술, 그 극의를 보아라!

인간의 통찰력은 경험으로 성장한다. 그렇기에 경험으로 이해할 수 없는 것에 대해서는 취약할 수밖에 없다.

심안호창의 창술은 초후적이 통찰할 수 있는 영역을 뛰어넘었다.

투학!

아슬아슬하게 창격을 막아낸 초후적의 균형이 흐트러졌다.

파악!

심안호창의 창극이 기어이 초후적의 허벅지에 깊숙한 상처를 만들었다.

초후적의 이마에서 굵은 땀이 흘렀다.

'예측 불허 그 자체로군.'

심안호창은 매 행동마다 신체 조건을 바꾸고 있었다.

신장이나 체구가 바뀐다는 뜻이 아니다. 행동할 때마다 신체의 일부분만 기화하면서 동작의 연결성 그 자체가 바뀐다. 팔이 길어지고, 관절의 위치가 바뀌고, 창이 뻗어 나오는 타점이 바뀐다.

인간에게는 불가능한 창술이다.

인간은 자신의 신체가 허락하는 안에서 극한의 변화를 꾀한다. 하지만 심안호창은 그 신체 조건 자체를 바꿔가면서 변화 폭을 무한에 가깝게 높였다.

—후후! 이제는 끝이 보이는 것 같구나.

초후적의 전신이 피로 물들었다. 벌써 몸에 수십 개의 상처가

났다.

진기 운용으로 상처를 지혈하고 재생했지만 그것도 한계가 있었다. 내공과 체력이 급속도로 소모되면서 움직임이 흐트러지기 시작했다.

'틈이 없다.'

지친 상태로 시작하지 않았다면 이렇게 되기 전에 시도해 볼 만한 수법이 많았으리라. 하지만 초후적은 굳이 그 사실을 떠올려 가며 스스로에게 변명하지 않았다.

'그럼 만들어야지.'

심안호창이 초후적의 도를 비스듬하게 타 넘는 일격을 가했다. 공격과 동시에 관절의 위치가 한 치나 이동하면서 타점이 변화했기에 도저히 막을 수가 없었다.

퍼어엉!

하지만 그 공격이 초후적에게 닿는 일은 없었다.

갑자기 심안호창의 발밑이 폭발하면서 그를 주저앉혔다.

콰핫!

초후적은 그 틈을 놓치지 않았다. 시퍼런 도기가 심안호창의 어깨 장갑을 날려 버렸다.

―뭐지?

심안호창이 놀랐다.

그는 기화와 육화를 두 번 반복해서 태세를 바로잡고 다시 공세를 펼쳤다. 세 번의 공방이 이루어지고, 초후적의 감각을 어긋나게 하면서 어깨를 노리는 창격이 쏘아져 나간다.

투아아앙!

하지만 그 순간, 창날의 측면을 뭔가가 때려서 어긋나게 했다.

투학!

직후 심안호창의 복부에서 충격파가 터지면서 움직임을 경직시킨다.

파아아앗!

그리고 또다시 초후적의 도격이 심안호창의 몸통을 깊숙이 가르고 지나갔다.

—이, 이건 대체?

두 번째 당하고 나서야 확신했다.

이 예측 불허의 상황은 초후적이 만들어낸 것이다. 초후적은 이런 일이 벌어질 것을 확신하고 힘을 모았다가 빈틈이 발생하는 순간을 가차 없이 찔렀다.

—신기한 기술을 쓰는군. 양파처럼 까도 까도 새로운 게 나오다니, 감동적이야.

"그 기분인 채로 죽게 해주지."

초후적은 승기를 잡았다고 몰아치지 않았다. 신기를 두른 심안호창을 단기적으로 몰아쳐 봐야 의미 없음을 알기 때문이다.

심안호창의 움직임을 봉쇄한 것은 격공의 기였다.

하지만 평범한 격공의 기가 아니다. 심안호창은 인간의 무공에 대해서 속속들이 알고 그것을 마수의 몸으로 체현한 자. 격공의 기를 포착하는 감각도 갖고 있다.

초후적이 발한 것은 '시간 차로 활성화되는 격공의 기'였다.

기공을 통달한 자라면 허공섭물과 의기상인을 이용, 시간 차로 활성화되는 덫을 만들 수 있다. 하지만 격공의 기를 그런 식으로 발전시키려 한 자는 없었다.

초후적은 시간의 흐름을 초월하는 심상경의 영역에서 그 가능성을 발견했다.

격공의 기에 이른 자의 정신은 일반적인 시간개념을 초월한다. 격공의 기를 발하는 순간, 그들의 의식은 시공간의 흐름을 초월한다.

그렇다면 격공의 기 자체로 그러지 못할 이유는 무엇인가?

초후적이 완성한 이 절기는 기공의 역사에 한 획을 그었다고 평가받을 경지였다.

심안호창은 몇 번이나 당하면서도 그 실체를 파악할 수 없었다.

―무서운 놈! 너는 정말 최고다!

초후적에게 필요한 것은 시간이었다. 큰 기술을 발하기 위한 준비 시간.

그리고 시간 차로 활성화되는 격공의 기가 그 시간을 벌어주었다. 언제 어디서 덮쳐올지 모르는 공격이 심안호창에게 신중함을 강요했기 때문이다.

"후우우우……."

초후적이 긴 숨을 토해냈다.

동시에 도의 궤적이 아지랑이처럼 흔들리기 시작한다.

세상 만물을 베어버릴 것 같은 예기가 파도처럼 뻗어나간다. 한 사람에게서 뻗어 나온 기세라기에는 너무나도 많고 다양하다. 마치 천 명의 도객이 앞에 도열하여 제각기 칼끝을 겨눈 것만 같았다.

—이건 뭐지? 아직도 또 보여줄 게 남았단 말이냐?

심안호창이 놀랐다.

그의 감각에서 초후적의 실재감이 사라져 간다.

분명 그는 심안호창의 눈앞에 있다. 신기로 극대화된 대마수의 감각이 그를 파악하고 있으니 벗어날 방법이 없어야 했다.

그런데 감각이 어긋났다.

초후적의 윤곽이 아지랑이처럼 흔들리며 자신이 일으킨 예기 속에 녹아들어 간다. 무수한 예기가 괴물처럼 거대한 존재감으로 발한다.

—무극만상도(無極萬象刀)!

초후적이 움직였다.

아니, 움직이지 않았다.

'이 무슨 모순인가?'

심안호창은 혼란에 빠졌다.

초후적은 움직이지 않았다. 하지만 사방팔방으로 뻗어 나간 예기 중 하나가 실체화되면서 심안호창을 덮쳤다.

투학!

심안호창은 분명히 보았다. 그 예기가 초후적의 모습을 하고 초후적의 도법으로 자신을 치는 것을.

그러나 그것은 한순간의 환상과도 같았다. 공방이 이루어지는 순간 그 모습이 사라지고 대신 다른 방향에서 또 다른 초후적이 나타나 도격을 날린다.

그것을 막아내자 또 다음 초후적이, 그리고 또 다른 초후적이… 사방팔방에서 무수한 초후적이 나타나면서 폭풍 같은 기세로 몰아쳤다.

—이런 말도 안 되는……!

초후적이 전투를 지배하는 법칙, 연속성을 초월한다.

매번 위치가 바뀐다. 매번 기세가 바뀐다. 매번 박자가 바뀐다.

그것은 심안호창의 창술이 보이는 변화를 초월했다.

투콰콰콰콰!

심안호창의 몸이 난자당했다.

머리가 날아간다. 팔이 끊어진다. 몸통이 갈라진다. 다리가 부서진다.

—하, 하하하하하! 이게 인간의 무공이라고?

경악을 넘어 감동적이다.

그것은 병기수로 태어나 완성된 심안호창이라는 존재의 본위다.

흑영신의 사도로서는 분노해야 할 일이다. 죽고 죽이는 적이라는 입장에서는 격분해야 할 것이다.

그러나 그 쓰임의 극한을 추구하는 병기수로서의 본성은 감동하고 있었다.

—너는 정말 스스로의 말을 지키는 놈이로구나!

결국 초후적의 공격력이 심안호창의 재생 속도를 웃돌았다.

콰콰콰콰콰!

무참하게 파괴당한 심안호창의 존재가 흩어졌다.

"후……."

무극만상도를 거둔 초후적이 비틀거렸다. 지친 상태에서 너무 많은 힘을 소모한 반동이었다.

그는 진기 회복제를 꺼내서 단숨에 들이켜고는 빠르게 운기했다. 그리고 마계문을 파괴하기 위해 한 걸음 내디뎠을 때였다.

투학!

허공에서 창이 솟구쳐 그를 노렸다.

아슬아슬하게 막아낸 그의 앞쪽에서 멀쩡한 심안호창이 걸어왔다.

—과연. 방심 따윈 모른다는 얼굴이군.

"되살아나는 재주도 있었나."

심안호창이 큭큭거리며 웃었다.

—신기가 내게 또 한 번의 기회를 주었지.

"몇 번이든 죽여주마. 네놈의 신이 너를 포기할 때까지."

—그것도 좋겠지. 너와 싸우다 죽을 수 있다면 충분히 가치 있는 죽음일 것이다. 하지만 과연 네게 그런 힘이 남았는지 모르겠군.

되살아난 심안호창은 처음부터 전력을 다했다. 그가 수백 년에 걸쳐 완성한 대마수의 창술, 그 극의가 펼쳐진다.

초후적이 그와 격전을 펼치며 다시금 무극만상도를 펼칠 기회를 엿볼 때였다.

—컥?

갑자기 날카로운 검기가 심안호창의 등을 가르고 지나갔다.

—암습인가! 여기까지 올 기개 있는 동료가 있었던 모양이군!

몸을 둘로 분리하여 초후적을 뿌리친 그가 암습자를 덮쳤다.

투학!

하지만 상대는 그의 검을 유연하게 막아내면서 옆으로 빠져나갔다.

—너는 그때의 그 암습자!

심안호창이 상대의 정체를 알아보았다. 온통 검은 옷을 입고 검은 머리칼을 휘날리는 여검객, 가려였다.

—네 은신술은 확실히 대단했지. 하지만 그때처럼은 안 될 거다!

천두산 때, 가려는 심안호창과 싸우는 마곡정을 도와서 그를 궁지에 몰아넣은 바 있었다.

하지만 지금은 그때와는 상황이 다르다. 가려에게는 운룡기의 가호가 없으며, 심안호창은 신기를 품어 감각이 극대화되어 있다.

"…자네가 도와주러 올 줄은 몰랐다, 수성 호위대주."

초후적은 가려를 인상 깊게 기억하고 있었다. 그럴 수밖에 없었다. 과거의 신년 비무회에서 제자인 오랑의 경력을 한번 나락으로 떨궜던 인물이고, 또 몇 년 전 형운이 마곡정의 생존 소식을 알려주었을 때는 풍성 호위대의 경비를 농락하고 그의 앞에 오지 않았던가?

"되도록 빨리 끝내고 싶군요. 가능하겠습니까?"

가려의 무뚝뚝한 물음에 초후적의 눈이 조금 크게 떠졌다. 그는 자기도 모르게 실소하며 말했다.

"자네가 하기에 따라 달라질 것 같군."

"알겠습니다."

가려는 대답과 동시에 어둠 속에 녹아들어 갔다. 심안호창이 경악했다.

—지금의 내 감각을 피한다고?

신기로 강화된 감각을 피한다니 믿을 수가 없었다.

가려는 첫 암습이 실패한 시점에서 이미 답을 찾고 있었다. 혼자 깨달은 것이 아니다. 스승인 암야살예 자혼이 자신이 경험으로 얻은 지식을 물려주었다.

가려는 초후적의 존재감에 자신의 존재감을 겹쳤다. 그 뒤에 숨는 것이 아니다. 위장한 존재감을 포개어놓는 것으로 심안호창의 감각에 혼선을 일으키는 것이다.

'천부적이군. 그 외에는 표현할 말을 찾을 수 없어.'

이 은신술에는 초후적도 놀람을 금치 못했다.

가려의 전음이 들려왔다.

—마음대로 싸우십시오. 어떻게 싸우시든 맞춰 드리겠습니다.

오만하기까지 한 자신감이었다. 하지만 초후적은 그 말에서 조금의 허세나 과장도 느끼지 못했다.

그리고 초후적과 가려의 연계가 극적인 상승효과를 일으키며 심안호창을 압도할 때였다.

아아아아아아!

총단 한복판에서 넋을 잃을 정도로 아름다운 노랫소리가 울려 퍼지면서, 어둠 그 자체로 이루어진 거대한 날개가 펼쳐졌다.

제202장

암익신조(暗翼神鳥)

1

어둠이 하늘을 집어삼킨다.

본능적으로 세계의 변화를 느낀 짐승들이 겁에 질려 이리 뛰고 저리 뛰었다. 새들은 어둠을 피해 먼 곳으로 달아나려고 날개를 펼쳤다.

그러나 누구도 달아나지 못한다.

새가 나는 속도보다도 어둠이 확장되는 속도가 더 빨랐다.

삽시간에 하운국을 잠식한 어둠은 동쪽으로는 하운국과 구경을 맞댄 풍령국과 위진국의 하늘까지 나아갔다. 서쪽으로는 광운산맥을 넘어 야만의 땅이 어둠에 뒤덮였다.

어둠이 지배하는 하늘 아래, 세상의 이치가 어그러지기 시작한다.

곳곳에서 마계의 존재들이 모습을 드러냈다. 하지만 사람들은 그것을 알지 못했다. 어둠이 그들의 시야를 가렸기 때문이다.

겁에 질린 사람들은 어찌할 바를 모르며 저마다 섬기는 신에게 기원했다.

크게는 중원삼국의 수호신수들 같은 위대한 신부터 작게는 지방에 이름난 산신이나 강의 신 같은 작은 신들에 이르기까지, 수많은 신들을 향해 기원한다.

그러나 그들은 알지 못했다. 이 어둠 아래서는 흑영신을 제외한 그 어떤 신도 기도를 듣지 못한다는 것을.

2

전속력으로 성해에 도착한 한서우는 난장판이 되어가고 있는 성해 시내를 가로질렀다. 당장 눈앞에 보이는 이들이 죽어가는 것을 외면하지는 않았으나, 거기에 오래 붙잡혀 있지도 않았다.

예지가 그에게 경고해 왔기 때문이다.

하늘을 집어삼키는 어둠의 발생 지점, 성도의 탑으로 가야 한다고.

그곳으로 가서 흑영신교의 의도를 저지하지 못한다면 모든 것이 끝날 것이라고.

'이런 날이 올 줄이야.'

그는 과거에도 멸망의 재해를 마주한 경험이 있었다.

혼원교가 멸망하던 날, 만약 한서우가 그들을 쓰러뜨리지 못했다면 세상은 지금과는 다른 모습을 하고 있었을 것이다. 혼원교 최후의 발악은 그 정도로 위험한 계획이었다.

한서우가 느끼는 예지의 경고는 그때와 비슷할 정도로 강력했다. 혼원령은 인간 한서우가 감지하지 못하는, 세계의 본질적인 변화를 파악하고 있는 것이다.

"이제야 왔군."

황급히 성도의 탑에 도착한 한서우는 멈춰 설 수밖에 없었다.

성도의 탑 앞에는 격전의 흔적과 함께 처참한 몰골의 시신 백수십 구가 널려 있었고, 그 한가운데 한 남자가 서서 그를 기다리고 있었기 때문이다.

'별의 수호자의 성운검대.'

혼원령이 예지의 힘으로 한서우에게 이곳에서 있었던 일을 알려주었다.

심상경의 고수인 성운검대 부대주가 이끄는 성운검대가 이곳에서 결사의 방어전을 펼쳤다. 그러나 결국 무참하게 짓밟혀 전멸당하고 만 것이다.

"기다리고 있었다."

옥을 깎아 만든 듯 잘생긴 용모에 긴 흑발을 뒤로 묶은 남자였다. 한서우는 그의 외모가 예전에 본 흑영신교주와 흡사하다는 사실을 알아차렸다.

평범한 높낮이로 말하는데도 언제까지고 듣고 싶어지는, 노래처럼 아름다운 목소리를 가진 자.

흑영신교의 수호마수 중에서도 가장 격이 높은 존재, 한없이 신수에 가까운 대마수라 불리는 암익신조(暗翼神鳥)였다.

"하, 이것 참. 수문장치고는 정말 어마어마한 놈을 세워놨군 그래."

"영광으로 생각해라. 긴 세월 동안 살아왔지만 오늘만큼 인간 상대로 많은 힘을 쓰는 날이 없을 것 같으니."

대마수 암익신조의 본성은 그와 대극을 이루는 대영수 광령익조와 똑같다.

그의 본성은 그가 현계에 거하는 것을 용납하지 않는다. 저 아득한 천공을 날고, 날고, 또 날다가 힘이 다하면 지상에서 새로운 존재로 태어난다. 그리고 모든 것을 잊은 채로 자라나다가 본질을 각성하면 그때까지 형성된 자아는 파괴되고 다시금 암익신조로서의 삶을 반복한다. 영원히.

암익신조는 그 본성 때문에 활동에 크나큰 제약을 안고 있었다. 그렇기에 이 시대에는 활동을 최소한으로 줄이면서 힘을 비축해 왔다.

"오늘, 모든 것이 끝난다. 오늘에 와서야 나는 비로소 자유를 손에 넣었으니, 앞으로도 영원히 자유로우리라."

하늘을 집어삼키는 어둠 아래서, 암익신조는 자신의 본성이 영혼을 압박하는 힘이 약해져 감을 느끼고 있었다.

그가 흑영신의 수호 마수가 된 것은 아득한 신화시대부터 지배당한 운명으로부터 해방되고 싶어서였다.

교주가 성운단으로 자아내는 어둠이, 그리고 무수한 교도들의 희생으로 현계에 내려진 신기가 그를 자유롭게 한다. 그리고 오늘 승리함으로써 이 자유는 영원한 것이 되리라.

"그렇게는 안 돼."

한서우의 상태는 정상이 아니었다. 만마박사와의 일전으로 입은 타격을 완전히 회복하지 못했기 때문이다.

하지만 여기서 물러날 수는 없다.

설령 오늘이 그의 이야기가 끝나는 날일지라도, 싸워야만 한다.

'형운이 올 때까지 길을 열어놔야만 한다.'

한서우는 결사의 의지로 암익신조와 격돌했다.

3

만약 암익신조가 싸울 적이 한서우 혼자였다면 전투는 일방적으로 끝났을 것이다.

하지만 전투가 격렬해지기 시작했을 때, 한 사람이 난입했다.

귀혁이었다.

"결국 왔구나, 흉왕. 교주께서 예상하신 대로."

암익신조는 당황하거나 두려워하지 않았다.

그는 강한 상대에게 패배하는 상황을 두려워해 본 적이 없었다. 그가 두려워하는 것은 본성을 거스름으로써 짊어지게 된 업, 스스로의 활동 한계뿐이다.

과거 성지 토벌 때는 일찌감치 활동 한계에 부딪치는 바람에 퇴장해야만 했다. 그러나 오늘 이 자리에서는 사정이 달랐다.

"스스로를 변수라고 생각하겠지. 하지만 그 생각은 틀렸다. 너는 교주의 손바닥 위에서 춤출 뿐."

지금의 암익신조는 결판이 날 때까지 얼마든지 싸울 수 있다. 아무리 귀혁과 한서우가 힘을 합친다 하더라도 승리할 자신이 있었다.

"하물며 한 놈은 스스로를 다스리는 데 급급하고, 한 놈은 먼 길을 뛰어오느라 지쳐 있으니 말할 것도 없다."

귀혁은 암천동맹 때문에 미우성까지 갔다가 다시 성해까지 달려와야 했다. 그 거리를 단시간에 다녀왔다는 것 자체가 경이로운 일이기는 하나, 그렇다고 그가 지쳤다는 현실이 사라지는 것은 아니었다.

"어지간히 들뜬 모양이군. 쓸데없는 말이 많은 걸 보니."

귀혁이 비아냥거렸다.

그리고 귀혁과 한서우가 힘을 합쳐 암익신조와 격전을 펼쳤다.

암익신조는 인간의 모습으로도 살아 숨 쉬는 재앙이나 다름없었다. 신체 능력은 인간이 도달할 수 없는 힘과 속도를 구현했으며, 과거에 그였던 무수한 인간의 삶에서 비롯되는 무공과 술법이 그것을 극대화시켰다.

귀혁과 한서우도 그를 상대로 일진일퇴의 상황을 무너뜨릴 수가 없었다.

그런데 시간이 흐르자 또 한 명이 난입했다.

"두 분이 힘을 합쳐 싸우는 판에 손을 보태게 되다니, 이런 날이 올 줄은 상상도 못 했네요."

서하령을 본 암익신조는 놀라워했다.

"광령익조의 후손인가? 한 번쯤 보고 싶었지."

암익신조와 광령익조는 대극을 이루는 존재다. 그들이 서로 만나는 일은 수백 년에 한 번 있을까 말까 한 일이지만, 아무리 멀리 떨어져 있더라도 그들은 서로를 강하게 의식하고 있었다.

이번 세대에 암익신조와 광령익조는 모두 이변을 겪었다. 둘 모두 자식의 존재를 살려둔 것이다.

이것은 그들의 본성이 용서치 않는 일이었다.

"죽 궁금했다. 광령익조는 어째서 네 존재를 용서할 수 있었지?"

암익신조는 흑영신을 섬기고 가호를 받았기에 교주의 존재를 용인할 수 있었다. 그러면서도 본성이 일으키는 살의로 끊임없이 고통받아 왔고, 그것이 원래부터 짧았던 그의 활동 시간을 더욱 단축시켰던 것이다.

그런데 광령익조는 서하령을 지상에 내버려 두고 하늘로 올라가는 것으로 본성을 거슬렀다. 그리고 하늘에서 다시는 내려오지 않음으로써 서하령의 삶을 지켜주고 있었다.

서하령은 뜻밖의 질문에 잠시 생각하더니 대답했다.

"잘 모르겠어. 왜냐면 아빠랑 한 번도 이야기를 나눠보지 못했거든."

"너는 평범한 인간과 다르다. 광령익조의 일부지. 몸과 정신이 다를지언정 본질은 연결되어 있는데도 알 수 없단 말이냐?"

"응. 그러면 안 된다는 걸 아니까."

암익신조의 말대로 스스로의 본질을 일깨워 귀 기울여 보면 답을 알 수 있었을지도 모른다. 하지만 서하령은 그것이 스스로를 포기하는 것과 다름없다는 사실을 알았다.

"그저 믿을 뿐이야. 아빠가 나를 사랑했음을."

"사랑이라. 내 의문의 답으로는 너무나 빈약하구나. 너와 네 아비가 둘 다 인간이었다면 충분한 답이었을지도 모르겠지만, 네 아비는 광령익조다. 티끌 같은 인간의 마음이 그 거대한 본성을 거슬렀다는 말이 설득력이 있겠느냐?"

"인간의 마음이 티끌이라……."

서하령이 냉소하며 암익신조를 바라보았다.

"흑영신의 광신도다운 말이네. 대마수 암익신조, 실망했어."

"무슨 말이지?"

"당신은 한없이 신수에 가까운 존재라고 들었어. 하지만 결국은 똑같구나. 당신이 과거에 얼마나 위대한 존재였든 지금은 고뇌하다 지쳐서 신에게 머리를 맡긴 가축일 뿐이야."

"갑자기 궁금해지는군."

서하령의 도발에 암익신조는 화를 내는 대신 고개를 갸웃했다.

"너를 죽이면 광령익조를 만날 수 있을까?"

"어머, 그런 갈망을 갖고 있었어?"

"우리는 언제나 서로를 의식하지. 하지만 지금 이 욕망에는 명확한 의미가 있다."

"어떤 의미?"

"우리 모두가 본성으로부터 자유로워질 테니까. 너희가 살면서 숨을 쉬는 게 당연하듯, 존재하기에 당연했던 이 고통이 사라지고 나면 지금 내가 느끼는 욕망도 의미를 잃겠지. 그렇게 되기 전에 물어보고 싶군."

"무엇을?"

"네가 말한 답이 정답이었는지. 우리에게 있어 인간이란 우리가 재생을 위해 짧은 시간 동안 입는 위장용 옷에 불과하다. 그러나 그 옷을 입고 의태(擬態)한 동안만큼은 그것이 진실임을 의심하지 않지."

의심하는 순간, 의태도 끝난다. 암익신조와 광령익조는 수도 없이 그런 일을 반복해 왔다.

"그 삶을 진실로 믿는 동안만큼은 인간의 마음이 우리를 지배한다. 그러나 의태가 끝나 그 옷을 벗었을 때, 우리는 그것이 부질없는 백일몽이었을 뿐임을 알지. 그렇기에 인간의 마음은 옷에 달라붙은 티끌에 불과하다."

구구구구구구……!

갑자기 대지가 진동하기 시작했다.

"인간은 옷에 붙은 티끌 때문에 마음을 바꾸지 않을 터. 그런데 너는 그 티끌이 존재의 본질을 바꾸었다고 말한다. 나는 정말로 궁금하구나. 그런 일이 가능한 것인지."

한서우가 표정을 굳혔다.

"…온다."

귀혁이 피식 웃었다.

"이제야 본신을 보여줄 생각인가? 어지간히 비싸게 구는군."

마수도, 요괴도 인간으로 둔갑한 상태로는 결코 전력을 발휘할 수 없다.

암익신조 역시 마찬가지였다. 그가 전력을 다하는 것은 인간의 모습을 포기하고 본신으로 돌아갔을 때만 가능했다.

암익신조가 말했다.

"해묵은 습관이라 벗어나기가 어렵군. 좀 맞아서 위기 감각이 눈을 떠야만 결단을 내릴 수가 있어. 이제는 이럴 필요가 없는데도."

그 습관은 중원삼국이 건국되기도 전부터 형성된 것이다.

흑영신을 섬기고 수호마수의 지위를 받은 이후 줄곧 그는 활동 한계라는 족쇄를 차고 있었다. 본신으로 활동하면 인간 모습일 때와는 비교할 수 없을 정도로 빠르게 활동 한계가 찾아오고 만다.

장구한 세월 동안 그러했기에 암익신조의 의식에는 어지간해서는 본신으로 돌아가지 못하는 제동장치가 걸려 있었다. 그래서 이 자리에서는 그럴 필요가 없다는 것을 알면서도 인간 모습으로 싸우고 있었던 것이다.

"하지만 확실히 의태한 채로는 네놈들을 당해낼 수 없군. 정신 차리게 해준 것에 감사하지. 이제부터는 자유롭게 싸워주마."

지금까지도 귀혁과 한서우는 암익신조를 상대로 우세를 점하고 있었다.

암익신조는 엄청나게 빠르고, 엄청나게 강하다. 거기다 기술도 제법 뛰어난 편이다. 무공도 어느 정도 하는 데다 무극지경의 영능과 그것을 활용하는 술법까지 있다.

그를 상대하면서 귀혁과 한서우가 느끼는 것은 공격력 부족이었다.

귀혁과 한서우가 연계하니 공격을 계속해서 성공시키기는 한다. 하지만 암익신조의 여력이 너무나 커서 타격이 제대로 들어가지 않는다.

마치 거대한 호수에서 바가지로 물을 퍼내고 있는 기분이라고나 할까? 그것은 형운이 설산에서 대요괴 성하와 싸웠을 때 느낀 막막함과도 비슷했다.

후우우우우!

암익신조의 등 뒤에서 거대한 어둠의 날개가 솟구쳤다.

그리고 광풍이 일면서 그의 모습이 급격하게 변해가기 시작했다.

"크다……!"

서하령이 놀라 눈을 크게 떴다.

인간의 모습이 새의 모습으로 변해간다.

그러나 그 날개는 새의 것이라고 하기에는 너무나 거대했다. 어둠 그 자체로 이루어진 두 장의 날개가 좌우로 펼쳐지자 총길이가 150장(약 450미터)에 달했으며, 그 한가운데는 부리부터 발톱까지 온통 새카맣고 덩치가 산처럼 거대한 새가 지상을 굽어보고 있었다.

'아.'

서하령은 그 모습을 보며 과거의 기억을 떠올렸다.

그녀의 아비, 서준비가 광령익조의 모습으로 울부짖던 그 순간을.

본성으로부터 비롯된 서하령에 대한 무한한 살의와 필사적으로 맞서 싸우던 아비의 모습은 영원히 잊을 수 없는 기억으로 남았다.

그리고 지금, 서하령은 기억 속의 한 장면을 어둠으로 덧칠한 것 같은 광경을 보고 있었다.

콰콰콰콰콰콰!

성도의 탑을 중심으로 어둠의 폭풍이 휘몰아쳤다.

"뚫어!"

한서우는 피하라고 경고하지 않았다.

왜냐하면 피할 곳이 없었기 때문이다. 어둠의 폭풍이 거대한 해일처럼 주변을 휩쓸고 있었다.

귀혁과 한서우가 동시에 움직였다.

……!

그리고 두 사람으로부터 쏘아진 섬광과 어둠의 궤적이 한 지점에서 교차하면서 만상붕괴를 일으켰다.

'심검? 아니…….'

서하령은 놀랐다.

두 사람이 심상경의 절예를 펼치면서 그 위력을 극소 범위에만 적용되도록 줄였고, 그 결과 만상붕괴도 최소한도로 축소되었다는 것 때문만은 아니었다.

한서우와 귀혁은 둘 다 권사다.

권사가 도달하는 심상경의 형태, 무극의 권은 몇 가지 제약 조건을 안게 되는데 그중 가장 큰 것은 바로 전신을 기화한다는 점이다.

심검을 펼칠 때 검의 일부만을 기화할 수 없듯 무극의 권을 펼칠 때 몸의 일부만을 기화할 수는 없다. 기화와 육화에는 그 대상에 대한 절대적인 인식이 필수였으니까.

그런데 지금 두 사람은 기화하지 않았다. 그러면서도 심검이 아닌 무극의 권을 펼쳤다.

'진기를 육신과는 별개의 무언가로 인식함으로써, 심검에 가까운 형태로 무극의 권을 펼친 거야.'

성운의 기재인 서하령은 곧바로 만상붕괴 속으로 뛰어들면서도 그 과정을 이해했다.

귀혁과 한서우의 인식은 서하령의 그것을 한참 앞서가고 있었다. 심상경의 절예를 다른 모든 기술과 동격으로 인식하고 다루는 그들의 발상에는 한계가 없었다.

아아아아아아!

극지적 만상붕괴로 어둠의 폭풍을 돌파하는 순간, 넋을 잃을 정도로 아름다운 노랫소리가 울려 퍼졌다.

4

이상한 일이다.

음량이 일정한 수준을 넘어버리면 그 자체로 거대한 폭력이 된다. 그 소리가 어떤 음색을 노래하는지 따위는 전혀 고려의 대상이 될 수 없는, 굉음이 되어버리는 것이다.

그런데 암익신조의 노랫소리는 천둥소리조차 뛰어넘는 압도적인 음량을 자랑하면서도, 동시에 그것을 듣는 자가 아름답다고 느끼게 만들었다.

아름다운 굉음(轟音).

그런 것이 존재할 리가 없다. 그런데 지금 울려 퍼지는 소리는 바로 그것이었다.

'의념이야. 의념의 힘이 이치를 초월하는 거야!'

암익신조의 노래는 그 자체로 무극지경의 영능이다. 그것은 인간이 당연하게 인식하는 이치를 초월한다.

압도적인 음량에 사물이 견디지 못하고 부서져 간다. 생명체들이 죽어간다. 인간도 예외가 아니다.

그러나 그 죽음에 고통은 없다.

모두가 자신을 파괴하는 소리의 아름다움에 넋을 잃는다.

그것은 더없이 아름다운 파괴다.

행복한 죽음이다.

'처음부터 모두가 바라는 것을 지닌 존재. 암익신조야말로 그런 자였어.'

서하령은 청해군도에서 만난 노래하는 자들을 떠올렸다.

그들은 아름다운 노래를 부를 자질을 타고났다. 그렇기에 그것을 존재의 본령으로 삼고 더 아름다운 노래를 추구했으며, 그로써 영격을 높여갔다.

아마도 암익신조야말로 그들이 추구하는 궁극적인 도달점이리라.

죽음과 파괴조차도 아름다운 노래로 바꿔 버리는 자.

요마군도의 천요군이 오랜 세월 동안 갈망했던 것을, 암익신조는 처음부터 갖고 있었다.

그들이 추구하는 궁극은 이미 현실에 존재하고 있었던 것이다.

'하지만… 그렇다 하더라도 그저 하나의 꼭대기일 뿐.'

서하령이 감탄을 몰아내고 투지를 불태웠다.

분명 저것은 노래하는 자들이 꿈꾸는 궁극적 도달점이다.

하지만 그뿐이다. 노래하는 자들이 추구해 온 가능성은 무궁무진하며, 따라서 그 세계의 정상은 하나에 그쳐서는 안 된다.

—한 번 더!

한서우가 비명처럼 외쳤다.

암익신조의 노래는 그 자체로 폭풍이었다. 음파와 의념의 격랑은 버텨내는 것만으로도 어마어마한 힘을 필요로 했다.

……!

다시금 귀혁과 한서우가 국지적 만상붕괴를 일으켰다.

그 속으로 뛰어들면서 한 걸음 전진한다.

아아아아아아…….

암익신조의 노래가 잦아들어 간다.

하지만 끝나는 것이 아니다. 폭풍 같은 기세가 사그라들었을 뿐 노래는 계속되었다. 그 소리에 실린 의념이 주변을 짓눌렀다.

후우우우우!

그리고 암익신조가 한 번 날갯짓을 하는 것만으로도 태풍이 휘몰아친다. 파괴된 건물들이 무너지면서 사방으로 돌비가 날렸다.

성도의 탑 위로 솟구친 암익신조가 그들을 굽어보는 가운데, 만상붕괴로 흩어졌던 어둠이 다시금 파도처럼 밀려오고 있었다.

“노래와 어둠, 둘 다 무극지경의 영능이다. 날개로 일으키는 바람은 규모는 광범위하지만 질적으로는 무극지경에 도달하지 않았군. 어둠의 힘은 흑영기와 비슷해. 똑같지는 않지만, 이 어둠 속에서는 효과가 극대화되고 있어.”

귀혁이 일월성신의 눈을 발현시켜 암익신조의 힘을 파악했다.

놀라운 일이다. 아무리 대마수라지만 무극지경의 영능을 두 개나 갖고 있다니?

‘그런데 놀랍지가 않군. 제자가 워낙 잘나서…….’

귀혁은 그렇게 생각하며 실소하고 말았다.

암익신조가 발하는 어둠은 ‘모든 것’의 활동을 둔화시킨다. 일반인은 저 어둠에 사로잡히면 처음에는 몸을 움직일 수 없게 될 것이고, 다음으로는 사고 활동이 멈출 것이며, 마지막으로는 본능조차 침묵하며 생명 활동조차 정지해 버릴 것이다.

그런 어둠이 암익신조를 중심으로 반경 수천 장에 걸쳐 펼쳐진다. 상상을 초월하는 규모였다.

아아아아아아!

암익신조가 재차 부리를 벌리며 노래했다. 아름다운 소리의 해일이 주변을 강타하면서 바닥이 터져 나가고 건물이 부서져 날아갔다.

"크……!"

세 사람은 국지적 만상붕괴를 이용해서 최대한 효율적으로 공세를 방어했다. 하지만 만상붕괴에 의존하는 동안은 그 효과 범위 밖으로 나갈 수가 없기에 암익신조에게 접근할 수도 없었다.

'더 멀어지진 않는군.'

암익신조는 성도의 탑 위쪽 하늘을 점유하고 있었다. 하지만 더 멀리 날아가지는 않고 그곳에서 소리와 어둠으로 세 사람이 있는 지점을 폭격했다.

'아마도 이유는 두 가지.'

하나는 암익신조의 역할이 성도의 탑을 오르지 못하도록 하는 수문장이라는 것.

'또 하나는 더 멀어지면 우리를 저지하지 못할 거라고 보기 때문이겠지.'

암익신조의 권능은 실로 어마어마하다. 한번 노래할 때마다 수백 장이 초토화되고 수백 리 저편까지 의념의 파동이 영향을 미칠 정도니 움직이는 천재지변이라고 할 만하다.

그러나 그럼에도 암익신조는 귀혁, 한서우, 서하령을 상대로는 방심해서는 안 된다는 사실을 안다. 만약 더 거리를 벌린다면 그만큼 이들에게 미치는 영능의 힘이 약해지게 되고, 결국 공략당할 틈을 제공하고 말 것이다.

성도의 탑 위쪽, 지금 일행이 있는 곳에서 대각선으로 400장(약 1.2킬로미터)에 달하는 거리가 그가 생각한 경계선이다.

"노래로 꺾어야 해요."

그때 서하령이 말했다.

귀혁과 한서우의 시선이 자신을 향하자, 그녀가 말을 이었다.

"다른 어떤 수단보다도 그렇게 하는 것이 치명적인 타격을 줄 수 있어요."

영수, 마수, 요괴는 언뜻 인간과 비슷해 보이지만 본질적으로 다른 존재들이다.

인간도 삶을 지배하던 숙원이나 신념이 꺾이면 생존 의지를 잃어버릴 정도로 충격을 받을 때가 있다. 영수, 마수, 요괴의 경우는 그 여파가 훨씬 심하다.

노래하는 자들에게 있어서 노래는 단순한 도락이 아니다. 그들은 노래하기 위해 살며, 노래하기에 산다.

노래는 그들의 목숨이었고, 영혼이었으며, 존재를 바쳐 이뤄야만 하는 것이었다.

그리고 암익신조는 노래하는 자의 정점이다.

되고자 해서 그렇게 된 것이 아니다. 그는 이 세상에 나와 처음 눈을 뜨는 순간부터 그랬고 지금까지 죽음과 재생을 반복하면서도 언제나 그래왔다.

그는 아마도 그가 타고난 것을 얻고자 평생을 다해 노력하는 자들의 갈망을 이해할 수 없을 것이다. 왜냐하면 노력할 필요가 없었으니까.

하지만 그런 그도 노래하는 자의 업에서 자유로울 수는 없다.

노래는 그의 본질이다. 태어나서 지금까지 한 번도 더 나은 노래를 갈망하며 노력해 본 적이 없다면, 자신의 노래가 다른 노래에 꺾이는 상황을 상상조차 해보지 못했으리라.

'그런 위협을 느끼게 한 것은 아마도 광령익조뿐.'

오직 그와 대극을 이루는 광령익조만이 그 대상이 될 수 있었을 터.

그러니까 여기서 노래로 꺾어야 한다.

차라리 힘으로 밀린다면 모를까, 인간에게 노래로 꺾이는 상황을 상상조차 해본 적 없는 암익신조를 노래로 꺾는다면 그 본질을 뿌리째 흔들 수 있으리라.

—재미있는 이야기를 하는군.

암익신조는 그들의 대화를 듣고 있었다. 애당초 서하령이 전음이 아니라 육성으로 말한 것도 그가 들으라고 한 짓이었다.

과연 노래하는 자가 이 도전을 회피할 수 있을까?

그것도 태어나서 지금까지, 인간이 역사를 기록하기 전의 고대부터 최고가 아니었던 적이 없는 암익신조가?

'물론 무시할 수도 있겠지.'

다른 인물이 도전했다면 하잘것없는 망발이라며 무시할 수도 있었을 터.

하지만 서하령이 광령익조의 자손이기에 암익신조는 그녀를 특별한 존재로 의식하고 있다.

—광령익조의 딸, 너의 존재는 분명 기적이지. 하지만 과연 인간의 목소리로 내 노래에 맞설 수 있다고 보느냐?

"당신의 노래는 분명 노래하는 자들이 꿈꾸는 이상(理想)이야. 많은 인간이 추구하는 경지가 자연현상의 재현이듯, 당신의 노래는 노래하는 자들이 갈 길을 제시해 주는 현상일 거야."

자연에서 노래의 우열은 타고난 것으로 결정된다.

종(種)이 무엇인가, 어떤 부모에게서 태어났는가, 얼마나 풍족한 환경에서 자라났는가.

그러나 노래하는 자들의 노래는 거기서 그치지 않는다.

인간도, 영수도, 마수도, 요괴도 모두 타고난 것으로 만족할 줄 모르는 자들이다.

특히 영수, 마수, 요괴는 존재 자체로 영격을 높여 지고한 경지에 달해야만 하는 숙업을 짊어졌다. 따라서 그들의 현재는 타고난 것으로 결정되지 않는다. 그들의 노래는 살아온 역사의 집대성이다.

"한 번도 정상을 올려다봐야 하는 아래쪽에 서본 적이 없는 너는 모를 거야. 언제나 당연한 듯 똑같이 노래해 왔을 뿐. 내가 지닌 노래와 다른 것, 보다 나은 것을 갈망하며 노력해 본 적이 있어?"

—없다.

암익신조가 단언했다.

—내 노래는 그 자체로 지고한 것. 이와 동격은 존재하지만 이보다 아름다운 노래는 존재하지 않는다. 따라서 더 나은 노래를 추구하는 것에는 아무런 의미가 없다.

실로 광오한 말이다. 하지만 신화시대부터 지금까지 한 번도 정점이 아니었던 적 없는 자의 말은 진리나 다름없었다.

문득 서하령은 광령익조의 노래를 떠올렸다.

부친과 영원히 이별하던 그날, 서하령은 세상에서 가장 아름다운 노래를 들었다.

영원히 잊을 수 없는 그 노래는 암익신조와 노래와 마찬가지로 아름다운 굉음이었다. 본질만을 본다면 둘의 노래는 똑같다. 그러나 그 노래를 이루는 목소리가 다르기에 그 노래는 하나가 아니라 둘이었다.

그렇기에 서하령은 확신할 수 있었다.

그녀의 생애에 경험한 두 번의 궁극의 노래가 똑같지 않은 이상 정상은 하나가 아니다. 결코 그럴 수 없다.

"때로 사람이 품은 이상은 실재할 수 있는 것을 넘어서 버려."

존재하는 것만을 이상으로 삼지 않는다. 실현할 수 있는 것만을 이상이라고 하지 않는다.

때로 이상은 몽상이라고 조롱받고, 망상이라고 격하당한다. 세상에 존재하는 억만 가지 이상 중 실현되는 것은 고작해야 한 손으로 헤아릴 정도로 적을 터.

"그럼에도 더 나은 것이 있다고 믿는 것이 이상을 추구하는 자의 사명이야. 암익신조, 노래하는 자로서 당신의 말이 틀렸음을 증명하겠어."

ㅡ좋다. 광령익조의 말예. 하지만 그 전에 나와 노래로 싸울 자격이 있음을 증명해야 할 것이다.

암익신조가 크게 날갯짓을 하자 폭풍이 휘몰아쳤다. 수천 장 일대를 휘감는 용권풍이 그들을 덮친다.

콰콰콰콰콰!

무극지경의 영능이 아니라고는 하나 그 규모만으로도 재난이다. 인간은 그 앞에서 살아남는 것만으로도 초인일 것을 요구받는다.

—유성무극검(流星無極劍)!

귀혁이 기의 물질화로 검을 소환해서 심검을 펼쳤다. 일순 빛의 궤적이 용권풍을 잘라서 어긋나게 하고…….

—묵성(默性)!

한서우가 기맥의 진기 일부만을 무극의 권으로 발했다. 어둠의 궤적이 심검의 궤적과 교차하면서 재차 만상붕괴가 터졌다.

소리가 사라지고, 색이 사라지고, 사물의 윤곽조차 무너지며 혼돈이 모든 것을 지배한다.

암익신조 역시 상처 입은 세계가 내지르는 의념의 격류에 휘말렸다.

—하찮군. 몇 번이나 이 수법으로 버틸 생각이지?

그러나 개의치 않는다. 암익신조의 거대한 날개가 활짝 펼쳐지면서 노래가 울려 퍼졌다.

아아아아아아!

한서우가 경악했다.

'만상붕괴를 거스른다고?'

암익신조가 일으킨 폭풍과 어둠은 만상붕괴에 밀려 흩어졌다.

그런데 노래만은 사라지지 않는다.

분명 만상붕괴가 발생하면 가장 먼저 사라지는 것이 소리인데도, 암익신조의 노래는 만상붕괴를 이겨내며 울려 퍼지고 있는 것이다.

만상붕괴 속에서도 현상은 존재할 수 있다. 다만 1의 현상을 일으키기 위해 100의 힘이 소모될 뿐이다.
그리고 암익신조의 노래에는 그 이상의 힘이 있었다.
'절대적인 소리.'
서하령도 이 위력 앞에서 전율하고 말았다.
그 어떤 변화 속에서도 흐트러지지 않는 절대적인 가치.
암익신조의 노래는 바로 그것이었다.
천 번을, 만 번을, 억 번을 불러도 똑같다. 부를 때마다 결코 퇴색하지 않는 아름다움을 구현한다.
'부족해.'
귀혁과 한서우는 암익신조가 발하는 소리의 격류를 방어해 냈다. 둘은 수십 번이라도 그럴 수 있는 사람들이며, 거기에서 만족하지 않고 암익신조를 타격할 방법도 찾아낼 것이다.
하지만 그것만으로는 부족하다.
좀 더 많은 힘이 필요하다. 그녀가 암익신조와 노래로 겨루는 데만 전념할 수 있는 상황을 만들어줄 힘이.
―설산영도(雪山靈刀)!
한 차례 버티어낸 순간, 빛보다 빠르게 공간을 가로지른 순백의 궤적이 암익신조를 가르고 지나갔다.
콰콰콰콰콰!
그 궤적으로부터 빙설이 폭포수처럼 쏟아져 나와 암익신조의 머리를 얼음덩어리로 만들어 버렸다.
"너무 늦은 거 아니야?"
서하령이 뒤를 돌아보며 새초롬하게 물었다.
백발을 휘날리는 마곡정이 머리를 긁적이며 말했다.

"미안. 오는 길에 막아서는 놈들이 한둘이 아니더라고. 뚫고 오는 데 좀 시간이 걸렸어."

"부족하던 것이 하나 더 채워졌군."

한서우가 씩 웃었다.

5

서하령은 마곡정에게 상황을 설명하는 대신 요구했다.

"공격은 됐어. 빙백무극지경의 권능으로 성가신 바람이랑 어둠 좀 막아봐."

"난 형운처럼 넓게 펼치는 재주가 없는데……."

마곡정이 투덜거리면서도 영능을 펼쳤다. 그는 인간의 모습을 한 대영수였지만 영능을 다루는 데 있어서 규모를 키우기보다는 집중해서 다루는 것에 더 능했다.

하지만 그것도 어디까지나 그가 지닌 영력에 비해 그렇다는 뜻이다. 주변이 동토로 화하면서 눈보라가 휘몰아치기 시작했다.

콰지직!

암익신조의 머리를 뒤덮었던 얼음이 깨져 나가면서 어둠이 해일처럼 달려들었다.

눈보라가 어둠을 막아낸다.

농담 같은 이야기다. 현실적으로 둘은 그냥 같은 공간에 혼재해야 한다.

하지만 그 둘이 모두 무극지경의 영능으로부터 비롯되었으며, 서로를 배제하려고 한다면 이야기가 다르다.

쿠구구구구구구구!

하늘을 집어삼킨 어둠이 드리운 자연스러운 어둠 아래서, 파도치는 어둠과 눈보라가 충돌하며 공간이 진동했다.

"으윽! 제, 젠장! 설경보다 더하잖아!"

마곡정이 이를 악물었다. 그는 빙백무극지경의 권능을 한정된 지역에 고밀도로 펼쳐서 영능의 성채를 구축했다. 그런데 암익신조의 어둠은 성벽 그 자체를 무너뜨릴 것처럼 어마어마한 압력을 발휘하고 있었다.

퍼퍼퍼퍼퍼펑!

암익신조는 폭풍과 어둠으로 압박한 채로 재차 노래할 생각이었다.

그러나 귀혁과 한서우가 보고만 있지 않았다. 긴 목과 날갯죽지에서 날카로운 기운이 폭발하면서 몸을 뒤흔들었다.

마곡정이 합류하면서 둘에게는 상당히 여유가 생겼다. 그리고 그들은 200장 넘게 떨어진 상황에서도 얼마든지 암익신조를 타격할 수단이 있었다.

서하령이 말했다.

"이대로 전진해야 해. 적어도 탑까지의 거리를 이 반절로 좁혀야 승산이 있어."

"무슨 소린지 모르겠지만… 뭐, 누나가 그렇다면 그렇겠지!"

마곡정이 눈을 부릅떴다. 푸른 눈동자가 빛을 발하고, 백발이 미친 듯이 휘날리면서 빙백무극지경의 영역이 그 형태를 변화시켰다.

본래 마곡정이 구축한 영역은 원형이었다. 그것이 외부의 압력에 대항하기 가장 좋은 형태였으니까.

그런데 이제 앞뒤가 뾰족한 타원형으로 변한다. 물살을 가르는 물고기처럼 압력을 가르고 전진하기 위한 형태였다.

'역시 곡정이야. 이런 건 형운은 못 하지.'

서하령이 감탄했다.

권능의 질과 규모, 양쪽에서 형운이 마곡정을 앞선다. 하지만 이런 감각적인 활용은 형운에게는 기대할 수 없는 것이었다.

그들은 한 걸음, 한 걸음 성도의 탑을 나아가기 시작했다.

—재미있군. 내 노래만 막으면 이 앞까지 도달할 자신이 있다는 건가?

암익신조는 귀혁과 한서우의 공세로 노래를 방해받으면서도 웃고 있었다.

두 사람이 이 먼 거리에서 그를 타격하는 기술은 하나하나가 감탄할 수밖에 없는 절예들이다. 하지만 기술의 대단함에 비해 그것으로 이루는 성과는 실로 소소하다. 암익신조는 노래를 방해받을 뿐, 전혀 타격을 입지 않았으니까.

심지어 마음만 먹으면 노래도 얼마든지 할 수 있다. 위로 날아올라서 거리를 벌리면 그만이다. 그저 성도의 탑을 사수한다는 전술적 목표 때문에 그러지 않을 뿐.

—그렇다면 시험해 봐라. 그 판단이 옳았는지를!

순간 마곡정은 자신에게 가해지는 압력이 한순간에 줄어드는 것을 느꼈다.

암익신조가 어둠으로 그를 짓누르기를 그만두었다.

아아아아아아아아!

대신 어둠으로 스스로를 보호하여 귀혁과 한서우의 공격을 막아내고, 여유롭게 노래를 불렀다.

'어, 엄청나……!'

마곡정은 여기까지 오는 동안, 멀리 떨어진 곳에서만 암익신조의 노래를 들었다. 그러면서도 그 위력에 전율을 금치 못했다.

그런데 이 자리에 와서 들으니 혼비백산할 지경이다.

"크악! 제기랄!"

마곡정의 입에서 비명이 나왔다.

어둠의 해일을 가르던 빙백무극지경의 영역이 노래를 버텨내지 못한다. 그가 구축한 권능의 성벽이 급격하게 깎여 나갔다.

"괜찮아?"

비틀거리는 그를 서하령이 부축하며 물었다.

"두, 두 번……."

"두 번?"

"아마 앞으로… 두 번까지는 더 버틸 수 있을 거야."

마곡정은 안색이 창백해져 있었지만 그러면서도 눈동자는 투지로 불타오르고 있었다.

귀혁이 말했다.

"나도 방어에 전념하지."

광풍혼과 빙백무극지경의 권능은 궁합이 좋다. 큰 상승효과를 기대할 수 있을 터였다.

'부족해.'

서하령이 입술을 깨물었다.

암익신조가 노래할 때마다 마음이 꺾일 것만 같다.

과연 자신이 생각한 것이 옳았을까? 이 방법으로 암익신조를 꺾을 수 있을까?

불확실한 도박을 걸기보다는 차라리…….

"믿어라."

흔들리는 그녀에게 묵직한 한 마디가 들려왔다. 흠칫 놀란 그녀의 눈에 보인 것은 귀혁의 등이었다.

그녀를 구원해 준 사람의 등. 그 후로 한결같이 저 등을 따라서 여기까지 왔다.

"넌 할 수 있다."

"……."

귀혁은 돌아보지 않고 말했다. 하지만 그 목소리에 실린 굳건한 신뢰에 서하령은 마음속에서 자라나던 불안이 온데간데없이 흩어져 버리는 것을 느꼈다.

'해낼 거야.'

서하령의 눈이 다시금 총기로 빛났다.

'몇 번이나 들었어. 이제는 알아.'

암익신조의 노래를 벌써 몇 번이나 들었다. 그럴수록 확신은 깊어져 갔다.

암익신조는 노래로 싸워본 경험이 거의 없다.

물론 흑영신교의 수호마수이니 전투 경험 자체는 풍부할 것이다. 하지만 그것은 노래하는 자의 싸움이 아니다. 설령 노래하는 자와 적대했더라도 그는 유의미한 경험치를 얻지 못했으리라.

왜냐하면 고민할 필요도, 궁리할 이유도 없기 때문이다.

암익신조의 노래는 완전무결하다. 아름다움도, 영능의 격으로도, 그리고 천재지변 그 자체인 위력마저도.

따라서 암익신조에게는 기교가 없다.

완급도 없다.

상황에 맞춰 부른다는 개념조차 없다.

그저 노래할 뿐이다. 신화시대부터 지금까지 한결같이 완전무결한 노래를.

그리고 암익신조에게 있어서는 싸움에 임하여 노래를 시작하는 순간이 곧 승리를 거머쥔 순간이었을 것이다. 광령익조가 아닌 한 그 어떤 노래하는 자도 그의 노래 앞에 압살당하는 운명을 피할 수 없었을 테니까.

쿠콰쾅! 콰콰콰콰쾅!

암익신조의 날개가 폭풍을 일으키는 가운데, 무수한 공격 술법이 펼쳐지면서 지면을 폭격한다.

어둠의 영능을 방어용으로 돌린 암익신조가 술법으로 공격해 오기 시작한 것이다.

"흥! 이젠 잔재주를 부리기로 했나?"

귀혁의 광풍혼과 마곡정의 빙백무극지경의 권능이 융합되면서 설풍결계(雪風結界)를 형성한다.

그 밖에서 날아드는 공격 술법은 결계에 직격하지도 못했다. 전부 다 귀혁과 한서우가 기공으로 궤도를 비틀어 버렸기 때문이다.

그러나 단 하나, 암익신조의 노래만은 어쩔 수 없다.

아아아아……!

암익신조의 목소리가 고조되는 순간이었다.

—운화(雲化) 광풍노격(狂風怒擊)!

갑자기 암익신조의 눈앞에 빛의 구슬이 나타났다. 그리고 그것이 무엇인지 인지하기도 전에 대폭발이 공간을 집어삼켰다.

콰콰콰콰콰콰……!

그리고 폭발에 뒤흔들리는 어둠을 뚫고, 푸른 섬광을 두른 한 남자가 하늘을 날았다.

"형운!"

주변에 빛이 연이어 번쩍하면서 수십 자루의 얼음검이 나타났다.

형운이 양손에 얼음검을 쥐더니 좌검(左劍)을 휘둘러 심검을 펼쳤다.

—광풍무극검(光風無極劍)!

빛의 궤적으로부터 무시무시한 풍압이 터졌다.

콰아아아아앙!

마치 광풍혼을 응축했다가 일거에 해방시킨 것 같은 폭발이었다.

그 풍압이 폭풍으로 화하기도 전에 형운이 우검(右劍)을 휘둘렀다.

—폭령검(爆靈劍)!

궤적을 따라 열파가 폭발했다. 고도로 압축시킨 기공파가 폭발한 것처럼!

콰콰콰콰콰콰……!

뒤이어 형운이 대폭발 너머를 폭격하기 시작했다. 혼원의 마수조차도 압살해 버린 기공파의 호우(豪雨)였다.

'이대로 떨어뜨린다!'

완벽한 기습이었다. 이대로 난타하면서 결정적인 위력을 지닌 강타를 몇 번 넣어서 지상에 떨어뜨리기만 하면 승리할 수 있으리라.

아아아아…….

그때 폭음을 뚫고 꿈결처럼 아름다운 소리가 들려왔다.

서하령의 다급한 경고가 날아들었다.

—형운, 온 힘을 다해서 막아!

동시에 소리가 폭발했다.

아아아아아아아아!

아름다운 굉음이 울려 퍼졌다.

만상붕괴마저 거슬러 버리는 그 소리의 해일이 모든 것을 휩쓸었다.

폭발의 충격파도, 휘몰아치는 열파와 광풍도, 그리고 형운이 쏘아내는 기공파의 호우마저도!

"크윽……!"

아름다움의 극치가 지나간 자리에는 무참한 파괴의 흔적만이 남았다.

'직격당했으면 증발했겠군.'

아슬아슬한 순간, 무극감극도로 거리를 벌림과 동시에 빙백무극지경의 방어를 펼쳤기에 살았다. 직격당했다면 그대로 소멸해 버렸을지도 모른다.

—선풍권룡, 네놈마저 왔는가. 교주의 염려가 들어맞았군.

"암익신조, 대단하다 대단하다 말은 들었지만 정말 명불허전이군."

—교주는 네놈을 운명의 대적자라 말했지. 우리가 준비한 모든 것을 뚫고 기어이 여기까지 오더라도 놀라지 말라고. 그럼에도 놀람을 금할 수 없구나.

암익신조는 감탄과 흥미를 담아 형운을 보고 있었다.

"죽… 겠군……."

마곡정은 정신이 아득해지는 것을 가까스로 버티고 있었다.

형운이 난입한 덕분에 처음 목표로 했던 거리까지 접근하는데 성공했다. 하지만 또 한 번의 노래를 막아내는 것만으로도 마곡정은 정신이 가물가물해질 지경이었다.

"한 번은, 더……."

"혼자 버틸 필요 없어."

운화로 일행과 합류한 형운이 마곡정을 부축하고 진기를 불어넣어 주었다. 그러자 마곡정은 가물가물하던 의식이 다시금 명료해지는 것을 느꼈다.

귀혁이 형운을 흘끔 보더니 말했다.

"역시 저 어둠이 골치 아프구나."

"예. 완벽한 기습이었는데 제대로 안 들어가는군요."

두 사제는 일월성신의 눈으로 포착한 정보를 빠르게 공유했다.

암익신조는 어둠을 방어로 돌렸다. 수천 장을 뒤덮었던 어둠 전부를 거둔 것은 아니지만, 암익신조 주변을 두른 어둠의 밀도는 어마어마했다. 형운이 쏘아낸 기공파 호우조차도 어둠에 닿는 순간부터 속도가 둔화되어서 암익신조에게 도달하기까지 상당히 시간이 지체되어 버렸다.

"하지만 타격이 안 들어간 것은 아니다. 때리려면 얼마든지 때릴 수 있겠군."

심상경의 절예라면 저 어둠을 뚫고 본체를 타격할 수 있다. 하지만 그 공격에 투자되는 진기와 정신력을 생각하면 수지타산이 맞지 않는다.

"시도해 볼 만한 것들이 있기는 하지만… 일단은 하령이에게 맡겨보는 게 낫겠지."

"뭘요?"

"하령이가 노래로 꺾을 것이다."

그 말에 형운이 놀라서 서하령을 바라보았다. 서하령이 코웃음을 쳤다.

"노래에만 전념하게 주변이나 깨끗하게 치워줘. 그런 일에는 네가 천하제일이잖아?"

"사람을 청소부 취급 하냐?"

형운은 투덜거리면서도 천공흡인을 펼쳤다. 그러자 암익신조가 술법을 펼치기 위해 배치해 두었던 영력은 물론이고 주변을 잠식했던 어둠의 기운, 그리고 마기까지도 형운에게 빨려 들어가기 시작했다.

암익신조가 놀랐다.

—역시 터무니없는 놈이구나. 그러나 내 노래는 어쩔 수 없을 것이다.

"걱정하지 마. 그건 내 몫이니까."

서하령이 앞으로 나섰다. 암익신조는 날개를 펼치고 성도의 탑 위를 한 바퀴 휘돌면서 물었다.

—거기에서라면 네 노래가 내게 닿으리라 보는 것이냐?

서로의 대각선 거리는 120장(약 360미터).

이것이 서하령이 반드시 여기까지는 좁혀야 한다고 판단한 거리였다.

암익신조는 수백 리 저편까지 도달하는 성량을 지녔다. 천둥소리조차 넘어서는 그 음량에 음량으로 맞서는 것은 애당초 고려 대상이 아니었다.

그러나 어떤 기교도 그것을 성립시킨 힘이 없이는 무의미하다.

서하령의 힘과 기술, 양쪽을 종합했을 때 이 거리까지 접근하지 않으면 암익신조에 대한 도전이 성립할 수가 없었다.

라아아아아…….

서하령이 낮게 노래하기 시작했다.

그리고 서하령의 주변에 파도치듯 투명하게 일렁거리는 기검들이 떠오른다. 그것은 검의 형상을 하고 있으되 서하령이 원하는 소리를 내기 위한 악기였으며 또한 증폭기였다.

소곤소곤.

동시에 한서우의 주변에서 새카만 그림자 같은 형체들이 일어났다. 혼원령이 만들어낸 형체들이 불길하게 속삭이기 시작한다.

서하령이 만들어낸 수십의 기검이 그 형체들의 주변에 포진, 그들의 속삭임을 증폭시킨다.

그 증폭량은 터무니없을 정도로 컸다. 고작 수십이 속삭일 뿐인 소리가 폭풍을 거슬러 암익신조의 귀에 닿을 정도로.

—호오.

암익신조가 흥미를 드러냈다.

그는 당장에라도 노래할 수 있었다. 그러나 그러는 대신 서하령과 한서우가 하는 것을 지켜보았다.

노래하는 자들의 정상에 선 절대자의 자존심이 서하령의 도전을 받아들이게 만든 것이다.

—준비는 끝났다.

한서우가 서하령에게 전음을 보냈다.

—완벽하게 맞춰주마.

한서우는 혼원령으로부터 노래하는 마수를 끌어냈다. 혼원교의 역사 속에서 발달한 음공과 소리를 다루는 술법의 정수를 지닌 존재다.

두 사람은 이미 설산에서 한번 힘을 합쳐 소리의 해일을 일으킨 바 있었다. 하지만 이번에는 그 정도로는 부족하다. 그때를 훨씬 뛰어넘어야만 암익신조에게 대항할 수 있다.

라아아아아……!

서하령의 목소리가 점점 커져간다.

노래하는 마수의 목소리가 그것과 조화를 이루고, 기검들이 그것을 증폭시켰다.

그것만으로도 이미 수백 명이 합창하는 것 같은 대음향이다. 그 속에 실린 힘은 수천 대군을 압도할 수 있을 것이다.

그러나 암익신조는 홍이 떨어졌다는 듯 부리를 털었다.

—기다릴 가치도 없었군.

어둠 속에서 거대한 살기가 뻗어 나왔다.

아아아아…….

성대가 진동하면서 소리를 일으켰다.

음파가 파도처럼 주변을 휩쓸어갔다. 서하령과 한서우가 일으킨 소리를 단번에 파묻어 버리면서 더더욱 소리를 높여간다.

아아아아아아아!

파도가 해일로 화했다. 천둥소리마저 능가하는 압도적인 음량으로 주변을 강타한다.

6

이 순간, 암익신조의 의식은 모든 것에서 해방되었다.

노래하는 순간 그는 모든 것을 잊는다. 한결같이 그를 괴롭혀 온 본성에서조차도 자유롭다.

오로지 완전무결한 노래만이 있는 세계.

그 속에는 그 말고는 아무것도 없다.

둥…….

그러나 암익신조는 순간 귓전을 파고드는 소리를 들었다. 마치 북을 치는 것 같은 소리였다.

둥, 투두두, 둥둥둥둥…….

하나가 아니었다.

북만이 아니라 종류가 다른 여러 개의 타악기를 조화롭게 두드리는 듯한 소리였다.

어떤 소리는 무거웠고, 어떤 소리는 가벼웠으며, 어떤 소리는 안정감이 있었다. 그 소리들이 어우러져 암익신조에게 닿는다.

'내 노래를 넘어서?'

암익신조는 믿을 수가 없었다.

노래는 계속되고 있다. 멈추지 않고 최고점을 향해 치달아간다.

띠딩… 디리링… 이이이이잉…….

그런데 소리가 들려온다.

타악기에 이어 현악기들의 소리가 합류했다. 뿐만 아니다. 관악기들의 소리도 함께한다.

암악신조가 살면서 들어본 모든 악기의 소리가 합주하고 있었다.

'이게 무슨 일인가?'

이해할 수 없다. 노래하는 순간만큼은 그 어떤 술수도 그에게 범접하지 못한다.

그런데 어째서 이런 소리가 그의 귀에 들리는 것인가?

심지어 그 소리는 암익신조의 귀에 거슬리지도 않았다. 그의 노래와 조화를 이루면서 새로운 소리를 만들어내고 있었다.

'광령익조의 딸.'

암익신조는 실로 오랜만에 노래하던 중에 다른 누군가를 보았다.

이제까지 그 세계 속에 들어온 것은 광령익조 하나뿐이었다. 그러나 이제는 둘이 되었다.

노래가 교차하는 가운데 서로의 의식이 교차했다.

라아아아아아……!

무수한 악기가 자아내는 소리에 마침내 인간의 목소리가 더해졌다.

'들린다.'

하지만 그뿐이다.

암익신조의 노래와 어우러지는 그 소리들은 그저 암익신조에게 닿을 뿐이다. 그의 노래와 겨뤄서 꺾을 힘이 없었다.

'내 기나긴 삶에 겪어본 적 없는 미지의 영역. 경탄스럽다, 광령익조의 딸. 그러나…….'

암익신조의 노래는 아직도 최고점을 향해 상승 중이었다. 그리고 그 소리가 최고조에 도달하는 순간…….

서하령이 빛으로 화했다.

—무극만백가(無極萬百歌)!

그리고 암익신조의 주변에서 소리가 사라졌다.

온갖 악기 소리도, 서하령의 노래도, 그리고 암익신조 자신의 노래마저도.

'……!'

경악한 나머지 뭔가 말한 것 같다.

그러나 그 말은 소리가 되지 못했다. 암익신조 자신에게조차

들리지 않았다.

무음(無音).

소리가 없는 공허가 암익신조를 집어삼켰다.

아아아아…….

그리고 노래가 들려왔다.

낮게 내리깔리는 목소리는 어딘가 무겁게 탄식하는 것처럼 들렸다. 그런 감상을 느끼는 순간 반대편에서 또 다른 목소리가 들려온다. 처음에 들린 것과는 대조적으로 기쁨으로 가득한 목소리였다.

그다음으로는 차분한 목소리가, 나른한 오후 같은 목소리가, 칭얼거리는 어린아이 같은 목소리가, 장사 잘되는 시장 통처럼 활기찬 목소리가, 사랑에 빠진 것처럼 애절한 목소리가, 배불리 먹고 만족하는 목소리가…….

'뭐냐?'

헤아릴 수 없을 정도로 많은 노래가 뇌리로 쏟아져 들어왔다.

'이 소리는 대체, 무엇이냐?'

제각각인 것 같은 그 소리들이 조화롭게 어우러진다. 그 소리가 그려내는 심상이 너무나 눈부셔서, 암익신조는 눈물이 흐를 것만 같았다.

소리가 자아낸 빛 속에서 서하령이 나타났다.

"당신의 노래는 혼자야. 더 이상 그럴 수 없을 정도로 철저하게 고독해."

"뭐라고?"

"오로지 부르기 위한 노래. 아무도 들을 필요가 없는 노래야.

아마 당신 자신조차도 그 노래의 청중이 아니겠지."

"……."

비교를 필요로 하지 않는다. 노력을 필요로 하지 않는다. 변화를 필요로 하지 않는다.

따라서 청중조차 필요로 하지 않는다.

그저 부를 뿐이다.

완전무결한 노래를, 그저 부를 뿐.

세상은 그 고고함을 감당하지 못한다. 암익신조가 노래할 때마다 주변의 모든 것이 파멸할 뿐이다.

생명 있는 것은 극치의 행복 속에서 죽어가고, 생명 없는 것은 극치의 아름다움 속에서 부서진다.

"이건 내 노래가 일깨운 당신의 갈망이야."

"나는……."

그 말에 대꾸하려던 암익신조는 문득 자신이 울고 있다는 사실을 깨달았다.

이 눈물은 왜 흐르는 것일까.

슬퍼서인가, 아파서인가, 그도 아니면 절망해서인가.

그중 어느 것도 이유가 아니었다. 암익신조는 자신의 감정을 깨닫고 어처구니가 없었다.

그는 기뻐하고 있었다.

"내가… 노래를 들어줄 자를 바라고 있었단 말이냐?"

"당신이 옷이라고 불렀던 인간의 삶, 그들의 마음… 그건 정말로 옷에 묻은 티끌에 불과했어?"

"……."

그 물음에 암익신조는 문득 예전에 흑영신교주와 나눈 대화를 떠올렸다.

'…결국은 그대가 가장 중요하게 여기는 몇 가지만이 남을 것이다.'

암익신조는 태곳적부터 수도 없이 전생을 겪어온 대마수다. 새로운 존재로 태어날 때마다 이전의 기억을 잃고 새로운 인격을 지니게 된다. 그러나 그 인격은 각성과 함께 장대한 세월 동안 쌓여온 기억과 자아의 군집체와 통합된다.

이 과정을 겪고 나면 최근의 인격 중에 남는 것은 몇 가지 버릇이나 기호, 그리고 소중하게 생각했던 것 정도다. 나머지는 이번 생의 개인이 아닌, 암익신조라는 통합된 인격에 녹아버린다.

스스로의 정체를 모르고 인간으로 살아갈 때, 그는 예인이었던 적도 여러 번 있었다. 그때는 분명 그런 마음을 가졌을 것이다.

'내 노래를 사람들이 들어주었으면 좋겠다. 내 연주에 사람들이 기뻐해 주면 좋겠다. 내 이야기에 사람들이 귀를 기울여 주면…….'

의태를 끝내고 암익신조로 돌아올 때마다 그런 욕망은 깡그리 사라졌다고 믿어왔다.

그런데 아니었다.

그 자신도 모르는 정신 깊숙한 곳에는 그 갈망이 자리하고 있었던 것이다.

"오로지 광령익조만이 당신의 청중이었지. 또한 당신이 귀 기울일 수밖에 없는 노래를 부르는 자였을 거야."

대극을 이루는 두 존재는 오로지 현계의 존재로 의태할 때만 세상을 걷는다.

세상이 그들을 감당할 수 없기 때문이다. 본질을 각성하는 순간, 그들은 인간의 손이 닿지 않는 곳으로 날아올라 아무도 들어주는 이 없는 공허 속에서 노래한다.

암익신조가 광령익조와 직접 마주한 것은 아득한 세월을 통틀어도 그리 많지 않았다. 둘이 마주하는 것은 그 정도로 기적적인 일이었다.

그리고 그 만남이 암익신조에게는 잊을 수 없는 갈망이 되었다.

지금까지 암익신조는 그 갈망의 이유가 광령익조가 자신과 똑같은 운명을 짊어진 존재이기 때문이라고만 생각했다.

하지만 그것은 착각이었던 것이다.

오로지 서로만이 서로의 청중이 되어줄 수 있는 존재였기에.

세상이 감당할 수 없는 노래를 감당하는 유일한 상대였기에 둘은 서로를 갈망해 왔다.

"분명 당신의 노래는 더없이 뛰어나. 그러나 제아무리 뛰어난 것이라도, 기준이 두 개라면 그건 이미 '절대'가 될 수 없어."

서하령이 미소 지었다.

그리고 모든 것이 노래가 자아내는 눈부신 빛에 녹아들어 갔다.

"……."

일순간 백일몽을 꾼 것 같다.

암익신조가 눈을 깜빡거렸다. 온통 빛으로 가득했던 세계가 서서히 제 모습을 되찾는다.

후우우우…….

소리가 돌아왔다.

동시에 압도적인 실감이 그를 덮쳤다.

'꺾였다.'

그의 노래가 꺾였다.

더없이 고고하고 완전무결하던 세계에, 외부에서 침투해 온 소리가 영원히 지워지지 않을 흠집을 만들었다. 그리고 그 흠집이 장구한 세월 동안 흔들림 없던 확신을 부수었다.

암익신조는 어둠을 흩뿌리며 추락했다.

쿠과과과광……!

땅에 떨어져 흙먼지를 피워 올리는 그에게 서하령이 다가가기 시작했다.

"암익신조."

서하령은 추락한 그를 똑바로 바라보며 물었다.

"처음으로 누군가와 함께 노래해 본 기분이 어때?"

그것은 암익신조에게는 미지의 경험이었다. 광령익조조차 그에게 그런 경험을 주지 못했다.

암익신조와 광령익조는 서로 자신의 노래를 불렀을 뿐이다. 각자의 노래가 상대에게 닿았을 뿐, 둘의 노래가 조화를 이루어 새로운 노래를 탄생시키는 일은 없었다.

하지만 서하령은 달랐다. 그녀는 암익신조의 노래에 자신의 노래를 맞부딪치지 않았다.

소리와 소리가 우격다짐으로 부딪치면 더 크고 강한 소리만이 남는다.

그러나 조화를 이루면 새로운 소리가 태어난다.

서하령의 노래는 암익신조의 노래와 조화를 이루어 새로운 노래를 탄생시켰다.

노래하는 자들끼리의 싸움에서는 음의 조화 또한 싸움의 기법이다. 싸우는 자들의 노래가 서로 조화를 이루면 음을 주도하는 쪽이 다른 쪽을 삼켜 버린다.

서하령은 그렇게 암익신조의 노래를 삼켜 버린 것이다.

"동쪽 바다 너머에… 당신보다 태생이 약하고 보잘것없는 요괴가 있었어."

과거에 그 요괴가 뭐라고 불렸는지는 모른다. 어쨌거나 서하령이 그를 알았을 때는 천요군이라고 불리며 많은 자에게 강하고 두려운 괴짜로 평가받고 있었다.

"그 요괴는 노래로 싸우는 법을 알았지."

노래로 삶을 추구하는 법을 알았다.

노래를 모르는 자에게 노래를 가르쳐, 혼자서는 부를 수 없는 아름다운 노래를 만들어내는 법을 알았다.

"그저 타고난 것에 만족하지 않고, 끝없이 더 아름다운 노래의 가능성을 추구하는 요괴였어."

치열하면서도 덧없는 노력이었다.

그는 요괴였기 때문이다.

요괴는 모두 각자 제멋대로 존재하는 자들이었다. 그렇기에 다른 목적 없이 그저 더 아름다운 노래를 꿈꾸며 문화를 일구어내고자 하는 마음을 이해해 주지 않았던 것이다.

요괴들 속에서 아무리 많은 자들에게 손을 내밀어도 결국 남는 것은 혼자뿐이었다. 그와 함께 싸워주는 자는 있어도 그가 추구하는 이상을 이해해 주는 자는 없었다.

"그리고 그 덧없고 아름다운 시행착오는 인간에게 이어졌어."

요괴가 일생에 걸쳐 쌓아 올린 것이 인간에게 계승되었다.

그것은 싸우는 노래였다.

폭풍우를 거슬러 오르는 소리였다.

그저 타고난 강함을 뽐내는 것만으로는 짓밟을 수 없는, 소리를 초월한 노래가 되었다.

서하령의 노래는 천요군에게서 이어받고, 청해군도의 인어들과 한서우에게 배우고, 그리고 그것들을 토대로 음공원주로서 쌓아 올린 모든 것을 다한 노래였다.

윤극성에서 천극무상검을 연구함으로써 그녀는 기검을 음공을 위한 악기로 사용할 수 있게 되었다.

가연국의 영신단을 연구함으로써 그녀는 광령익조의 힘을 보다 능숙하게 다룰 수 있게 되었다. 그 힘을 스스로의 육신으로 부담하는 게 아니라 내공과 영력을 융합시켜 형성해 낸 것, 즉 영신(靈身)으로 하여금 부담케 했던 것이다.

—너는… 경이로운 존재다……!

암익신조는 자신이 패배했음을 인정했다.

완전무결한 세계는 부서졌다.

이제 암익신조는 스스로가 청중을 갈망하고 있었음을 알아버렸다.

그리고 자신의 노래와 다른 노래가 어우러져, 자신이 완전무결하다 믿었던 것보다 더 나은 무언가가 만들어진다는 사실을 경험해 버렸다.

확신이 꺾였다. 순수함이 짓밟혔다.

이제 다시는 알기 전으로 돌아갈 수 없으리라.

"당연한 일이야. 그렇지 않으면 내게 숙업을 맡긴 그 요괴에게 부끄러운걸."

아름답게 웃은 서하령 앞에서 암익신조가 날개를 펼쳤다. 굉음이 울려 퍼지며 어둠이 해일처럼 밀려들기 시작한다.

—하지만 내 목숨이 끊어지기 전까지는 싸움을 끝낼 수 없다.

노래하는 자로서의 싸움에서는 패했다. 하지만 그는 흑영신교의 수호마수다. 더 이상 노래할 수 없다고 하더라도 교주가 맡긴 사명을 다해야만 한다.

"알아."

똑바로 그와 눈을 마주하는 서하령의 옆에 마곡정이 와서 섰다.

그 반대편에 한서우가 섰다.

"하지만 수문장으로서의 당신은 졌어."

그 말에 암익신조가 놀라서 위를 바라보았다.

형운과 귀혁이 없었다.

둘은 이미 성도의 탑을 달려 올라가서 그 정상에 도달, 아득한 천공으로 날아오른 후였다.

"추격은 꿈도 꾸지 마. 이미 늦었으니까."

서하령이 단호하게 말했다. 그리고 형운과 귀혁이 향한 곳을 올려다보며 쓴웃음을 지었다.

'내가 가고 싶었어.'

형운과 귀혁이 향한 결전의 장소, 성혼좌에 서하령은 갈 수 없었다.

암익신조를 상대해야 하기 때문만은 아니다. 본래부터 그곳은 인간의 발길을 허락하지 않는 곳이었다. 그리고 지금은 더더욱 그럴 것이다.

따라서 저곳으로 향하는 것은 형운과 귀혁 두 사람으로 정해져 있었다.

'형운.'

서하령은 형운이 부러웠다. 어린 시절, 형운이 귀혁의 제자가 된 후부터 죽 그랬다.

그녀는 귀혁의 제자가 되고 싶었다. 귀혁의 가장 가까운 곳에서 그가 이룬 것을 물려받는 후계자가 되는 것이 꿈이었다.

그 소망은 반쪽짜리로 이루어졌다. 그리고 그녀는 자신이 평생 동안 나아갈 길을 찾았다.

그럼에도 형운이 눈부셔 보이는 것만은 어쩔 수가 없었다.

'똑바로 할 거라고 믿을게. 이겨야 해, 꼭.'

서하령은 질투심과 불안감을 내려놓고 응원을 보냈다.

『성운을 먹는 자』 31권에 계속…

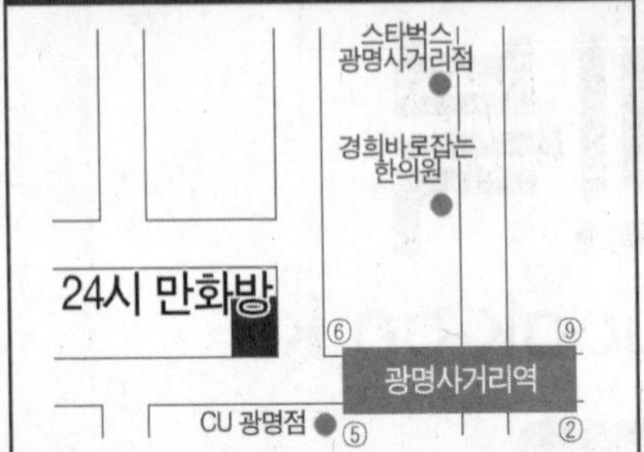

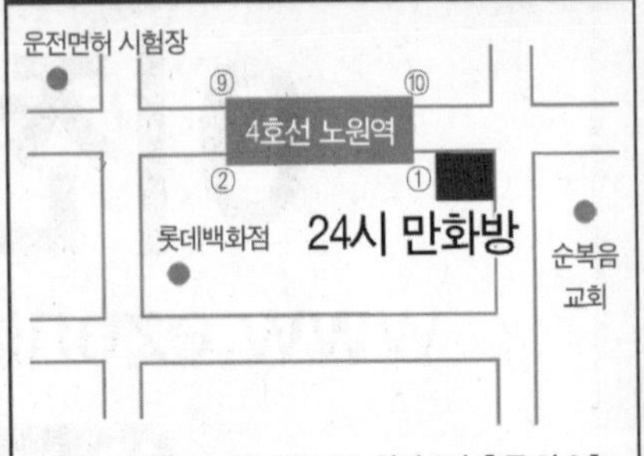

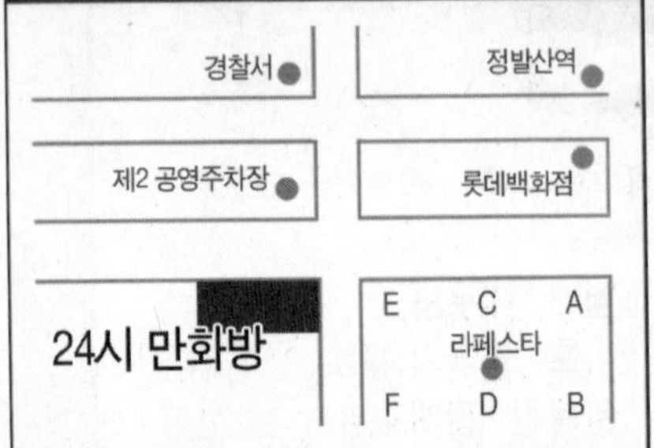

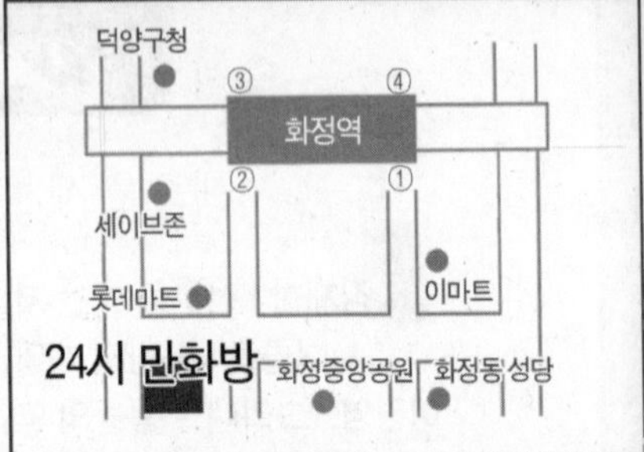

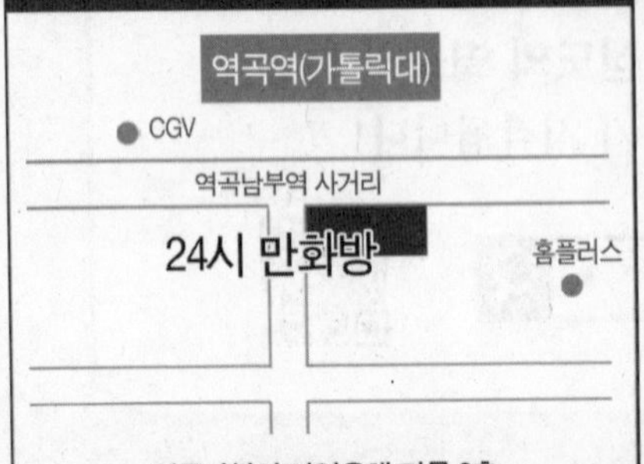

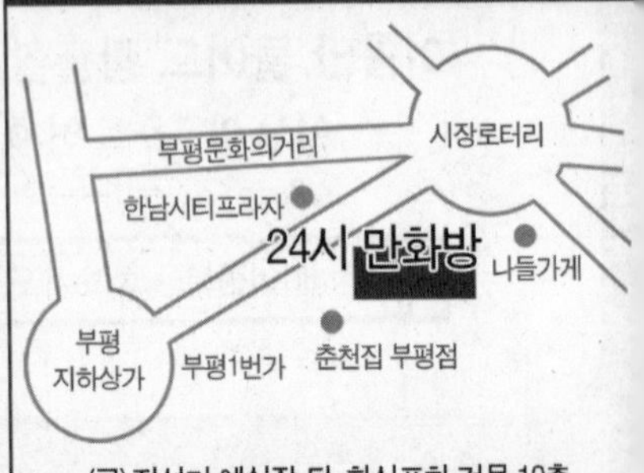